LEDICIA COSTAS

DAS LICHT
HINTER ALL DEN
SCHATTEN

LEDICIA COSTAS

DAS LICHT
HINTER ALL DEN
SCHATTEN

Roman

Übersetzung aus dem Spanischen
von Anja Rüdiger

THIELE VERLAG

TEIL 1

KLEINES BIEST

LUZ

Schon mein ganzes Leben muss ich mir Dinge anhören, die ich nicht hören will. Irgendwelchen Mist. Genau, ich muss mir mein ganzes Leben lang Mist anhören! Und was soll ich sagen, jetzt, mit fast achtzig, habe ich die Nase voll. Aber am Schlimmsten ist es, wenn ich meine Tochter ertragen muss. Ich weiß schon, das ist normal, wenn man alt wird, und ich halte mich gewiss nicht für was Besonderes. Aber es ist wirklich ein Kreuz. Die Kinder glauben, sie tun ein gutes Werk, wenn sie sich um einen kümmern, aber in Wahrheit sind sie einfach nur lästig. Dieses Theater hält ja kein Mensch aus. Zum Glück haben sie irgendwann genug, und dann geben sie auf. Sie streichen die Segel und lassen uns in Ruhe, weil wir in ihren Augen unausstehlich sind. Ich warte sehnsüchtig auf diesen Moment, aber Julia, meine Tochter, ist noch nicht so weit, wir ringen noch miteinander. Ich werde sie ab jetzt »die Detektivin« nennen. Ständig spioniert sie hinter mir her und kontrolliert alles, was ich mache: was ich esse, ob ich meine Tabletten nehme, wie viel Geld ich auf der Bank habe, wie oft ich pinkeln gehe und was ich anziehe. Der letzte Streit ging darum, dass ich kein Nachthemd angezogen hatte. Sie kam am Morgen vor der Arbeit in mein Zimmer und sah mich in Bundfaltenhose und Sonntagsbluse im Bett liegen. Ich wollte noch schnell die Bettdecke hochziehen, aber es war schon zu spät. Sie schimpfte mit mir und nannte mich sogar einen Faulpelz. Das hat mich echt getroffen.

Ich habe mein ganzes Leben hart gearbeitet, und niemand hat das Recht, mich faul zu nennen. Nicht einmal sie. Sie ist meine Tochter, ja, aber das heißt nicht, dass sie mich so runtermachen darf. Mein Leben ist doch schon schwer genug. Und dieses ständige Umziehen strengt mich einfach an. Mir tun die Arme weh, die Schultern, die Gelenke, meine ganzen neunundsiebzig Jahre tun mir weh. Und was macht es letztlich für einen Unterschied, ob man im Nachthemd oder im Abendkleid schläft. Seit sie hier wohnt, kann ich nicht mal mehr ins Bett gehen, wie ich will. »Weil man das nicht macht«, sagt Julia immer. »Es gibt Regeln, Mama.« Aber was sind das für beknackte Regeln? Wer, zum Teufel, hat sie sich ausgedacht? Und vor allem: Warum sollte man sie befolgen?

Wir hatten schon mal so einen Krach. Das war im Sommer. Nachts zog ein Gewitter auf. Ich konnte nicht schlafen und wälzte mich stundenlang im Bett herum, ohne ein Auge zuzumachen. Es war unerträglich heiß und stickig im Zimmer. Vielleicht hatte ich auch die Schlaftablette vergessen, das passiert mir ab und zu. Auf einmal gab es einen gewaltigen Donnerschlag, und dann fing es an zu regnen. Ich wurde unruhig, weil ich plötzlich an die Schnecken dachte, die jetzt aus den Startlöchern krochen, um sich über meine Pflanzen herzumachen. Mein Garten ist mir heilig. An keinem Ort fühle ich mich wohler als inmitten meiner Blumen. Ich versuchte, an etwas anderes zu denken als an die verdammten Schnecken, aber wenn sich so ein Gedanke erst mal festgesetzt hat, kriege ich ihn einfach nicht mehr aus dem Kopf.

Irgendwann hielt ich es nicht mehr aus. Ich zog den Morgenmantel über, nahm meinen Hammer und ging in Pantoffeln nach draußen. Wenn ich jetzt darüber nachdenke, hätte ich auch die Gummistiefel anziehen können, aber das ist mir in dem Moment nicht eingefallen. Das war ganz spontan. Aber wenigstens war ich geistesgegenwärtig genug, auf der Veranda zu warten, bis es aufhörte zu regnen. Es war eins dieser typischen Sommergewitter, erst schüttet es wie aus Kübeln, und dann beruhigt es sich wieder. Als der Regen aufhörte, bin ich raus in den Garten. Aber wie viele Schnecken kann eine fast achtzigjährige Frau mitten in der Nacht erlegen? Die Antwort ist klar: nicht eine. So blind wie ich bin, habe ich in der Dunkelheit kein einziges von den Biestern erwischt. Ich schwang meinen Hammer, und allein der Gedanke an das Geräusch der zerberstenden Schneckenhäuser erfüllte mich mit Genugtuung, aber da würde ich wohl auf eine andere Gelegenheit warten müssen. Und dann war ich auf einmal todmüde. Ich hatte keine Kraft mehr, war völlig erschöpft. Die Idee, mich gleich da draußen hinzulegen, erschien mir auf einmal sehr verlockend. Es war angenehm kühl, und auf diese Weise konnte ich mir auch die lästige Treppe hinauf ins Schlafzimmer sparen. Ich zog also den Morgenmantel aus, breitete ihn auf dem Boden aus, damit das Nachthemd keine Flecken bekam, legte mich hin und schloss die Augen. Dort draußen zu liegen war, wie in meine Kindheit zurückzukehren. Der Geruch der Erde, die duftenden Blumen und all die Wildkräuter um mich herum. Es war herrlich, zwischen all meinen Pflanzen zu liegen, und ich bin ganz selig eingeschlummert. Um sieben Uhr morgens wurde ich dann vom Geschrei meiner Tochter geweckt. Sie wollte zur Arbeit, und als sie mich im Garten liegen sah, dachte sie, ich wäre tot.

»Sei ruhig! Du weckst ja die ganze Nachbarschaft auf mit deinem Gebrüll! Ich bin nicht tot, ich meditiere«, erklärte ich in dem vergeblichen Versuch, die Sache herunterzuspielen.

»Du meditierst? Im Nachthemd? Hier im Garten? Auf dem Boden? Wie lange liegst du denn schon hier?«

»Keine Ahnung«, log ich. Alles erschien mir besser als die Wahrheit. Meine Tochter würde nie verstehen, warum ich mich in den Garten gelegt hatte.

»Mama, so kann das nicht weitergehen! Du machst, was du willst! Ich bin allmählich echt am Ende, weißt du? Ich bin ein Wrack.«

»Dafür siehst du aber noch ganz proper aus«, sagte ich mit einem Blick auf ihren superengen Minirock, der ihre Fettpölsterchen nur schlecht verbarg.

Ich hatte das nicht böse gemeint, wirklich nicht, aber sie hat mir das schwer übelgenommen. Sie hat den ganzen Tag kein Wort mehr mit mir geredet. Heutzutage sind die Leute bei der kleinsten Bemerkung gleich eingeschnappt. Dabei war es nicht mal gelogen. Ich habe nur die Wahrheit gesagt. Einfach die Wahrheit. Allerdings tut die Wahrheit manchmal schon weh. Sie schnappt nach einem wie der weiße Hai in dem Film. Und das sind dann richtige Zähne, nicht meine kleinen Beißerchen!

SEBAS

Manchmal ist meine Großmutter nicht ganz richtig im Kopf. Also nicht so, dass sie im Supermarkt Amok laufen oder das Haus unseres Nachbarn abfackeln würde. Zumindest hoffe ich das, hundertprozentig sicher bin ich mir da nicht, weil sie mit unserem Nachbarn ständig auf Kriegsfuß steht. Ich fänd's schlimm, wenn meine Oma so was machen würde. Selbst wenn sie es dann im Fernsehen oder in der Zeitung bringen würden. Ich bin in der fünften Klasse. Und der Enkel einer Psychopathin zu sein würde mir einen gewissen Status und vor allem Respekt verschaffen. Sicher würden alle in der Schule vor Ehrfurcht erstarren. Außerdem stehen meine Freunde und ich auf Abenteuer. Je größer, umso besser. Im Internet hab ich gelesen, dass unser Gehirn in Momenten der Aufregung Adrenalin ausschüttet. Der Blutdruck steigt, das Herz pumpt schneller, die Atmung beschleunigt sich und ... BAM! Wir haben freie Bahn, um krasse Dinge zu tun, wie laut zu schreien oder so. Was ich aber nicht ertragen würde, ist, wenn meine Oma festgenommen wird. Denn ich bin gern mit ihr zusammen, und im Gefängnis sind Besuche von Kindern nicht erlaubt.

Mama sagt, dass Oma schon immer eine Art mentale Dejustierung gehabt hat. Aber den Ausdruck gibt es überhaupt nicht, ich hab schon nachgeguckt. Wahrscheinlich hat sie sich das ausgedacht, damit es sich nicht so schlimm anhört. Was aber stimmt, ist, dass Oma immer seltsamer wird. Ich hab keine Ahnung, was in ihrem Kopf vorgeht, weil ich nichts von Dejustierungen verstehe. Sie ist halt keine normale Oma, ganz einfach. Ich habe mich inzwischen daran gewöhnt. Was nicht besonders schwer ist, weil wir jetzt ja bei ihr leben und ich viel Zeit mit ihr verbringe. Vorher haben wir in Madrid gewohnt, aber nach der Scheidung meiner Eltern im September sind wir umgezogen. In das Haus meiner Oma. Nach Galicien. Ein paar Männer mit tätowierten Armen haben alle meine Sachen in Kartons gepackt. Es war schon komisch, mein Zimmer in Madrid so nackt vor mir zu sehen, so vollkommen leer, ohne Bücher, ohne meine Lego-Sammlung und ohne Klamotten auf dem Boden. Mein Zimmer, in dem es immer so schön warm und behaglich gewesen ist, hat sich auf einmal angefühlt wie ein Kühlschrank, was ziemlich traurig war, weil ich Kälte so wenig mag wie den Geruch nach Eis in der Gefriertruhe. Ich mag auch kein Essen, das aufgetaut ist, außer Fisch mit Fadenwürmern, weil die Viecher ziemlich lustig sind, wenn sie sich hin und her bewegen, als ob sie tanzen. Aber nur, wenn sie weniger als zwölf Stunden tiefgefroren sind. Danach krepieren sie. Ich hab mal Fadenwürmer in einem Seehecht gefunden. Die waren wie ein winziges Rudel Parasiten, das eine Eiszeit überlebt hat. Diese Widerstandsfähigkeit hat mich sehr beeindruckt. Die wollten um jeden Preis leben, man musste nicht besonders schlau sein, um das zu kapieren. Aber ihr Schicksal war grausam. In einer Mülltüte zu landen ist kein besonders würdiges Begräbnis, und genau das ist ihnen passiert. Die armen Dinger lagen zwischen allem möglichen anderen Abfall, das hatten sie auch nicht verdient. Ich habe versucht, es meiner Mutter zu erklären, aber sie hat meine Argumente nicht gelten lassen.

Mama sagt, dass wir großes Glück haben, weil wir hier wohnen können. Das wiederholt sie andauernd. Sie sagt, dass andere dafür töten würden, in einem so großen Haus zu leben, auf einem so riesigen Grundstück, weit weg von dem Lärm und dem Verkehr in Madrid. Ich denke, dass sie damit vor allem sich selbst überzeugen möchte, dass sie einen guten Tausch gemacht hat. Denn ich höre sie oft weinen, und dann weiß ich nicht, was die Wahrheit ist, ihre Worte oder ihre Tränen. Sie schläft in dem Zimmer direkt neben meinem, und ich kann sie durch die Ritzen in der Wand hören. Ihre Stimme kriecht in meine Haare und macht mir den Hals ganz eng, und dann fühle ich mich schlecht. Ihre Stimme, wenn sie weint, ist wie eine Fünf in Mathe. Ich hatte noch nie eine Fünf in Mathe, habe das aber schon bei den anderen gesehen, daher weiß ich, wie das ist. Wenn ich traurig bin, setze ich mir meine Kopfhörer auf und stelle die Musik ganz laut. Jedes Kind leidet, wenn seine Mutter weint. Vor allem, wenn es so oft vorkommt. Wie oft weint ein erwachsener Mensch wohl in der Woche? Das würde ich gern wissen, dann könnte ich nämlich eine Grafik machen wie die Leute im Fernsehen, wenn sie was analysieren. Und dann wüsste ich wenigstens, ob es noch im Bereich des Normalen ist oder ob ich mir Sorgen machen muss.

Ob man eine 33-Zentiliter-Flasche mit den Tränen füllen könnte, die Mama im Monat vergießt? Gibt es Ärzte, die auf so was spezialisiert sind? Ich frage mich, ob Papa auch weint, und wenn ja, wie oft. Vielleicht sollte ich ihn mal fragen. Wir telefonieren jeden Tag über Video miteinander. Allerdings ist das nicht das Gleiche, wie zusammenzuwohnen. Nicht mal annähernd, aber ich kann sein Gesicht sehen und ihm Sachen aus der Schule und von zu Hause erzählen, und das ist nicht schlecht. Ich weiß nicht, ob es ihn stören würde, wenn ich ihn nach seinen Tränen frage. Es gibt Dinge, über die die Erwachsenen nicht gern reden. Und sie glauben, dass wir das nicht merken, was nicht stimmt.

In der neuen Schule habe ich zwei Freunde gefunden: David und Noa. David hat eine ziemlich coole Comic-Sammlung über Superhelden, und er wiegt siebenundsiebzig Kilo. Er leidet unter Fettleibigkeit, und alle nennen ihn Specki. Ich nenne ihn einfach David oder Guerrero – Krieger –, weil sein Nachname Guerra ist. Der Arzt hat ihn auf Diät gesetzt. Und das schon seit elf Tagen und fünf Stunden, was für jedes Kind die Hölle ist. Ich habe ihm versprochen, dass ich morgen eine Tafel Schokolade in meinen Rucksack schmuggle, falls er wieder eine Hungerattacke kriegt. Wie viel Noa wiegt, weiß ich nicht, es kann aber nicht viel sein. Sie ist eines der dünnsten Mädchen in der Klasse. Und eines der schlausten. Sie schafft alle Seiten des Magic Cubes in nur sechzig Sekunden. Das ist so eine Art 3D-Puzzle. Er hilft dabei, einen Teil des Gehirns zu trainieren, der bei den meisten Menschen schläft, ohne dass sie es wissen. Noa sagt, dass es zu nichts weiter gut ist, so schnell mit dem Würfel zu sein, sondern einfach bloß Spaß macht. Aber wir alle wissen, dass ihr Gehirn irgendwann mal in einem Labor landen wird, um wissenschaftlich untersucht zu werden. Wenn es so weit ist, hoffe ich, dabei zu sein, um zuzusehen und in dem Dokumentarfilm über ihr Leben mitzuwirken. Über meine Oma Luz könnte man auch einen Film drehen. Was mich von all den seltsamen Dingen, die sie tut, am meisten verwirrt, ist die Sache mit dem Hammer. Sie hat ihn immer bei sich. Und vor ein paar Wochen ist etwas echt Heftiges passiert. Ich habe auch schon mit meinen Freunden darüber geredet, und Guerrero hat da seine eigene Theorie.

»Das war in der Nacht mit dem Gewitter, ihr erinnert euch sicher.«

»Klar erinnern wir uns. Wir sind zehn Jahre alt, und wir erinnern uns an alles«, sagte Noa. »Wusstet ihr, dass bei einem Gewitter mehr Energie freigesetzt werden kann als bei einer Atombombe?«

»Das ist unmöglich«, widersprach David, den Mund voll Edamame, diese grünen Dinger, die nach nichts schmecken und die sein Ernährungsberater ihm empfohlen hat, wenn er seine Heißhungerattacken kriegt, also ständig.

»Eine einzige Entladung kann bis zu dreißig Millionen Volt und hunderttausend Ampere erreichen.« Noa schien zu wissen, wovon sie sprach. »Und ein Blitz kann fünfmal heißer sein als die Oberfläche der Sonne. Wenn ein Mensch vom Blitz getroffen wird und etwas aus Metall bei sich hat, schmilzt das wie Schmelzkäse.«

David kippte sich den Rest aus der Edamame-Tüte in den Mund und kaute konzentriert. Es war klar, dass er Zeit schinden wollte. Er brauchte ein Argument, um diese Information, die wahr oder falsch sein konnte, zu widerlegen. Obwohl wir, wenn Noa so was sagt, sicher sein konnten, dass es auch stimmt.

»Das können wir später noch klären, jetzt lasst mich erst mal weitererzählen«, habe ich gesagt. »Wir waren bei dem Gewitter, konzentriert euch. Es hat wie verrückt geblitzt und gedonnert. Ich konnte nicht schlafen, deshalb bin ich aufgestanden und ans Fenster gegangen. Ich wollte mit der Polaroid, die meine Eltern mir zum Geburtstag geschenkt haben, ein cooles Foto vom Gewitter machen.

Und plötzlich habe ich gesehen, wie sie in den Garten ging. Meine Oma. In Nachthemd und Pantoffeln, mit dem Hammer in der Hand und über ihrem Kopf die Blitze und der Donner. Versteht ihr das?«

Wir saßen eine Weile da und haben überlegt.

»Deine Oma ist Thor«, hat David da plötzlich gesagt.

Noa und ich haben ihn schweigend angesehen und auf eine Erklärung gewartet.

»Hammer, Blitz und Donner. Ganz klar. Thor.«

»Wenn schon Thora«, wollte ich ihn korrigieren.

»Nichts Thora. Thor«, beharrte er, ohne sich beirren zu lassen. »Der mit dem Hammer ist Thor. Der *Mjölnir* entscheidet selbst, wer würdig ist, ihn zu tragen. Das kann genauso gut ein Mensch sein wie ein Frosch, ein Alien oder deine Oma.«

»Ein Alien?«, habe ich gefragt.

»Klar. Beta Ray Bill zum Beispiel. Oh Mann, ihr habt ja überhaupt keine Ahnung!«

»David, bist du dir da ganz sicher?«, hat Noa gefragt.

»So sicher wie du bist, dass ein Blitz ein Stück Metall schmelzen kann.«

»Schon gut. Verstanden. Sebas, was hat deine Oma denn mitten in der Nacht mit dem Hammer gemacht?«

»Keine Ahnung. Sie hat sich mit dem *Mjölnir* auf der Brust in den Garten gelegt, und dann ist sie einfach liegen geblieben.«

»Hast du schon mal versucht, ihren Hammer in die Hand zu nehmen?«, wollte David wissen.

»Das ist unmöglich. Sie nimmt den Hammer sogar mit ins Bett.«

»Wenn du es versuchen würdest, könntest du ihn keinen Zentimeter bewegen. Nur Thor kann den Hammer tragen. Schaut mich nicht so an, lest die Comics und seht euch die Filme an. Informiert euch ein bisschen, Leute!«

Ich fand diese Erklärung super. Denn wenn meine Oma Thor ist, dann bin ich der Enkel einer ziemlich mächtigen Göttin, was auch eine Verantwortung ist. Seitdem habe ich meine Oma nicht mehr aus den Augen gelassen. Inzwischen bin ich fest davon überzeugt, dass Guerrero recht hat, denn nur so ist zu erklären, warum meine Oma dermaßen von ihrem Hammer besessen ist. Aber ich hätte gern mehr Beweise. Unbedingt!

JULIA

Im Krankenhaus anrufen, um für Mama den Termin beim Neurologen zu machen, in der Apotheke ihre Medikamente besorgen, im Sportgeschäft Sebas' Trainingsanzug abholen, in der Buchhandlung nach dem Buch fragen, das ich für ihn bestellt habe, den Techniker anrufen, damit er hier WLAN installiert, einen der Fotografen der Zeitung benachrichtigen, dass er ein Foto von der Straßenbahnhaltestelle macht, die nicht mehr angefahren wird …

»Mama, darf ich zu Guerrero?«

Sebas öffnet die Tür zu meinem Zimmer, ohne anzuklopfen, was er nur macht, wenn er sehr aufgeregt ist. Er ist kein einfaches Kind. Wahrscheinlich gibt es sowieso keine einfachen Kinder, aber bei Sebas geht das rauf und runter wie die Quecksilbersäule in einem alten Fieberthermometer. Manchmal wirkt er so erwachsen, dass mich seine Logik und seine Art zu sprechen überraschen, und dann auf einmal verhält er sich wieder viel zu unreif für sein Alter. Diese rasanten Schwankungen finde ich beunruhigend. Mutter zu sein bedeutet, sich Sorgen zu machen, aber die Mutter eines Kindes wie Sebas zu sein kann einem manchmal echt Angst machen. Manchmal mehr, als ich ertragen kann.

»Und deine Hausaufgaben?«, frage ich, obwohl ich die Antwort schon kenne.

»Willst du mich beleidigen?«, empört er sich und stellt sein schauspielerisches Talent unter Beweis. »Ich mache meine Hausaufgaben immer sofort. Das habe ich immer so gemacht. Oder willst du jetzt das Gegenteil behaupten?«

»Was du immer schon gemacht hast, zählt nicht, ich frage dich jetzt. Schließlich bin ich deine Mutter, und da ist es meine Pflicht, dich zu fragen, ob du deine Dinge erledigt hast.«

»Sei froh, dass du nicht die Mutter von Diego Puga bist. Der klaut seiner Mutter Geld, hat schlechte Noten, bläst Frösche auf, bis sie platzen, und nimmt anderen Kindern das Pausenbrot weg, indem er sie mit einem Kugelschreiber bedroht. Wenn du ihm dein Brot nicht gibst, rammt er dir den Kuli in den Hals. Bei Marina aus der sechsten Klasse hat es sogar geblutet.«

»Gewalt in der Schule, das hat mir gerade noch gefehlt. Aber was dieser Diego Puga macht, interessiert mich nicht. Mir geht es darum, was du machst.«

»Na, dann lass mich zu Guerrero gehen. Er hat ein paar Comics, die ich unbedingt lesen muss.«

»Die du *unbedingt* lesen musst? Was soll das heißen?«

»Das ist schwer zu erklären«, sagt er, den Blick zu Boden gerichtet.

»Dann versuch es. So schwer kann das ja wohl nicht sein.«

»Na ja ... Ich glaube, dass in diesen Comics drinsteht, warum Oma immer diesen Hammer dabeihat.«

An diesem Punkt angekommen, sehe ich mich gezwungen, ernst zu werden. Zumindest ein bisschen.

»Deine Oma hat aus dem gleichen Grund immer diesen Hammer bei sich, aus dem sie Geld vergräbt, tonnenweise Croissants kauft oder Joghurtbecher mit Deckel in der Mikrowelle erhitzt, bis sie explodieren. Das haben wir doch oft genug besprochen, Sebas. Deshalb ist es ja so wichtig, dass wir gut auf sie aufpassen. Wenn du zu David gehen willst, dann geh. Aber sei wieder zu Hause, bevor es dunkel wird, klar?«

»Klar.«

Er schließt die Tür mit dem Eifer eines Zehnjährigen und ist verschwunden. Sofort wird es still im Haus. Ich frage mich, wie viel wohl dran ist an der Geschichte mit diesem verbrecherischen Diego Puga und wie viel der Phantasie meines Sohnes entsprungen. Manchmal übertreibt Sebas und verdreht die Realität ein bisschen. Seufzend widme ich mich wieder meiner To-do-Liste. Ich bin mir sicher, dass ich etwas vergessen habe, aber ich weiß nicht was. Zur Sicherheit gehe noch einmal alles durch:

Im Krankenhaus anrufen, um für Mama den Termin beim Neurologen zu machen, in der Apotheke ihre Medikamente besorgen, im Sportgeschäft Sebas' Trainingsanzug abholen, in der Buchhandlung nach dem Buch fragen, das ich für ihn bestellt habe, den Techniker anrufen, damit er hier WLAN installiert, einen der Fotografen der Zeitung benachrichtigen, dass er ein Foto von der Straßenbahnhaltestelle macht, die nicht mehr angefahren wird ...

Und dann fällt mir wieder ein, was auf der Liste noch fehlt, weil mein Unterbewusstsein es im täglichen Chaos verschwinden lassen wollte: meine Anwältin anrufen. Es ist nicht leicht, das aufzuteilen, was dein gemeinsames Leben mit einem anderen Menschen war, und zu entscheiden, wer was bekommt: »Das Sofa für dich, das Bett für mich, das Hochzeitsalbum für dich. Nein, das Album will ich nicht, es tut mir weh, uns so glücklich zu sehen.« In den schlimmsten Momenten habe ich überlegt, einfach alles in der Mitte durchzuschneiden – die Teppiche, den Küchentisch, die Pflanzen, die Bücher, die Fische im Aquarium, das Essen in der Tiefkühltruhe. Um ihm dann zu sagen: »Nimm, wir brauchen uns um nichts mehr zu streiten. Hier, dein Anteil. Dein verdammter Anteil!« Bei unserer Trennung ist etwas in mir zerbrochen, und ich weiß nicht, wie ich die Teile wieder zusammensetzen soll. Nähen, leimen oder ganz rausreißen, ein Pflaster draufkleben und von vorn anfangen. Wie lange braucht man, um eine Trennung zu überwinden? Wann hört es auf, so weh zu tun? Dass ich nicht zur Ruhe komme, ist auch nicht gerade hilfreich. Ich kann nicht schlafen, ich habe keinen Appetit, und jeden Morgen, wenn ich mich im Spiegel sehe, merke ich, wie das Leben an mir vorbeizieht. Den Tränen nah starre ich auf meine Liste und brauche ein paar Minuten, um mich wieder zu fangen, doch dann höre ich den Fernseher, der plötzlich in einer irren Lautstärke läuft. Beunruhigt stürze ich aus meinem Zimmer, renne die Treppe runter und sehe meine Mutter, die aufgesprungen ist und die Moderatorin irgendeiner Sendung empört anschreit. Ich greife nach der Fernbedienung, fahre die Lautstärke runter und nehme sie sanft in den Arm.

»Mama, was ist denn nur los?«

»Diese Frau hat mich beschimpft!«, antwortet sie aufgeregt und zeigt mit zitterndem Finger auf die Frau im Fernsehen.

Ich reiße mich zusammen und bitte sie, sich zu beruhigen. Sich einen Moment aufs Sofa zu setzen. Die Sache macht mich ziemlich nervös, aber ich muss ruhig bleiben, zumindest nach außen hin.

»Möchtest du einen Tee? Der wird dir sicher guttun.«

»Nein, ich will keinen Tee, ich will dieser blöden Kuh den Kopf waschen. Schlampe! Pissnelke!«

»Mama, diese Frau redet nicht mit dir«, erkläre ich.

»Doch! Sie hat mich direkt angeschaut und mit dem Finger auf mich gezeigt«, beharrt meine Mutter. »Sie hat mich ›unmöglich‹ genannt und einen ›schlechten Menschen‹. Die ist ja wohl bescheuert. Dummbatze! Idiotin!«

Sie ist völlig außer sich. Greift sogar nach ihrem Stock und richtet ihn drohend auf den Bildschirm. Ich nehme ihn ihr weg, bevor sie den Fernseher zertrümmert, und versuche sie zur Vernunft zu bringen.

»Diese Moderatorin redet in die Kamera, sie meint nicht dich, verstehst du?«

»Welche Kamera? Was erzählst du mir denn da?«

Plötzlich überkommt mich ein Gefühl vollkommener Hilflosigkeit. Da es absurd wäre, in dieser heiklen Lage erklären zu wollen, wie ein Fernsehstudio funktioniert, ändere ich die Strategie.

»Beachte sie einfach nicht, Mama. Schau mal, wie die schreit und mit den Händen herumfuchtelt, die hat sie nicht mehr alle. Sie hat dich sicher mit jemandem verwechselt.«

Daraufhin wird meine Mutter etwas ruhiger. Ich fühle mich schlecht, weil ich sie belüge. Ich behandle sie nicht wie einen Erwachsenen, aber ich weiß nicht, was ich sonst tun soll. Die Strategie scheint zu funktionieren.

»Ich habe der doch gar nichts getan«, murmelt meine Mutter.

»Ich weiß. Sie hat dich einfach verwechselt. Hat dich für jemand anderen gehalten.«

»Dann soll sie Medikamente nehmen, die dumme Schnepfe!«

»Natürlich, Mama. Sie muss Medikamente nehmen. Sicher wird sie heute noch zum Arzt gebracht.«

Unauffällig schalte ich das Programm um und setze mich neben meine Mutter aufs Sofa.

»Du musst mir einen Gefallen tun, Liebes«, sagt sie da, als wäre sie plötzlich wieder ganz klar und hätte das, was gerade passiert ist, längst vergessen. »Wir werden wieder Mensch-ärgere-Dich-nicht spielen. Seit Filo gestorben ist, haben wir uns nicht mehr getroffen, und nach drei Monaten Trauer wollen wir nächsten Donnerstag wieder loslegen. Aber ohne Filo sind wir nur zu dritt.«

»Du willst, dass ich mit dir und deinen Freundinnen Mensch-ärgere-Dich-nicht spiele?«

»Ich habe ihnen schon zugesagt«, entgegnet sie und nimmt mir damit jede Möglichkeit abzulehnen. »Am Donnerstag um sechs. Lass mich nicht hängen.«

Was soll ich beim Mensch-ärgere-Dich-nicht-Spielen mit drei über siebzigjährigen Damen? Nichts, gar nichts. Mein Sozialleben ist ein Trauerspiel. Aber wer könnte seiner alten Mutter so etwas abschlagen?

»In Ordnung, Mama, ich komme mit«, erkläre ich.

»Wohin? Wir treffen uns doch hier!«, stellt sie klar und zeigt auf den Boden.

Ich ringe mir ein Lächeln ab. Aber vielleicht ist es sogar besser hier zu Hause als woanders.

»Na, das ist doch wunderbar«, erwidere ich und heuchle Begeisterung.

Ich verliere zu oft die Nerven und versuche anschließend, meinen Fehler mit freundlichen Worten auszugleichen, so gut es eben geht. Um die Risse zu überdecken, wie wenn man eine Torte mit einem Spritzbeutel verziert und sich mit jeder Buttercreme-Rosette die größte Mühe gibt. Wieder einmal bin ich versucht, Mama nach meinem Vater zu fragen, lasse es dann aber sein, weil ich sowieso schon weiß, was dann kommt. Sie würde wie immer irgendeine Ausrede erfinden, um dieses Gespräch ins Unendliche zu verschieben. Sie kann es nicht leiden, wenn ich das Thema anschneide, und ich finde es ungerecht, dass sie sich nicht mal in meine Lage versetzt. Ich muss doch wissen, was mit meinem Vater passiert ist. Warum er die Familie verlassen hat und nie wiedergekommen ist. Seit ich ein Kind war, quält mich diese Frage, und jetzt reicht es mir allmählich. Ich will und kann diese Ungewissheit nicht länger ertragen! Und schon gar nicht, seit wir wieder in Galicien sind – in diesem Haus, wo die Gespenster der Vergangenheit leben. In Madrid war das etwas anderes. Da war ich weit weg von zu Hause, und mein dringendes Bedürfnis, Antworten zu finden, war eingeschlafen. Aber seit ich zurück bin, kommt die Vergangenheit wieder hoch, und ich bin nicht bereit, weiterhin so zu tun, als wäre nichts geschehen, weil das nicht stimmt. Mein Vater ist verschwunden, einfach so, und diesen Gedanken werde ich nicht los, er erzeugt in mir eine Beklommenheit, mit der ich nicht zurechtkomme. Ich weiß, dass mir meine Mutter etwas verschweigt. Das habe ich immer gewusst. Der Unterschied ist, dass ich jetzt fest entschlossen bin, die Wahrheit aus ihr rauszukriegen.

Ich gehe zurück in mein Zimmer und widme mich wieder meiner To-do-Liste. Ich rufe den Fotografen an, um ihn um das Foto von der alten Straßenbahnstation zu bitten, und dann mache ich mich daran, meinen Artikel zu Ende zu schreiben. Ich muss ihn in vierzig Minuten abgeben. Morgens arbeite ich in der Redaktion, und am Nachmittag im Homeoffice. Als ich mit der Zeitschrift meinen neuen Vertrag ausgehandelt habe, habe ich darauf bestanden, damit ich mich um meine Mutter und um Sebas kümmern kann. Es bedeutet allerdings, dass ich bis tief in die Nacht schreibe, denn hier zu Hause, mit der ganzen Verantwortung für die beiden, werde ich ständig bei der Arbeit unterbrochen. Irgendwie kriege ich es immer hin, bin allerdings ständig übermüdet. Als ich mich entschieden habe, Journalismus zu studieren, hatte ich mir den Beruf etwas anders vorgestellt. Aber ich darf mich nicht beschweren, immerhin muss ich mich nicht als freie Mitarbeiterin durchschlagen. Und manchmal geben sie mir die Möglichkeit, Reportagen zu machen, die mich wieder mit meinem Beruf versöhnen und mich daran erinnern, warum ich ihn mir ausgesucht habe.

Ich werde genau in dem Moment mit meinem Artikel fertig, als unten die Tür ins Schloss fällt.

»Mama, ich bin wieder da!«, ruft Sebas von unten.

Ich schalte den Computer aus. Jetzt muss ich meiner Mutter beim Duschen helfen und das Abendessen richten. Und die Anwältin anrufen. Aber das werde ich wohl auf morgen verschieben.

LUZ

Drei Monate ohne Mensch-ärgere-Dich-nicht ist eine Ewigkeit. Vor allem, wenn man fast achtzig Jahre alt ist und das Ende immer näherrückt. Ich bin nicht mehr in dem Alter, in dem man die Tage bloß so dahinplätschern lässt. Die Zeit rast. Es kommt mir vor, als wäre es erst gestern gewesen, dass der Argentinier mir den Ehering an den Finger gesteckt hat. Damals habe ich ihn noch nicht den Argentinier genannt, sondern Martín, was sein richtiger Name ist. Ich habe viel geweint, als er uns verlassen hat. Natürlich so, dass Julia es nicht gemerkt hat. Ich wollte nicht, dass sie mich traurig sieht. Als ich keine Tränen mehr hatte, habe ich den Ehering in ein Pfandhaus gebracht. Ich wollte ihn nicht mehr tragen. Nicht nur angeschmiert, sondern auch noch treu! Das kam für mich nicht infrage. Ich kenne viele Frauen, die von ihren Männern verlassen worden sind und nie ihren Ehering abgelegt haben. Aber ich bin da anders. Ich habe drei Monate gewartet. Und es war gar nicht so leicht, das blöde Ding vom Finger zu kriegen. Denn mit den Jahren schwellen die Finger an und verformen sich. Und dann kommt noch irgendwann die Arthritis in den Gelenken. Inzwischen habe ich so dicke Klauen wie das Ungeheuer von Loch Ness. Ich habe es damals mit Butter versucht, mit Kernseife, mit Shampoo und mit Spucke, aber nichts hat funktioniert. Der verdammte Ring wollte einfach nicht abgehen. Zwei Tage habe ich gebraucht, aber dann hat es doch geklappt. Fünfzehntausend Peseten habe ich dafür bekommen. Oder hundertfünfzig Euro, was weiß ich, ich bringe das immer durcheinander. Jedenfalls kam ich mit dem Geld aus dem Pfandhaus und habe gleich einen neuen Teppich fürs Wohnzimmer gekauft. Den, der heute noch dort liegt und den Rest meiner Tage dort liegen wird, so wahr ich Luz Divina heiße!

Bevor unsere Freundin Filo gestorben ist, haben wir immer zu viert Mensch-ärgere-Dich-nicht gespielt, Filo, Preciosa, Aurora und ich. Diese Spieleabende sind eine wunderbare Gelegenheit, zusammen zu sein und zu feiern, dass wir uns nun schon seit mehr als fünfzig Jahren ertragen. Natürlich schlagen wir damit auch die Zeit tot, aber das ist jetzt nicht das Thema. Ich spiele, um zu beweisen, dass ich besser kopfrechnen kann als die anderen, und auch, um die Neuigkeiten zu erfahren, die mir sonst entgehen würden, weil weder im Fernsehen noch in der Zeitung noch im Kirchenblättchen darüber berichtet wird. Als wir uns darauf geeinigt hatten, um Filo zu trauern und in dieser Zeit die Spieleabende ausfallen zu lassen, musste ich all mein schauspielerisches Talent aufbieten:

»Nur drei Monate?«, fragte ich Preciosa und Aurora, und dann legte ich mich so richtig ins Zeug. »Wären sechs Monate nicht besser?«

Bitte, bitte, lass sie Nein sagen, bitte ... bitte!, flehte ich insgeheim, in der Hoffnung, dass meine Rechnung aufging.

»Filo hat Mensch-ärgere-Dich-nicht *geliebt*«, wandte Preciosa mit einem vernichtenden Blick auf mich ein. »Es wäre ihr sicher nicht recht, wenn wir ihretwegen so lange darauf verzichten würden. Drei Monate reichen. Warum länger?«

Ich atmete erleichtert auf, das war perfekt gelaufen. Die Sorge darüber, was die Leute sagen werden, ist eine

Schwäche, die ich mir in meinem Alter wohl nicht mehr abgewöhnen werde. Vor den anderen als ergebene, opferbereite Freundin dazustehen, die sogar willens war, sechs Monate ohne Mensch-ärgere-Dich-nicht zu leben, war etwas, das mir sehr gefiel. Vor allem, um Aurora auf meiner Seite zu haben. Sie ist die einzige wirklich Gläubige von uns dreien. Preciosa und mir ist fast alles, was mit dem Allmächtigen zu tun hat, ziemlich schnurz. Wir beide wissen, dass wir nur so tun, halten die Fassade aber aufrecht, was vermutlich auf die meisten Leute zutrifft. Man muss sich nur diese Weibsbilder ansehen, die nie zur Messe gehen, aber wenn jemand aus der Bekanntschaft stirbt, drängeln sie sich mit ihren Kränzen und Sträußen in der Schlange vor dem Leichenwagen ganz nach vorne. Um nur ja den Anschein zu wahren.

Um fünf Uhr am Nachmittag beginne ich mit den Vorbereitungen. Ich lege die Tischdecke auf, die wir immer zum Spielen benutzen, und nehme die Pfirsichgläser aus der Speisekammer. Es sind drei. Bis obenhin voll mit Peseten und Centstücken. Das vierte haben wir geleert, um den Kranz für Filo zu bezahlen: *Von deinen Freundinnen, die beim Mensch-ärgere-Dich-nicht bei Wein und Schokolade immer an dich denken werden.* Aurora war ziemlich sauer, als sie den Spruch gelesen hat, den Preciosa und ich für die Schleife in Auftrag gegeben hatten. Sie fühlte sich provoziert, weil wir damit unser Faible für Pralinen und Wein öffentlich gemacht haben. Dabei wäre es doch viel schlimmer, wenn unser Laster das Nikotin wäre und wir qualmen würden wie die Schlote. Aber sie hat das anders gesehen. Sie hat zwei Wochen lang nicht mit uns gesprochen und ist jeden Tag zur Beichte gegangen. Wir haben uns bei ihr entschuldigt, aber nur um die Wogen zu glätten – nicht, weil wir wirklich glaubten, etwas falsch gemacht zu haben. Es war eine dieser Gelegenheiten, bei denen man um Verzeihung bittet, obwohl man recht hat, um Schlimmeres zu verhindern.

Ich postiere die Pfirsichgläser so, dass sie gut zu sehen sind, denn sie gehören zur Kulisse. Es ist schön zu sehen, wie sie über die Jahre Monat für Monat voller werden. Wir sind fleißig wie die Ameisen. Dann hole ich das Brett, die Schachtel mit den Spielfiguren und den Würfelbechern und stelle die Gläser und die Weinflasche auf den Tisch. Den Rest bringen die anderen mit. Ich setze mich aufs Sofa, bis die Uhr Viertel vor sechs anzeigt. Dann ist es so weit.

»Julia, mach dich fertig!«, rufe ich laut, damit sie mich hört. Sie ist schon eine ganze Weile in der Küche, weiß der Himmel, was sie da so lange macht.

Ich nehme die Keksdose aus Metall, in der ich die Spielfiguren, die Würfel und die Becher aufbewahre, gehe in den Garten und schüttle sie direkt an der Mauer, hinter der Auroras Haus liegt. Ich bin jedes Mal wieder überrascht, wie viel Lärm man mit solch einfachen Mitteln erzeugen kann. Der Inhalt der Dose schlägt scheppernd gegen das Blech, und wenige Minuten später sind meine Freundinnen auf dem Weg. Sie kommen über die Treppen, die unsere Gärten verbinden. Preciosa steigt die Stufen an ihrer Mauerseite rauf und an Auroras Seite wieder runter. Die beiden sind gut in Form, es macht Spaß, sie flott wie junge Mädchen die Treppen überwinden zu sehen.

»Hereinspaziert!«, begrüße ich die beiden, glücklich, endlich wieder spielen zu können.

Sie haben die ausrangierten Rucksäcke ihrer Enkelinnen dabei, rosa mit Prinzessinnen und Einhörnern drauf.

»Macht deine Tochter mit?«, fragt Preciosa.

»Natürlich. Ich habe euch ja gesagt, dass sie uns nicht im Stich lässt. Auf Julia kann man sich verlassen. Kommt rein.«

Als ich das Wohnzimmer betrete, wird mir schlagartig klar, was meine Tochter die ganze Zeit in der Küche gemacht hat: Canapés. Sie sind so perfekt und zierlich angerichtet, als ob sie direkt aus einem Gourmet-Magazin kommen. Irgendwie sehen sie künstlich aus. Sie können unmöglich schmecken.

»Die sehen aber gut aus!«, lobe ich meine Tochter und greife einmal mehr auf meine schauspielerischen Fähigkeiten zurück.

»Ich folge auf Instagram einer Köchin, die geniale Rezepte teilt. Es ist viel Arbeit, und man muss Geduld haben, aber das Ergebnis ist den Aufwand wert«, sagt sie zufrieden und richtet die Handykamera auf den kleinen Tisch, wo sie die Tabletts arrangiert hat.

»Ja, sicher«, entgegne ich, als wüsste ich, was dieses Instagran ist, und als würde es mich irgendwie interessieren.

Aurora und Preciosa öffnen ihre Rucksäcke und holen die Pralinen und die *Magdalenas* heraus. Ich seufze erleichtert. Wenn ich mir diese Canapés anschaue, wird mir ganz anders. Um die so hinzukriegen, muss Julia eine Pinzette zu Hilfe genommen haben. So was Albernes. Auf einigen sind Sardellenröllchen, auf anderen Olivenstückchen, Mandelsplitter, gehackte Eier, Nüsse, Rosinen und was weiß ich noch alles. Zusammenstellungen, die ich ganz und gar nicht mag. Es gibt auch welche, die aussehen wie Vogelnester. Gott weiß, wie meine Tochter auf den Gedanken gekommen ist, dass uns so etwas schmecken könnte. Ich werde die Luft anhalten müssen, um die herunterzukriegen. Ich blicke in die Runde und versuche, mir nichts anmerken zu lassen.

»Kommt, nehmt Platz«, fordere ich alle auf, während ich den Wein einschenke.

»Ich möchte nur Wasser«, sagt Julia.

Ein ganz schlechter Start.

»Trink lieber einen Schluck Wein, dann sieht die Welt gleich viel freundlicher aus, meine Liebe«, meint Preciosa.

Grund zum Unglücklichsein hat meine Tochter genug. Die beiden kennen die Geschichte mit der Scheidung und wissen, dass der Vater des Jungen offenbar eine Freundin hat. Das weiß ich zwar nicht sicher, aber man muss auch nicht besonders klug sein, um es zu erahnen. Deshalb habe ich es meinen Freundinnen gesteckt, obwohl meine Tochter selbst nichts davon erzählt hat. Ich nehme das meinem Schwiegersohn nicht übel, denn wenn sie nicht mehr zusammen sind, müssen sie ein neues Leben anfangen. Er hätte noch etwas warten können, das stimmt schon. So sieht es aus, als hätte er die eine gegen die andere ausgetauscht, und das ist nicht gut.

»Du hast grün«, teile ich Julia mit und gebe ihr einen Würfelbecher. »Kennst du die Regeln?«

»Ich denke, ja.«

»Keine Sorge, ist ganz einfach«, meint Aurora. »Du würfelst und setzt deinen Spielstein um die entsprechende Anzahl von Feldern vor. Eigene und fremde Steine können übersprungen werden. Wer mit dem letzten Zug auf ein Feld trifft, das von einer anderen Spielfigur besetzt ist, schmeißt sie raus und setzt seinen eigenen Stein auf ihren Platz. Wer rausfliegt, muss wieder von vorn anfangen. Wer eine Sechs würfelt, hat einen weiteren Wurf frei. Bei einer Sechs musst du einen neuen Stein ins Spiel bringen, solange du noch welche im Häuschen hast. Wer als Erster alle Spielfiguren auf die Zielfelder gebracht hat, gewinnt. Alles klar?«

Julia nickt, ohne ein Wort zu sagen. Sie wirkt ziemlich niedergeschlagen. Ich habe das Gefühl, dass sie nicht mal die Hälfte verstanden hat.

»Bevor wir loslegen, müssen wir dir noch etwas erklären«, sagt Preciosa, und ihr Ton wird feierlich. »Komm, Luz, sag du es ihr.«

Ich nehme das Pfirsichglas, um Julia den Grund zu erklären, warum wir um Geld spielen.

»Siehst du die anderen drei Gläser mit den Münzen? Eins davon gehört Preciosa, eins Aurora und das dritte mir. Das hier war Filos Glas, deswegen ist es jetzt leer. Wir legen das Geld zusammen, um das wir gespielt haben, um uns den größten Kranz, den es gibt, für unsere Beerdigung zu kaufen. Und wir möchten, dass dieses Glas von nun an dir gehört, weil du Filos Nachfolgerin bist.«

Meine Tochter sieht mich an wie ein Auto, sagt aber nichts.

»Wir werden es schaffen, es mit Zehn- und Zwanzig-Cent-Stücken zu füllen, kein Kupfer. Dieses Glas ist die Garantie dafür, dass du bei deiner Beerdigung einen richtig großen Kranz haben wirst. Wir werden uns darum kümmern.«

»Ich bin einundvierzig Jahre alt«, merkt Julia leise an.

»Umso besser, da bleibt mehr Zeit, um das Glas zu füllen!«, erklärt Preciosa fröhlich.

»Und jetzt stoßen wir miteinander an und legen los.« Ich hebe mein Glas, damit wir endlich anfangen können.

Wir prosten uns zu und leeren mit einem Zug das halbe Glas, außer Julia natürlich.

»Nun stell dich nicht so an und nimm mal einen ordentlichen Schluck«, befehle ich. »Komm, Julia, wir haben nicht den ganzen Abend Zeit.«

Sie gehorcht, wahrscheinlich um mich nicht vor meinen Freundinnen zu blamieren. Ich fühle mich gut, weil ich die Lage im Griff habe. Der Wein tut ein Übriges. Wenn der Körper ein bisschen vorgeheizt ist, wird alles leichter. Dann ist das Leben im Fluss. Wir schütteln die Würfelbecher. Die mit der höchsten Zahl fängt an. Es ist Aurora mit einer fetten Sechs. Sie würfelt erneut. Noch eine Sechs und ein Jubelschrei, der fast mein Trommelfell zum Platzen bringt.

»Ganz ruhig, wir haben doch gerade erst angefangen«, weist Preciosa sie in die Schranken.

Doch Aurora lässt sich nicht beirren. Sie hat schon zwei Spielsteine draußen, ist voll dabei und hat das ganze Spielfeld für sich allein. Ich brauche vier Anläufe, bis ich endlich eine Sechs würfle. Ich bin kurz davor, den Würfel zu wechseln, als die ersehnte Zahl endlich kommt. Und das gleich dreimal hintereinander, was meine Moral deutlich hebt. Zur Belohnung für diesen gelungenen Spielzug genehmige ich mir zwei Pralinen und einen weiteren Schluck Wein. Aurora würfelt eine Vier und wirft Preciosa raus. Sie ist klar im Vorteil. Wir schütteln den Würfelbecher, futtern Pralinen und trinken unseren Wein dazu. Jetzt ist Julia dran, die im Schneckentempo unterwegs ist. Sie hält die ganze Partie auf. Sie zählt sehr langsam und probiert alle Spielsteine aus, bevor sie eine Entscheidung trifft. So wird das ewig dauern. Während sie über jeden Spielzug nachgrübelt, vertreibe ich mir die Zeit mit Pralinen und Wein. Wenn das so weitergeht, werde ich eine zweite Flasche öffnen müssen, was nicht mehr vorgekommen ist, seit Auroras Tochter ihr Staatsexamen bestanden hat, und das ist mindestens sieben Jahre her. Wir waren reichlich beschwipst, aber der Anlass war es wert. Ich habe Aurora nie so glücklich gesehen, nicht mal bei der Hochzeit ihres Sohnes.

»Sechs!«, ruft Preciosa triumphierend.

Sie stellt die Figur, die gerade rausgeflogen war, wieder aufs Spielfeld und rückt damit zügig vor.

»Ab nach Hause!«, sagt sie und haut Julias Figur vom Brett.

Ich schüttle meinen Würfelbecher mit aller Kraft, damit sie nervös wird und einen Fehler macht. Sich hier zu verzählen kostet Strafe in klingender Münze. »Entschuldigung, war keine Absicht« gilt nicht. Aber tatsächlich verzählen wir uns nie, da müssen wir schon gewaltig einen sitzen haben. Ich werfe eine Drei als Auftakt zu einer verdammten Pechsträhne aus einer Zwei, einer Eins und noch einer Zwei. Ich puste auf den Würfel, um die Misere zu beenden. Eine Vier. Um mir für die Aufholjagd Mut anzutrinken, nehme ich vier Schlucke Wein. Meine Tochter will mich bremsen, aber ich höre nicht auf sie. Ich kann nur drei Sachen gleichzeitig tun: den Würfelbecher schütteln, mich auf die Zahl konzentrieren, mit der ich diese überfällige Figur von Aurora raushauen möchte, und den paradiesischen Geschmack der Praline genießen. Die mit Schokolade umhüllte Kirsche zerplatzt in meinem Mund, und ich schließe für einen Moment die Augen.

»Ich krieg dich, Luz!«, verkündet Aurora mit herausforderndem Blick und lässt den Würfel mit der Kraft eines Stabmixers im Becher kreisen.

Wenn sie noch eine Sechs hat, schmeißt sie mich wieder raus, so viel Glück darf sie nicht haben. Wir klappern alle im selben Takt mit unseren Würfelbechern wie Eingeborene am Lagerfeuer, die ihre Lanzen rhythmisch auf die Erde stoßen und gleich anfangen werden zu tanzen.

»SECHS!«, schreit Aurora triumphierend.

Sie wirft meine Spielfigur raus und klatscht in die Hände. Sie tanzt auf meinem Grab, und das lasse ich nicht zu, DAS LASSE ICH NICHT ZU! Ich greife nach dem Stiel des Hammers, und bevor mich irgendjemand zurückhalten kann, haue ich mitten auf den Tisch. KRACK! Die Spielfiguren fliegen durch die Luft, allerdings im Zeitlupentempo. Ich sehe zu, wie sie sich in der Luft drehen. Dann fallen sie wieder herunter und landen irgendwo. Wir wissen genau, wo unsere Figuren gestanden haben. Julia nicht. Julia weiß nicht mal, wo sie ihren Kopf hat.

»Aber, Mama ...«, sagt sie nervös.

Sie steht auf und tritt auf mich zu.

»Und wer bist du? Julia, da steht eine Frau neben dir, die genauso aussieht wie du«, sage ich, obwohl ich weiß, dass sie diese Nachricht nicht gut aufnehmen wird.

Ich kann nicht mehr richtig geradeaus gucken und sehe alles doppelt: die Glühbirne, den Fernseher, Aurora ...

»Meiner Mutter geht es nicht gut, wir legen sie besser aufs Sofa.«

»Genau, damit sie ihren Rausch ausschläft!«, ruft eine der beiden Auroras so übermütig, als hätte sie im Lotto gewonnen.

»Oma!«

Das ist mein Enkel, aber ich sehe ihn nicht, weil ich die Augen zugemacht habe, und gleich bin ich weg, und es ist sowieso höchste Zeit. Gute Nacht! *Adiós!*

SEBAS

»Oma?«

»Sebastián, bitte geh mit deinen Freunden wieder auf dein Zimmer, ihr könnt noch etwas spielen«, sagt Mama, und ich kann die Panik in ihrer Stimme hören. »Deine Großmutter fühlt sich nicht gut.«

»Los, komm«, flüstert Noa so dicht an meinem Ohr, dass mich ihr Atem kitzelt.

Schade, dass sie sich gleich wieder zurückzieht, denn ich mag dieses wohlige Kribbeln auf den Armen, das ich nur in ganz besonderen Momenten wie diesem spüre. Was meine Oma wohl spürt, wenn sie nach ihrem *Mjölnir* greift? Ob ihr dann auch die Haut kribbelt? Oder ob es noch andere Reaktionen gibt bei jemandem, der so viel Macht hat? Ich stelle mir ihren Herzschlag vor wie eine Pauke: bumm, bumm, bumm ...

»Sebas, wenn ihr wollt, könnt ihr euch ein Tablett mit Canapés mit nach oben nehmen.«

»Ich mach das schon, vielen Dank!«, antwortet Guerrero, schnell wie ein Ninja.

Wenn ich etwas gelernt habe in diesen zehn Jahren meines Lebens, dann das: Egal, was passiert, eine Mutter vergisst niemals, dass ihr Kind etwas essen muss. Auch nicht, wenn im Fernsehen gerade verkündet wird, dass ein Meteorit auf die Erde zurast, der gleich einschlagen wird, in fünf, vier, drei, zwei, eins ...

»Dein Brot, Sebas!«, würde meine Mutter sagen, während ich gebannt auf den Fernseher starre, auf dem

Schoß den Teller mit dem Brot, aus dem meine Zähne einen Halbmond herausgebissen haben – eine traurige Erinnerung an das, was einmal normal gewesen ist, bevor die Menschheit ausgelöscht wurde.

Wir gehen in mein Zimmer. Ich schließe die Tür und stelle einen Stuhl unter die Klinke, damit niemand einfach so reinkommen kann. Was nicht bedeutet, dass wir etwas tun wollen, was wir nicht dürfen. Es ist nur so, dass die Erwachsenen immer vergessen, dass auch wir Kinder ein Recht auf Privatsphäre haben. Dieser Stuhl ist eine stumme Mahnung. Ein Hinweis, der besagt: Du betrittst gerade das Reich eines anderen Menschen. Ich bin ein Mensch mit einer Größe von einem Meter siebenunddreißig. Ich habe Rechte. Verbrieft, seit die Vereinten Nationen 1959 die Erklärung der Rechte des Kindes verabschiedet haben. Das hat die Lehrerin neulich im Unterricht gesagt, und dieses Datum werde ich mir gut merken.

»Sebas, ich sag's dir, deine Oma ist Thor«, meint Guerrero ernsthaft, während er sich wie beiläufig ein Canapé nimmt. »Habt ihr gesehen, wie sie mit dem Hammer auf das Spielbrett gehauen hat? Da sind sogar Funken geflogen!«

»Ja, das war echt krass, aber was ist denn mit deiner Mutter los gewesen, Sebas?«, fragt Noa. »Die war für ein paar Sekunden wie erstarrt. Wie eine Statue.«

»Auf meine Mutter habe ich gar nicht geachtet. Ich habe nur meine Oma gesehen. Die war wie besessen.«

»Besessen? Nein. Sie war genau wie mein Onkel an Silvester. Oder ist dir nicht aufgefallen, dass eine Flasche Wein auf dem Tisch stand?«

»Und all die Pralinenpapiere«, meint Guerrero. »Jede Menge Pralinenpapiere. Die haben ganz schön was verputzt.«

»Denkt ihr, dass meine Oma Alkoholikerin ist?«

»Ich denke, dass fast alle Erwachsenen Alkoholiker sind«, sagt Noa verschwörerisch. »Die sind Wasserhasser!«

»Meine Mutter trinkt immer Wasser«, murmele ich, während ich versuche, in die Szene, die wir gerade im Wohnzimmer miterlebt haben, irgendeinen Sinn zu bringen.

»Erwachsene machen manchmal komische Sachen, weil sie Aufmerksamkeit wollen«, sagt Guerrero, um es zu verharmlosen. »Wann, glaubt ihr, werden wir anfangen, uns in Erwachsene zu verwandeln? Meine Schwester trinkt auch schon Alkohol. Vor ein paar Wochen ist sie zu einer Party gegangen und hatte ganz viele kleine Flaschen in ihrer Tasche versteckt.«

»Hast du etwa die Tasche deiner Schwester durchsucht? Das ist nicht okay, David«, sagt Noa.

»Ja, hab ich, aber nicht aus dem Grund, den du meinst. Manchmal hat sie diese weichen Toffees dabei, die so schön an den Zähnen kleben, sodass man viel länger was davon hat. Ich wollte nur so ein Bonbon. Die Flaschen hätte ich lieber gar nicht gesehen. Ich hoffe, ich vergesse das wieder.«

Wir schweigen ein paar Sekunden, als wäre das, was wir gerade erfahren haben, irgendwie schmutzig und würde durch unsichtbare Löcher sickern, um alles zu verseuchen. Ich fühle mich seltsam unwohl. Schließlich breche ich das Schweigen und platze heraus:

»Ich will nicht, dass uns auch mal so was passiert. Scheidungen sind was ganz Übles.«

Ich bemerke, wie Guerrero und Noa einen Blick wechseln, so was fällt mir immer auf. Ich weiß nicht, warum ich das eben gesagt habe, es ist mir einfach so rausgerutscht.

Während wir über etwas ganz anderes reden, macht mein Gehirn manchmal, was es will. Dann kommen mir schon mal schlechte Dinge in den Sinn, und ich werde traurig. Einige Eltern, die sich trennen, hassen sich dann, und es wäre furchtbar, wenn meine Eltern sich hassen würden. Es ist schon schrecklich genug, dass Papa so weit weg wohnt. Zum Glück habe ich seinen Brief. Den hat er mir geschrieben, bevor wir von Madrid weggezogen sind. Ich habe ihn immer im Rucksack. Ich habe ihn ganz oft gelesen, weil da wichtige Dinge drinstehen, die ich nicht vergessen will. Noa wird ernst und sagt:

»Na ja, wenn Scheidungen so was Übles sind, dann lasst uns einen Pakt schließen und schwören, dass wir uns niemals scheiden lassen. Dass wir immer zusammenbleiben werden, wir drei. Und es gilt nicht als Ausrede, wenn wir später mal auf unterschiedliche Universitäten gehen oder andere Leute kennenlernen. Dieser Schwur gilt für immer, und für immer heißt, dass uns höchstens eine Katastrophe trennen kann.«

Ich mag Noas Gabe, traurige Momente umzudrehen und ins Gegenteil zu verwandeln. Es ist, als hätte sie kleine Sonnen im Ärmel. Wenn es regnet oder etwas bedrohlich ist, zieht sie eine Sonne hervor und lässt sie fliegen wie einen Vogel.

Sie streckt eine Hand aus und sieht uns mit ihren Bambi-Augen an, damit wir unsere Hände auf ihre legen.

»Bei drei sagen wir alle gleichzeitig: ›Freunde für immer und ewig‹«, weist sie uns an.

»Keine Scheidung!«, füge ich hinzu.

Wir schließen unseren Freundschaftspakt in der Überzeugung, dass ihn nichts auf der Welt brechen kann. Und so ist es auch. Es ist wirklich so.

Ich hätte gern, dass Noa und Guerrero bei mir übernachten und wir mein Zimmer in eine Festung verwandeln, in der wir drei geschützt sind, egal, was auf der anderen Seite der Tür passiert. Wir könnten hier leben, ohne die Monster hereinzulassen. Mamas Tränen sind Monster. Genauso wie Omas merkwürdige Reaktionen und dass Papa so weit weg ist. Aber ihn würde ich reinlassen. Ich würde ihm die Tür öffnen über mein Tablet und eine Weile mit ihm in meinem Zimmer verbringen. Mein Zimmer war schon immer mein Lieblingsplatz, das war schon in Madrid so. Ich glaube, dass ich die magische Gabe habe, mir, wo ich auch bin, das tollste Zimmer einzurichten.

Noa schlägt vor, dass wir uns einen Film über die Größe der Erde und ihre Position im Sonnensystem anschauen. Guerrero und ich tun so, als würde es uns interessieren, um sie nicht vor den Kopf zu stoßen. Aber all die vielen Zahlen sind schwer zu verstehen. Ich würde viel lieber über Thor und seinen Hammer reden.

»Kennst du keinen Film, in dem es um Asgard geht?«, fragt Guerrero da.

»Asgard gibt es nicht«, sagt Noa.

»Aber natürlich gibt es das! Das ist eine der neun Welten, die Yggdrasil verkörpert.«

»Yggdra... was?«, frage ich.

»Der Weltenbaum. Das ist eine Esche mit so langen Ästen, dass ihre Blätter sich mit den Sternen vermischen. Sie hat drei Wurzeln. Eine davon führt zu Asgard, dem Reich der Götter, wo Odin herrscht, Thors Vater. Die zweite reicht nach Jötumheim, dem Land der Eisriesen. Und die dritte nach Niflheim zur Quelle Hvergelmir, wo der Drache Nidhöggr an ihr nagt.«

»Erzähl weiter«, bitte ich ihn.

Noa verzieht gelangweilt das Gesicht, aber sowohl Guerrero als auch ich wissen, dass sie sich nur interessant machen will. Denn was Guerrero da erzählt, ist mega spannend!

»Yggdrasil verkörpert den gesamten Kosmos. Ohne ihn würde alles zusammenbrechen. Von seinen Blättern trieft bienennährender Tau, der Hungangsfall, und mehrere Kreaturen leben auf ihm. Ganz oben in der Krone wohnt ein riesiger namenloser Adler und zwischen seinen Augen ein Habicht. Und dann gibt es noch das Eichhörnchen Ratatöskr, das zwischen der Krone und den Wurzeln hin- und herflitzt und Nachrichten von der einen zur anderen Welt bringt. Ratatöskr ist die Verbindung von dem Adler zu dem Drachen Nidhöggr, der am Ende der dritten Wurzel lebt. Und es gibt vier Hirsche, eigentlich die Seelen von vier Zwergen, die diese Gestalt angenommen haben, um die Triebe der Weltesche abzufressen. Einer meiner Lieblingshelden ist Heimdall, der die Brücke Bifröst bewacht – sie verbindet Asgard mit Midgard, dem Reich der Menschen.«

Guerrero hält inne, sieht mich eindringlich an.

»Hast du denn noch nicht mit dem Buch angefangen, das ich dir geliehen habe?«

»Doch, natürlich! Einige dieser Namen kommen mir bekannt vor, aber du bist ja ein wandelndes Lexikon.«

»Ein Wikikon wohl eher!«

Dieser Einwurf von Noa bringt uns zum Lachen. Wir sind das beste Team.

»Wollt ihr heute bei mir übernachten?«, frage ich, obwohl ich weiß, dass das nicht geht, weil morgen Schule ist.

»Wenn du lange Haare hättest, Röcke tragen würdest und heute Freitag oder Samstag wäre, würden meine Eltern es vielleicht erlauben«, sagt Noa und zieht ihre Jacke an. »Aber du bist ein Junge, und du weißt ja, was das bedeutet.«

Ich nicke, dabei habe ich keine Ahnung, was das bedeutet. Oder ja, ich weiß es, aber es gefällt mir überhaupt nicht.

»Ich begleite dich nach Hause«, sagt Guerrero und steckt sich ein paar Canapés in die Manteltasche.

Meine Freunde wohnen in derselben Straße, was ziemlich praktisch ist. Es tut mir sehr leid, dass sie gehen müssen. Nach dem Auftritt von vorhin bin ich nicht besonders scharf darauf, den Abend mit Oma zu verbringen. Auch nicht mit Mama. Ich könnte nicht mal sagen, warum das so ist. Plötzlich habe ich einen Kloß im Hals, der immer dicker wird. Eine Art Ball aus Staub, der vorher vielleicht unter meinem Bett war und jetzt in meinen *Tracheen* steckt. Ich mag das Wort *Tracheen*. Genau wie *Bronchien* und *Larynx*.

»Wir sehen uns morgen, Wikinger«, sagt Guerrero.

Ich bringe die beiden zur Haustür und mache sie hinter ihnen zu. Dann stapfe ich zurück und weiß selbst nicht, warum ich gerade so wütend bin.

»Alles in Ordnung, Sebas?«, fragt Mama, als ob sie meine Gedanken lesen könnte. Oder schlimmer noch: meine Gefühle.

Ich antworte nicht. Ich will nicht mit ihr reden. Ich will mit niemandem reden. Also schließe ich mich in mein Zimmer ein, lege mich aufs Bett und greife nach Guerreros Buch, in der Hoffnung, dass der Staubkloß in meinem Hals verschwindet und sich in den Seiten vielleicht auch irgendeine Antwort finden lässt.

JULIA

Das Haus ist so leer, dass es sich wie eine leere Hülle anfühlt. Sebas ist mit diesen beiden Kindern, mit denen er jetzt immer zusammenhängt, am Stausee zum Angeln, und Mama trifft sich mit ihren Freundinnen bei Preciosa. Ich sollte die Zeit nutzen, um mit meinem Artikel über den erneuten Aufschwung des Heroinhandels in Galicien weiterzukommen, kann mich aber nicht konzentrieren. Das Schlimmste ist, dass die Idee zu dieser Reportage von mir selbst stammt. Meinen Chef musste ich erst davon überzeugen, und ich habe mit meiner Rückkehr nach Galicien und der Bedeutung der Küste als Drogenumschlagplatz argumentiert. Das Thema reizt mich sehr, auch wenn schon viel darüber geschrieben wurde. Ich weiß nicht, was in letzter Zeit mit mir los ist. Jedes Mal, wenn ich mich an den Computer setze, klicke ich mich durch unzählige Webseiten, die mich im Grunde nicht mal interessieren. Vor einer Stunde habe ich mich dabei ertappt, wie ich laut darüber nachgedacht habe, dass die Prokrastination das wahre Übel des einundzwanzigsten Jahrhunderts ist, nachdem ich mir ein Video darüber angesehen hatte, wie man lernt, nicht immer alles auf morgen zu verschieben. Ich schalte den Computer aus. Dann stelle ich die Waschmaschine an und beginne, Sebas' Schrank aufzuräumen. Während ich seine T-Shirts falte, kommt mir in den Sinn, dass Papa sich damals genau zu der Zeit aus dem Staub gemacht hat, als das Drogengeschäft hier boomte. Auch wenn beides nicht direkt

miteinander in Verbindung steht, kann ich die Assozia-
tion nicht vermeiden. Ich erinnere mich noch gut an die
Angst, die ich vor den Junkies hatte, als ich klein war.
Ich fand ihre ausgemergelten Körper in der viel zu weiten
Kleidung schrecklich. Auch ihre eingefallenen Gesichter
und die Art, wie sie geredet haben. Ich habe nie verstanden, warum sich ihre Stimmen so seltsam verändert haben, bei allen auf die gleiche Weise. Ich könnte einen Jun-
kie mit geschlossenen Augen erkennen, allein an seiner
Ausdrucksweise und diesem charakteristischen Timbre.
Weil es auch in unserem Viertel Heroinsüchtige gab und
ich ihren raschen Verfall mit eigenen Augen beobachten
konnte. Mir grauste, wenn ich mir vorstellte, wie sie sich
all diese Nadeln in den Körper stachen, bis ihre Venen
zerplatzt waren. Wobei sie zugleich ihre Gehirne, ihre Erinnerungen und ihr früheres Leben auslöschten, als wäre
das alles völlig bedeutungslos. Diese Art des vorsätzlichen
Selbstmords hat mich damals erschreckt und erschreckt
mich heute noch. Die grauenvolle Metamorphose, die sie
vor aller Augen zu Zombies werden ließ. Dass unter der
fahlen Haut noch ein menschliches Herz schlug, hatten
die Leute irgendwann vergessen. Ich habe diese Veränderung bei Kindern von Bekannten meiner Eltern erlebt
und als kleines Mädchen vieles mitbekommen, das sich
mir für immer eingeprägt hat. Wie jener Nachmittag, als
ich draußen mit ein paar Nachbarskindern spielte und
plötzlich ein Polizeiauto vorbeigerast kam, das hinter dem
Manoplas her war. Er wurde so genannt, obwohl er vielleicht gar kein Waschlappen war. In Wirklichkeit hieß er
Gerardo. Er war einer von diesen typischen Halbstarken,
wie es sie in jedem Viertel gibt und schon immer gegeben
hat. Als wären bestimmte Orte in der Lage, immer die

gleichen Menschen hervorzubringen, nur dass in diesem Fall das Heroin den Unterschied machte. Gerardo hatte direkt vor der Bar Seco gebremst, wo mein Vater seine Abende verbrachte. Er stieg aus seinem Wagen, und ich erinnere mich noch, dass mir sein Haar auffiel, weil es zu viel oder zu lang oder zu zerzaust war. Irgendetwas war ungewöhnlich an seinem Aussehen, aber ich konnte es nicht einordnen. Die Polizisten durchsuchten ihn und befahlen ihm, die Jacke und den Pullover auszuziehen und seine Taschen zu leeren. Seine riesigen Hände haben gezittert, und viel mehr konnte ich nicht sehen, weil mein Vater mich und die anderen Kinder in die Bar holte, und ich hatte keine Ahnung, was da draußen los war und was das alles sollte. Ich weiß nur noch, dass wir alle Angst hatten, eine intensive, unkontrollierbare Angst, wie man sie nur als Kind kennt, und nur ganz leise miteinander flüsterten, damit uns niemand hörte. Instinktiv spürten wir, dass wir nicht darüber reden durften. Und wir waren ja auch wirklich noch zu klein. Der Älteste von uns war gerade mal acht Jahre alt, und wir konnten gar nicht begreifen, was sich da eben abgespielt hatte. Wir wussten nur, dass es etwas Schlechtes war und mit Drogen zu tun hatte.

»Sie haben ihn bis auf die Unterhose ausgezogen!«, sollte später eine Nachbarin erzählen, die alles mitangesehen hatte. »Die arme Lola, was für eine Last sie hat mit diesem Jungen!«, fügte sie mit gesenkter Stimme hinzu, voll Mitgefühl für diese Frau, die genauso gut sie selbst hätte sein können.

Keine Mutter war davor gefeit, dass es auch ihre Familie traf. Sie haben gebetet, um es zu verhindern. Aber das war leider nicht genug. Gerardo wurde wenige Jahre später tot in der Toilette einer Bar aufgefunden. Genaueres wusste man nicht. Nur dass es eine Überdosis gewesen war. Damals waren alle sehr aufgebracht. Seine Mutter hat für den Rest ihres Lebens nur noch Schwarz getragen. Mein Vater war damals schon ein paar Jahre weg. Und in diesem Zusammenhang fällt mir noch etwas anderes ein.

Mama, Papa und ich haben mal einen Tag auf der Illa de Arousa verbracht, der kleinen Insel gegenüber von Cambados und Vilanova de Arousa an den Rías Baixas. Das heißt, Mama und ich waren am Strand, während Papa mit ein paar Freunden verabredet war und uns zum Essen abholen kam. Er lief barfuß durch ein Pinienwäldchen, und alles war schön, und der Himmel war blau, bis er plötzlich einen Fluch ausstieß. Er lehnte sich an einen Baum und winkelte das rechte Bein an, um auf seine Fußsohle zu sehen. Darin steckte eine Spritze. Ich erinnere mich nicht mehr an seine Worte, nur dass ich ziemlich entsetzt war und nachher meine Mutter fragte, was ihm denn jetzt passieren könnte.

»Na ja, was schon, er könnte sich mit Aids angesteckt haben«, sagte sie einfach so daher, ohne darüber nachzudenken, was so eine Antwort in einem kleinen Mädchen auslösen könnte.

Meine Mutter hat schon immer übertrieben, sie kann einfach nicht anders. Ich weiß noch, dass ich noch mehrere Wochen danach große Angst hatte. Ich traute mich nicht zu fragen, ob Papa einen Test gemacht hatte oder ein Medikament nehmen musste, ob wir aus demselben Glas trinken oder denselben Löffel benutzen durften, ich hatte ja keine Ahnung. Kurz darauf verschwand er ohne jede Erklärung, und ich dachte lange Zeit, dass er wegen dieser Nadel im Fuß gestorben wäre und mir das niemand gesagt hatte, um mich zu schonen. Mein Vater hat uns verlassen wie jemand, der ein Haustier am Straßenrand aussetzt und einfach wegfährt und alles hinter sich lässt. Mama leugnet das bis heute und behauptet, jahrelang Briefe von Papa aus Buenos Aires erhalten zu haben. Briefe, die ich nie gesehen habe. »Sie sind sehr persönlich«, sagte sie immer. »Es geht darin um Dinge, die dich nichts angehen.«

»Dann lies mir wenigstens mal einen Satz daraus vor«, bat ich sie.

»Er schreibt, dass er Arbeit gefunden hat und uns sehr vermisst. Ich habe ihm ein Foto von dir geschickt, und er findet dich sehr hübsch.«

»Ich möchte diesen Brief sehen, bitte!«

»Das ist nichts für Kinder, Julia.«

»Dann sag mir, warum er gegangen ist.«

»Weil es hier keine Arbeit gab. Oder hättest du es lieber gewollt, dass wir verhungert wären?«

»Er hätte uns doch mitnehmen können. Wenn er uns lieb gehabt hätte, hätte er uns mitgenommen. Oder sich zumindest verabschiedet.«

»Weißt du, wie weh so ein Abschied tut?«

»Es tut mehr weh, einen Vater zu haben, der weggeht, ohne ein Wort zu sagen.«

»Du hast ja keine Ahnung, Julia.«

»Dann erklär es mir! Rede mit mir, ich will verstehen, was vorgeht. Was ist los? Hat er dort eine andere Familie?«

Ich habe die Erklärung, um die ich so oft gebeten hatte, nie erhalten, und das hatte ernsthafte Folgen. Nachdem ich so viele Hypothesen aufgestellt hatte, eine schmerzhafter als die andere, brach mir das Herz, und aus der blutenden Wunde wuchs ein dorniger Zweig, der immer größer und immer unerträglicher wurde. Erst nachdem ich zu Hause ausgezogen war, ging es mir allmählich besser. Es war Mama, die darauf bestanden hatte, dass ich in Madrid studierte. Weil sie mir so oft sagte, dass sie seit Jahrzehnten dafür sparen würde, dass ich dort auf die Universität gehen könnte, habe ich ihr schließlich geglaubt und mich überzeugen lassen, dass ich ihr einen Traum erfülle, wenn ich in Madrid Journalismus studiere. Ein bisschen war es auch, als wollte sie mich loswerden. Ich hingegen habe es manchmal als Verrat empfunden, sie allein zu lassen, aber ihr schien es nichts auszumachen. Ich muss zugeben, dass mein Umzug nach Madrid zu allem, worunter ich gelitten habe, eine gewisse Distanz geschaffen hat. Manchmal denke ich, ich habe so jung geheiratet, um mich an jemandem festhalten zu können. An jemandem, der nicht zu dieser Familie gehörte, die mich von klein auf im Stich gelassen hatte. Ich will nicht abstreiten, dass meine Mutter getan hat, was sie konnte, und sich abgerackert hat, um mich auf die Uni zu schicken. Aber es gibt irreparable Brüche. Obwohl ich jetzt hier bin und mich um sie kümmere, gibt es irreparable Brüche. Und wenn ich nun schon einmal zurück in diesem Haus bin, ist es auch an der Zeit für Antworten. Das Verschwinden eines Vaters ist etwas zu Gravierendes, um es einfach so zu übergehen. Ich habe das Schweigen viel zu lange hingenommen. Außerdem ist das, was meine Mutter sagt, voller Lücken.

»Die Briefe«, murmele ich und werde plötzlich ganz aufgeregt bei dem Gedanken, der mir gerade gekommen ist.

Keine Ahnung, warum ich nicht schon früher auf diese Idee gekommen bin. Das ist die Gelegenheit, so selten wie ich mal für ein paar Stunden allein im Haus bin. Ich gehe ins Zimmer meiner Mutter. Es hat sich seit meiner Kindheit kaum verändert. Dieselbe Tagesdecke, derselbe Teppich, dieselben Vorhänge, die nach all den Jahren ziemlich verschlissen sind. Dieser Stillstand macht mich nervös. Es ist, als ob meine Mutter sich weigerte, vorwärts zu gehen, um stattdessen in einer längst vergangenen Epoche zu versteinern. Die einzige Veränderung ist, dass es sich nun um das Schlafzimmer einer alleinstehenden Frau handelt, aus dem die Gegenwart meines Vaters, zumindest auf den ersten Blick, verbannt wurde, und dass es jetzt einen Fernseher gibt.

Zögernd öffne ich den Schrank. Die Kleidung ist unordentlich hineingestopft, alles kreuz und quer übereinander. Unten stehen ein paar Kartons. Ich fange an, sie zu öffnen, und finde Schuhe, Schals und alte Handtaschen. In einem Karton befindet sich Papierkram, Stromrechnungen, das Familienstammbuch, meine Schulzeugnisse ... Als ich mit den Kartons fertig bin, widme ich mich der Kommode. All dieses alte Zeug zu durchforsten ist eine ziemlich deprimierende Zeitreise. Eine seltsame Angewohnheit, vollkommen belanglose Dinge jahrzehntelang aufzubewahren: alte Röntgenbilder, Einkaufsbelege, Gebrauchsanleitungen von Elektrogeräten, die schon längst durch andere ersetzt wurden. Ich durchwühle das ganze Schlafzimmer, bis mir klar wird, dass ich die Briefe hier nicht finde. Im Wohnzimmer gibt es ein paar Schränke, vielleicht habe ich dort mehr Glück. Doch das Ergebnis ist das gleiche, ich finde nur unnützes Zeug: angeschlagenes Geschirr, vergilbte Tischdecken und das Silberbesteck, das Mama nur zu besonderen Gelegenheiten herausholt. Ich fange an zu glauben, dass die ganze Sache mit den Briefen Teil einer phantastischen Geschichte ist, die sie sich ausgedacht hat, um die Wahrheit zu verschleiern. Eine Lüge, die sie über die Jahre mühsam aufrechterhalten hat. Aber wozu sollte das gut sein? Warum dieser Schwindel? Um der Schande der verlassenen Frau zu entgehen? Aber in diesem Fall ist doch mein Vater derjenige, der sich schämen sollte. Die Opfer sind Mama und ich, und ich weigere mich, mir noch länger etwas zurechtzuspinnen. Ich will endlich die Wahrheit wissen! Bevor ich mich endgültig geschlagen gebe, versuche ich es noch mit der untersten Schublade der Vitrine. Darin finde ich eine Metalldose, die in ein mit winzigen Blumen besticktes Tuch eingewickelt ist. Ich öffne sie und traue meinen Augen nicht. Eine Pistole. Ich weiß nicht, wie ich feststellen soll, ob sie geladen ist, da ich Angst habe, sie anzufassen. Ich schlucke hart. Wie, verdammt noch mal, kommt eine Waffe in dieses Haus?

»Mama, schau mal, was wir gefangen haben!«, ruft Sebas, der in diesem Moment wie ein Wirbelwind hereinfegt und mich zu Tode erschreckt.

Ich lasse die Dose, wo sie ist, mache den Deckel eilig zu und schließe mit rasendem Herzen die Schublade.

»Hallo, Kinder!« Ich tue, als wäre nichts, und entferne mich rasch von der Vitrine. »Na, dann zeigt mal her.«

»Sieben Forellen!«, ruft Sebas.

Noa und Guerrero blicken in den Korb mit dem stolzen Fang.

»Aber ihr seid ja klatschnass geschwitzt. Was ist passiert?«

Keiner antwortet. Sie senken die Blicke, und eine unbehagliche Stille tritt ein. Ohne es zu wollen, habe ich eine heikle Sache angesprochen. Anscheinend haben sie etwas erlebt, wovon ich nichts erfahren soll. Was für ein gelungener Nachmittag!

»Ihr seid ja echt gesprächig«, bohre ich scheinbar humorvoll nach.

»Wir sind von einem Mann verfolgt worden«, gesteht Sebas. »Dem Schlächter.«

»Welchem Schlächter?«, frage ich.

»Einem, der auf dem Berg wohnt und eine Beule am Hals hat.«

»Sebas, ich verstehe kein Wort. Von welchem Mann redest du? Woher kennst du ihn?«

Mir ist nicht entgangen, dass Guerrero ihn heimlich getreten hat, damit er den Mund hält.

»Sebas, ist etwas vorgefallen, das ich wissen sollte? Hat dieser Mann euch etwas getan?«

Er schüttelt den Kopf, und ich gebe auf. Ich weiß, dass ich nichts aus ihm rauskriege, zumindest solange seine Freunde da sind, daher wechsle ich das Thema.

»Ich bin mir sicher, dass Oma euch gern die Fische ausnimmt. Wenn ihr auf sie warten wollt, sie müsste jeden Moment da sein.«

»Danke, aber wenn ich noch eine halbe Stunde später nach Hause komme, bringt meine Mutter mich um«, sagt Noa. »Wir sehen uns morgen, Sebas.«

Auch Guerrero verabschiedet sich.

»Wartet, eure Forellen!«, sage ich.

»Die sind für Sebas' Oma«, antwortet Guerrero. »Sie braucht sie mehr als wir.«

Seine Worte deuten etwas an, was ich nicht verstehe, und das ärgert mich. Es ärgert mich, weil ich drei zehnjährige Kinder vor mir habe, die mich gerade einfach so in die Tasche gesteckt haben. Nur durch ihr Schweigen.

»Was hast du denn in der Vitrine gesucht?«, fragt mich Sebas, nachdem er sich von seinen Freunden verabschiedet hat.

»Informationen über diesen mysteriösen Schlächter, über den du nicht mit mir reden willst«, antworte ich in der Hoffnung, etwas aus ihm rauszukriegen, wobei ich immerzu an die Pistole denken muss. »Was war mit diesem Mann?«

»Nichts. Er ist mit einem Mal auf dem Berg aufgetaucht und hinter uns hergerannt.«

»Habt ihr denn irgendetwas gemacht, das ihn verärgert hat?«

»Nein, nichts, Mama, ehrlich«, versichert Sebas und schaut mir in die Augen. »Wir haben Äste gesammelt, um eine Hütte zu bauen, und dann ist er hinter uns hergekommen.«

Ich streiche ihm übers Haar. Es ist völlig verschwitzt, und er sieht aus, als würde er die Wahrheit sagen.

»Na schön. Ab mit dir unter die Dusche«, sage ich lächelnd.

Kurz darauf kommt meine Mutter nach Hause. Sie scheint bester Laune zu sein, was ich von mir nicht behaupten kann. Wie kann sie so gedankenlos sein, eine Pistole im Haus herumliegen zu lassen, obwohl sie mit einem zehnjährigen Kind zusammenlebt. Ich hoffe, dass sie nicht den ganzen Nachmittag mit ihren Freundinnen getrunken hat und der Ausraster neulich nur darauf zurückzuführen ist, dass sie seit Monaten nicht gespielt hatten.

Sie ist zu alt für derartige Exzesse. Bei diesem Gedanken fühle ich mich unwohl, als wäre ich in den letzten Monaten um zwanzig Jahre gealtert. Zu viel Verantwortung. Ich bin zur Altenpflegerin geworden. Das ist jetzt mein Leben.

»Wo ist der Junge?«, fragt meine Mutter.

Mir wäre lieber, wenn sie gefragt hätte: Hallo, meine Tochter, wie geht es dir? Hattest du einen schönen Nachmittag? Aber Sebas scheint das Einzige zu sein, was ihr wirklich etwas bedeutet.

»Unter der Dusche«, murmele ich. »Er ist völlig verschwitzt nach Hause gekommen. Er sagt, dass er auf dem Berg von einem Schlachter verfolgt wurde.«

»Was macht denn ein Schlachter auf dem Berg? Kaninchen ausweiden? Die Zeit totschlagen?«

»Ich hatte die Hoffnung, dass du mir das erklären kannst. Kennst du irgendjemanden, der eine Beule am Hals hat und sich am Stausee rumtreibt?«

Mama beantwortet meine Frage nicht. Stattdessen sieht sie mich irritiert an, so als hätte ich etwas völlig Verrücktes gesagt.

»Mädchen, du solltest öfter mal ausgehen«, stellt sie schließlich kopfschüttelnd fest.

»Öfter ausgehen? Das einzige Mal, als ich mit einer Freundin zum Kaffee verabredet war, hast du mir hinterher vorgeworfen, ich hätte dich den ganzen Nachmittag allein gelassen.«

Meine Mutter setzt sich aufs Sofa, schaltet den Fernseher ein und stellt ihn so laut, dass ich mir am liebsten die Ohren zuhalten würde.

»Mama, mach bitte den Fernseher leiser. Mama!«, beharre ich, als sie nicht reagiert. »Mama!«, sage ich noch mal. »Ich muss etwas Wichtiges mit dir besprechen.«

Ich möchte eine Erklärung von ihr, warum sie eine Waffe im Haus hat, aber sie tut so, als ob sie mich nicht hört, und macht genau das Gegenteil von dem, worum ich sie bitte: Sie dreht den Fernseher auf maximale Lautstärke.

»Oma, mach das doch leiser!«, fordert Sebas sie auf, der im Pyjama und nach Shampoo duftend hereinkommt.

Er greift nach der Fernbedienung und stellt den Fernseher leiser.

»Wir werden noch alle taub«, sagt er durchaus berechtigt. »Warum hast du den Fernseher so laut gestellt?«

»Weil ich mir den Sermon deiner Mutter ersparen wollte«, antwortet sie, als wäre ich nicht da. »Sie wollte gerade loslegen. Das kann kein Mensch auf Dauer ertragen, und ich will mich nicht aufregen.«

Sebas sieht mich an, perplex über diese Antwort seiner Großmutter, dann prustet er los. Ich dagegen weiß nicht, ob ich lachen oder weinen soll. Ich entscheide mich dafür, in der Küche zu verschwinden, wo ich eine Forelle nach der anderen ausnehme, bis mir der Fischgeruch in alle Poren dringt. Und selbst das ist mir egal. Es ist mir scheißegal.

SEBAS

Allein zu angeln muss ziemlich langweilig sein. Wenn ich die Angler so am Flussufer sitzen sehe, nur in Gesellschaft ihrer Angel und der Würmer, denke ich immer, dass das eine Anomalie ist. Ich mag, wie dieses Wort klingt: *Anomalie*. Ich habe es erst vor ein paar Tagen entdeckt und versuche, es jeden Tag zu verwenden, damit ich es nicht wieder vergesse. Wenn es um Sprache geht, macht mir die Schule richtig Spaß. Aber zurück zu den Anglern und ihrer Einsamkeit: Ob es wirklich keinen Menschen gibt, der bei ihnen sein will? Einen Sohn, einen Neffen, einen Freund ... Dass die einzigen Lebewesen, die sie begleiten, ein paar Würmer sind (die auch noch gegen ihren Willen dabei sind und keine Ahnung von ihrem fürchterlichen Schicksal haben), kann einem echt leidtun. Der Gedanke macht mich ein bisschen traurig. Wahrscheinlich, weil ich mir gerade vorgestellt habe, dass ich dieser Angler bin, der außer einer Handvoll Würmer keine Gesellschaft hat. Oder dass ich der Wurm bin, der über die Erde kriecht, bis ihn jemand zum Fischköder bestimmt.

Wenn ich angeln gehe, mache ich das immer zusammen mit Noa und Guerrero, und es gibt kaum etwas, das ich lieber tue. Dann verfliegt der Nachmittag, als würde jemand einen Minutenbeschleuniger in Gang setzen und unsere Stunden in einen Safe packen, damit wir nie mehr drankommen. Das Abenteuer beginnt, wenn wir uns in der Straße treffen, wo die beiden wohnen. Dann gehen wir los und brauchen genau dreiunddreißig Minuten bis zu unserer Lieblingsstelle. Neunundzwanzig, wenn wir uns beeilen, aber es ist viel schöner, sich Zeit zu lassen und auf alles zu achten, was uns umgibt. Der Berg lebt. Manchmal stelle ich mir vor, dass er in jedem Baum eine Lunge hat und viele Lebewesen, einige davon unsichtbar, mit Hunderten von kleinen Herzen, die alle gleichzeitig schlagen. Ich frage mich, was wäre, wenn man all diese Herzschläge über einen Lautsprecher verstärken würde. Bis wohin man sie dann wohl hören könnte? Ich wette, bis nach Nebraska.

Heute haben wir die Haut einer Schlange gefunden, die sich mitten auf dem Weg, der am Fluss entlangführt, gehäutet hatte. Noa wollte sie in ihren Rucksack stecken und als Andenken mitnehmen, aber Guerrero und ich haben es ihr ausgeredet. Es ist genial, dass sie Wissenschaftlerin werden will, aber eine Schlangenhaut im Rucksack mit sich herumzutragen ist sicher nicht gut. Wobei ich nicht genau sagen könnte, warum.

»Du bewahrst doch auch alle deine Milchzähne in einer Dose auf«, hat Noa zu Guerrero gesagt, um ihn zu überzeugen. »Warum kann ich dann nicht die Schlangenhaut mitnehmen?«

»Darum nicht.«

»*Darum nicht* ist keine Antwort.«

»Weil es eklig ist. Bitte lass das Ding liegen, Noa.«

Aus irgendeinem Grund hat sie dann nachgegeben. Ich glaube, aus zwei Gründen: Erstens, weil Guerrero nicht erklären konnte, warum sie die Haut nicht mit nach Hause nehmen sollte, und zweitens, weil er Noas Taktik mit dem Bambi-Blick angewendet hat. Das zieht immer. Der Nachmittag war genial, viel besser, als wir erwartet hatten. Alles war perfekt: Die Forellen haben fleißig angebissen, und wir hatten die Idee, eine Hütte zu bauen, um uns unterzustellen, wenn es mal regnet. Noa hatte ein Buch dabei, in dem Schritt für Schritt beschrieben war, wie das geht, und sie meinte, es sei kinderleicht, sogar für uns, die wir zwei linke Hände hätten. Der erste Schritt bestand darin, Äste in allen Größen zu sammeln, um das Gerüst zu bauen.

»Und wenn der hier von Yggdrasil ist?«, habe ich gefragt und einen Birkenast geschwungen wie ein Schwert. »Na los, Ratatösk, komm her! Ich habe einen Arm des heiligen Baumes in meiner Gewalt und werde die kosmische Ordnung zerstören!«

»Ratatösk ist nur ein Eichhörnchen, das Nachrichten überbringt, um Feindschaft zu schüren.« Guerrero ist wirklich ein Experte. »Wen man allerdings fürchten muss, das ist Nidhöggr, der Drache, der die Toten peinigt. Unter seinen Fledermausflügeln trägt er die Leichen von Verbrechern. Er hat giftige Zähne wie eine Schlange, und seine Mission ist es, Yggdrasil zu zerstören.«

Wir haben eine Szene nachgestellt, in der Guerrero der Drache war, Noa der namenlose Adler, der in der Krone des Baums lebt, und ich einfach nur Sebas.

»Ich bin Sebas, Thors Enkel, und ich bin gekommen, um für Gerechtigkeit zu sorgen«, habe ich feierlich erklärt und mit dem Ast in die Luft geschlagen, um ihn erzittern zu lassen.

»Du wagst es, meine Ruhe zu stören? Du seist verflucht, Menschenwurm!« Noa ist in ihrer Rolle voll aufgegangen.

Aber sonst könnte sie auch nicht in unserer Bande sein. Entweder man ist voll dabei, oder man braucht es gar nicht erst zu versuchen. Wir wollen kein Mittelmaß, wobei das nicht genau das richtige Wort ist für das, was ich meine. Was ich sagen will, ist, dass wir keinen wollen, der nicht alles gibt. Und dabei geht es nicht um materielle Dinge. Es geht darum, ein wahrer Freund zu sein, und nicht um irgendwelche halben Sachen.

»Namenloser Adler, du bist zum Tode verdammt«, habe ich darauf gesagt.

»Wenn du es wagst, einen Fuß auf diesen Baum zu setzen, bist du tot«, hat Guerrero mit drohender Stimme gesagt.

Alles war perfekt: das Wetter, unsere Darstellungskünste und der magische Berg, auf dem sich alles, was wir erleben, verhundertfacht. Bis wir diesen Mann entdeckt haben, der zwischen den Bäumen herumlief. Wir hörten das Knacken der Äste, auf denen er herumtrampelte, und haben mitten im Spiel innegehalten und ihn einfach nur angestarrt. Er sah irgendwie furchterregend aus mit seinen viel zu langen Armen und Beinen, und er rannte mit einer Sichel in der Hand in unsere Richtung. Zuerst habe ich gedacht, dass er bestimmt nicht uns meinte, doch dann kam er immer näher, und außer uns war ja auch niemand da. Er hatte eine riesige Beule am Hals und hat versucht, etwas zu sagen, was man aber nicht verstehen konnte. Und dann hat er seltsame Laute ausgestoßen, fast wie ein Tier. Es war ein Monster, ganz klar. Ich habe die Gefahr sofort erkannt und nach dem Korb mit den Forellen gegriffen.

»Lauft!«

Guerrero ist vor Schreck wie eine Statue stehen geblieben. Ich musste ihn an der Hand ziehen, damit er reagiert. In meinem ganzen Leben habe ich noch nie eine solche Angst gehabt. Was hatte dieser Mann mit der Sichel vor? Wir sind doch nur ein paar Kinder. Aber die Welt ist voller Geisteskranker, die bereit sind, grauenhafte Dinge zu tun. Das sagt meine Oma immer wieder: »Vorsicht vor Geisteskranken, lauf vor ihnen weg, so schnell du kannst. Und wenn nötig, greif an, bevor sie es tun.« Wir sind gerannt wie die Weltmeister, unsere Beine waren wie zwei mechanisch angetriebene Kurbelwellen. Schneller, schneller, immer schneller. Guerrero mit seinen siebzig Kilo ist flink wie eine Gazelle dahingaloppiert. Aber der Mann mit der Sichel hat nicht aufgegeben, er ist immer weiter hinter uns hergerannt. Ich hatte solche Angst, dass ich mir fast in die Hose gemacht hätte, also bin ich kurz stehen geblieben, um zu pinkeln. Ich wusste, dass das keine gute Idee war, aber was sollte ich machen?

»Sebas, nicht jetzt!«

Ich habe mich furchtbar vor Noa geniert, aber immer noch besser, als in die Hose zu machen.

»Lauft weiter, ich hole euch ein! Lauft!«, habe ich geschrien.

Wir hatten einen kleinen Vorsprung herausgeholt, aber mit dieser ungewollten Pause hätte ich es beinah vermasselt. Aus meiner Blase sind mindestens fünfzehn Liter gekommen. Es war schrecklich, weil ich fertig werden wollte und es nicht aufgehört hat zu fließen. Und der Mann kam immer näher. Er durfte mich so auf keinen Fall erwischen, denn das wäre ein echt unwürdiger Tod gewesen für den Enkel von Thor!

»Aaaaaah!« Ich bin wieder losgerannt, so schnell ich konnte.

Das Schreien hat irgendwie gutgetan. Ich hatte so eine Angst, dass ich angefangen habe zu lachen, mit Tränen in den Augen und wildem Herzschlag. In meiner Kehle hat es geklopft wie bei einem Frosch, der sich aufbläst, bis er platzt, aber das ist zum Glück dann doch nicht passiert.

»Lauf, Sebas!«, haben Noa und Guerrero aus sicherer Entfernung geschrien. »Schneller!«

Und das habe ich getan. Ich bin gerannt wie noch nie in meinem Leben, bis ich den Alten abgehängt hatte. Er hat noch versucht, mir etwas zu sagen. Etwas, was er nicht rausgebracht hat, weil es in der Beule an seinem Hals stecken geblieben ist.

Schließlich haben wir ihn abgehängt, aber obwohl er nicht mehr zu sehen war, konnten wir an nichts anderes denken und sind immer weiter gerannt.

Erst als wir fast zu Hause waren, haben wir eine Verschnaufpause eingelegt. Hier, zwischen den Häusern und den Menschen auf der Straße, waren wir in Sicherheit, aber der Schreck steckte uns noch in den Gliedern.

»Der wollte uns töten. Das war der Götterschlächter«, hat Guerrero mit nass geschwitzten Haaren gekeucht.

»Was meinst du damit?«

»Das ist Gorr, der Götterschlächter. Ein rachsüchtiger Außerirdischer ohne Skrupel. Er will alle lebenden Götter vernichten. Seine Waffe ist das Nekroschwert. Sicher weiß er, dass deine Oma Thor ist, und deshalb ist er hinter uns her. Er will dich haben, damit er Thor erpressen kann ...«

»Oh Mann, Guerrero, es reicht! Hör auf, so einen Quatsch zu erzählen«, ist ihm Noa ins Wort gefallen. »Okay, Sebas' Oma ist Thor, einverstanden, immerhin haben wir sie mit dem Hammer in Aktion gesehen. Aber dieser Mann war kein Außerirdischer. Das war irgendso ein Irrer mit einer Sichel.«

»Das war keine Sichel. Das war das Nekroschwert«, hat Guerrero gesagt. Und dann hat er angefangen, aus dem Gedächtnis die Eigenschaften des Schlächters aufzuzählen:

»Der Götterschlächter läuft übers Wasser und be-
herrscht die Dunkelheit. Er kann sich mit den Schatten
vereinen, verschlingt Sterne und Schwarze Löcher und
hat hellseherische Fähigkeiten. Er ist supermächtig.«

»Na ja, wir haben ihn abgehängt. So mächtig kann er
also nicht sein.«

»Vielleicht wollte er uns nur erschrecken«, wandte ich
zögernd ein.

»Also, das ist ihm echt gelungen.« Guerrero wirkte
reichlich verstört. »Deine Oma wird schon bald ernsthafte Probleme kriegen. Ich hoffe, sie ist gut in Form.«

Ich glaube, ich werde niemals vergessen, was wir heute
Nachmittag am magischen Berg erlebt haben. Die Riesen-
schritte dieses Mannes, seine langen Arme und Beine,
die Beule an seinem Hals, die Angst, die er uns eingejagt
hat ... Jetzt, unter der Bettdecke, denke ich, dass in dieser
Beule sicher etwas drin war. Vielleicht sammelt er darin
die Seelen der Götter, die er ermordet hat, und die Beule
wird mit jedem Mord größer. Einmal war ich mit Papa
zum Wandern im Gebirge, und wir haben ein Adlernest
gefunden, mit Eiern, die so groß waren wie die Beule des
Götterschlächters. Vielleicht war es auch das Nest von einem Pterodactylus. Ich bin mir nicht sicher, aber die Eier
waren blau wie das Meer, über das ich jetzt laufe, während
ich nach einem Boot suche, das mich aufnimmt. Hilfe,
Hilfe! Ist da jemand ...?

Ich schrecke aus meinem Traum auf. Es ist Oma, die
nach mir ruft. Ich mache Licht und gehe barfuß zu ihr
ins Zimmer. Sie sitzt auf dem Bettrand, und es geht ihr
gar nicht gut.

»*Auxilio!* Hilf mir, mein Junge!«

»Oma, ich bin ja da. Was ist denn los?«

»Es ist alles gelogen!«, schreit sie.

Ich habe keine Ahnung, wovon sie spricht. Ich weiß nicht mal, ob sie wach ist oder schläft. Hin und wieder verdreht sie die Augen nach oben, sodass man nur das Weiße sieht. Als hätte sie einen bösen Geist im Leib.

»Warte, ich hole Mama ...«

Aber dazu bleibt mir keine Zeit. Mama steht schon in der Tür.

»Raus hier! Wie kannst du es wagen?«, sagt Oma. »Junge, sag dieser Frau, sie soll unser Haus verlassen.«

»Aber, Mama ...«, murmelt meine Mutter.

»Nenn mich nicht ›Mama‹!«, schreit Oma erbost.

Aus irgendeinem Grund ist sie stinksauer. Dann greift sie plötzlich unter ihr Kissen und holt den Hammer hervor. Ich wünschte, Guerrero und Noa wären hier und könnten das sehen. Keine Ahnung, was jetzt passiert. Ich schaue aus dem Fenster in die Dunkelheit und erwarte ein Gewitter mit Blitz und Donner, das den Hammer aufleuchten lässt, aber der Himmel ist wolkenlos und klar.

»Jetzt reicht es!«, sagt Mama entschieden.

Sie nimmt Oma den Hammer aus der Hand, und ich halte die Luft an, denn ich weiß ja, wie Oma darauf reagiert. Doch mit einem Mal entspannt sich ihr Gesicht, und sie lächelt, als hätte sie plötzlich etwas bemerkt, was ihr zuvor nicht aufgefallen war.

»Gibt es was zu feiern? Oder was macht ihr um diese Zeit in meinem Zimmer?«

Mama seufzt.

»Sebas, geh bitte wieder ins Bett«, sagt sie. »Ich kümmere mich um Oma.«

»Du musst dich um gar nichts kümmern«, entgegnet Oma. »Den Truthahn habe ich schon vor Wochen be-

stellt. Dieses Jahr werde ich ihn mit Kastanien und Nüssen füllen.«

Jetzt bin ich derjenige, der seufzt.

»Bis morgen, Mama«, murmele ich.

Sie gibt mir einen Kuss auf die Stirn und zwinkert mir
zu.

»Keine Sorge. Alles in Ordnung«, sagt sie sehr leise.

Aber es ist nichts in Ordnung. Der Götterschlächter
macht an Omas Gehirn herum, und ich weiß nicht, wie
ich das Mama erklären soll. Womöglich sind es gar nicht
die Seelen, die er in der Beule an seinem Hals sammelt,
sondern den Geist seiner Opfer. Ich lege mich wieder ins
Bett und bin überzeugt, dass alles nur noch schlimmer
werden kann.

LUZ

Es ist ein schöner Februarmorgen, genau, wie ich es mag. Kalt, das Gras weiß vom Raureif und die Häuser in Nebel gehüllt. Ich bin nicht blöd, natürlich weiß ich ein warmes Haus mit Kamin und Kohleherd zu schätzen, aber wenn es draußen richtig schön kalt ist, fühle ich mich am wohlsten. Ich sehe die Kinder im Viertel zu gern mit ihren Mützen und Handschuhen und diesen dicken Daunenjacken, in denen sie aussehen wie Michelin-Männchen. Wie anders doch heute die Kindheit ist. Eines meiner schönsten Winterspiele war es, aufs Dach zu klettern, mich auf einen Sack zu setzen und, huiii, nach unten zu rutschen. Man musste gut aufpassen und früh genug mit den Füßen an der Dachrinne bremsen, um nicht runterzufallen und sich die Knochen zu brechen. Es ist immer mal wieder passiert, dass man nicht rechtzeitig bremsen konnte oder zu schnell unterwegs war, und dann war man verloren, aber es hat einen solchen Spaß gemacht. Wir haben richtige Wettbewerbe im Runterrutschen veranstaltet, und es war ganz normal, dass die Dächer im Dorf voller Kinder waren. So klein und so weit oben, das wäre heute ein Unding. Und je kälter es war und je dicker das Eis, desto schneller konnte man rutschen. Die Strecke war kurz, nur acht oder neun Meter, aber uns hat es gereicht. Heute haben die Kinder elektrische Roller und Schuhe mit Blinklicht und alle tragen Thermounterwäsche. Und wenn man sie auf dem Dach herumklettern sähe, würde man sofort die Polizei rufen. Was ja auch nicht ganz verkehrt ist. Ich gehöre bestimmt nicht zu diesen lächerlichen alten Schachteln, die meinen, früher sei alles besser gewesen. Wie gern hätte ich als Kind eine Daunenjacke gehabt, so kalt, wie es damals war. Oder eines dieser Geräte, die man an den Fernseher anschließt. Ich verstehe nicht, wie das funktioniert, aber ich sehe das Gesicht meines Enkels, wenn er mit seinen Freunden spielt, und weiß, dass er in diesem Moment wunschlos glücklich ist. Ich dummes Ding wäre ja schon zufrieden gewesen, wenn ich all die Filme und Serien hätte sehen können, die sie sich heute anschauen. Früher mussten wir alles selbst erfinden, wir hatten ja nichts. Ein Stock wurde zum Schwert, ein Stein zum Planeten, ein Dach zur Rodelbahn, ein Besen zu einem fliegenden Pferd. Ein Paar Schuhe ohne Löcher, ein Mantel ohne Flicken, ein Sieb, durch das alles hindurchfällt, bis nichts mehr drin ist. Leer wie eine Gummibärchentüte.

»Frühstück ist fertig, Oma!«, ruft Sebas und klopft an meine Schlafzimmertür.

»Komm rein, mein Junge, ich will dein Gesicht sehen.«

Sebas streckt den Kopf herein.

»Bist du schon mal aufs Dach geklettert?«, frage ich ihn.

»Noch nie, aber ich würde gern. Sag es aber nicht Mama.«

Ich muss schmunzeln, weil das bedeutet, dass er sich nicht verstellt, auch wenn ich das vorher schon gewusst habe.

Ich steige aus dem Bett, ziehe den Kittel übers Nachthemd und stecke den Hammer in die Tasche. Es fällt mir schwer, die Treppe runterzukommen, weil ich mir im Schlaf irgendwie das Knie verdreht habe. Außerdem ist da wieder dieses schmerzhafte Stechen zwischen den Rippen, aber das habe ich ja schon seit vierzig Jahren, und es wird wohl nie mehr ganz weggehen. Vermissen würde ich es jedenfalls nicht, wenn ich es endlich los wäre.

»Guten Morgen, Mama«, begrüßt mich Julia. »Hast du gut geschlafen?«

»Keine Ahnung.«

Es ist die Wahrheit. Ich erinnere mich wirklich nicht daran, wie ich geschlafen habe, was mir noch nie passiert ist. Oder vielleicht doch. Auch daran erinnere ich mich nicht, aber was soll's. Auf dem Tisch stehen drei Gläser mit einem grünen Gebräu, daneben Schälchen mit etwas, das entfernt an Joghurt erinnert, und Brot mit Olivenöl.

»Spinatsaft mit Minze und Ingwer, Kefir mit Knusperflocken und Granatapfelkernen und Vollkornbrot mit Olivenöl extra vergine«, flötet meine Tochter.

Sie hält sich augenscheinlich für eine Sterneköchin. Auroras Tochter hat gerade eine ähnliche Phase durchgemacht, nur Grünzeug und Körner, und sie mussten sich ihren Speck heimlich braten. Bei ihr war es nur eine Phase und bald überstanden. Julia scheint da ein schwierigerer Fall zu sein.

»Ich muss gleich weg zu einem Interview, aber ich werde vor zwei wieder zurück sein. Sebas, vergiss dein Pausenbrot nicht.«

»Sicher ein gesundes Vollkornbrot mit Putenbrust, Hummus, Salatblättern und irgendwelchen Nüssen«, spotte ich, aber in dieser Küche versteht offenbar niemand meinen Seitenhieb.

Oder sie verstehen ihn doch und tun so, als wäre nichts, was fast noch schlimmer ist. Julia gibt Sebas einen Kuss auf die Stirn und verlässt das Haus. Sobald ich den Motor ihres Autos höre, stehe ich auf.

»Schaff mir dieses Zeug aus den Augen«, sage ich zu meinem Enkel und greife dann selbst nach den Gläsern mit dem grünen Saft.

Ich schütte den Inhalt in die Spüle. Als Nächstes landet das falsche Joghurt mit dem Knusperflockengedöns im Mülleimer. Sebas erhebt keine Einwände. Er verfolgt mein Tun mit gespanntem Blick und sieht aus, als müsse er sich das Lachen verkneifen. Ich erhitze etwas Milch in einem Topf, und der Geruch heitert mich so auf, dass ich anfange, *La Traviata* zu trällern.

»Tu mir den Gefallen, und hol mir doch die beiden Konditoreitüten da oben raus«, bitte ich Sebas und zeige auf den obersten Schrank in der Vorratskammer. Ich komme nicht dran und kriege schon wackelige Knie, wenn ich nur daran denke, auf den Hocker zu steigen.

Ich nehme zwei Croissants aus einer der Tüten, schneide sie in der Mitte durch und gebe sie kurz in die Pfanne. Sie duften himmlisch. Ich stelle Marmelade auf den Tisch und lege ein Messer dazu. Dann presse ich ein paar Orangen aus und gieße die Milch in zwei Tassen.

»Kakaopulver oder Zucker?«, frage ich.

»Beides!«, antwortet Sebas und steht auf, um die Dosen mit dem Kakaopulver und dem Zucker von der Anrichte zu holen.

Wie viel freundlicher der Tisch jetzt aussieht.

»Das ist mal ein leckeres Frühstück, was?«, sage ich.

Sebas grinst.

»Und was ist in der anderen Tüte?«

»Ein Milchbrötchen für die Schulpause.«

Seine Augen leuchten auf. Das wundert mich nicht, denn dieser Junge ist regelrecht ausgehungert nach gutem Essen.

»Oh, wie schade«, sagt er jetzt mit gespieltem Bedauern. »Dann müssen wir ja auch die Putenbrust auf Blattsalat wegwerfen.« Er legt sich theatralisch eine Hand auf die Brust und seufzt. Er ist ein sehr guter Schauspieler.

»Lebensmittel wegzuwerfen ist nicht gut, mein Junge. Ich habe es gerade getan, aber das macht man eigentlich nicht. Ich bin kein gutes Vorbild. Aber der Fraß, den uns deine Mutter vorsetzt, sollte verboten werden. Das schmeckt alles nach Schneckenklee!«

Wir genießen unsere Croissants mit Marmelade, und ich finde es ganz wunderbar, mit meinem Enkel zu frühstücken. Schade, dass die Teller so schnell leer sind, allerdings ahnt Sebas ja nicht, dass es noch einen Nachschlag gibt und die zweite Runde Croissants sogar mit Vanillecreme gefüllt ist. Als ich ihm seins auf den Teller lege, mimt er einen Ohnmachtsanfall.

»Wenn Guerrero jetzt hier wäre, würde er in Tränen ausbrechen. Der Ärmste ist auf Diät und kriegt nur Sellerie, Brokkoli und Blumenkohl, der aussieht wie ein Gehirn.«

»Wenn ein Kind Diät halten muss, ist das hart, aber dein Freund hat mehr als nur ein paar Kilo Übergewicht.«

»Ja, er hasst den Sportunterricht. Beim Laufen schwitzt er wie ein Schwein und kriegt fast keine Luft mehr.«

»Apropos laufen, Schätzchen, was war denn gestern auf dem Berg? Deine Mutter hat mich nach einem Schlachter mit einer Beule am Hals gefragt. Sie sagt, dass er hinter euch her war, stimmt das?«

Er nickt, rückt aber nicht mit der Sprache heraus. Es scheint ihm unangenehm zu sein, darüber zu reden.

»Hör mal, ich bin deine Großmutter, und wenn dir irgendjemand was tut oder es auch nur versucht, möchte ich das wissen.«

Das Gewicht des Hammers zieht die Tasche meines Kittels nach unten. Ich nehme ihn heraus und lege ihn auf den Tisch. Sebas wirkt plötzlich angespannt. Er starrt auf den Hammer und dann auf mich. Ich weiß nicht, wie ich seine Miene deuten soll.

»Warum trägst du eigentlich immer diesen Hammer mit dir herum, Oma?«

»Weil ich mich dann sicherer fühle.«

Die Antwort ist nicht ganz richtig, aber sie ist auch nicht falsch, deshalb kann ich mich halbwegs damit zufriedengeben.

»Der Schlächter hatte eine Sichel dabei und ganz lange Arme und Beine«, beginnt er plötzlich leise zu erzählen. »Ich glaube, dass er Seelen frisst, deshalb hat er diese Beule am Hals. Darin sammelt er sie. Er spricht nicht, aber er stößt Laute aus, als ob er etwas sagen wollte. Wir mussten sehr schnell rennen, um ihn abzuhängen, er ist ziemlich fix. Musstest du schon mal gegen ihn kämpfen?«

»Nicht so, wie ich ihn mir jetzt vornehmen werde.«

Sebas sieht mich mit weit aufgerissenen Augen an und schweigt. Dann wechselt er das Thema, und was er sagt, lässt mich erstarren:

»Du musst mir ein paar Dinge über Großvater erzählen. Ich muss eine Hausarbeit für die Schule machen. Eine Art Ahnenforschung.«

»Das ist aber nicht wieder so eine Idee deiner Mutter, oder?«, frage ich und achte auf jede seiner Gesten, um festzustellen, ob er die Wahrheit sagt.

»Eine Idee von Mama? Wie meinst du das?« Er wirkt irritiert.

»Um etwas aus mir rauszukriegen. Deine Mutter hat die lästige Angewohnheit, ständig nach ihrem Vater zu fragen. Sie ist irgendwie besessen von diesem Thema. Als ob sich heute noch etwas an der Geschichte ändern ließe.«

»Das ist nur eine Hausarbeit, Oma. Ich muss wissen, welchen Beruf mein Großvater hatte, was er in seiner Freizeit am liebsten gemacht hat und ob er eine spezielle Begabung hatte.«

»Na, ich würde mal sagen, hauptberuflich hat er sich in der Bar aufgehalten und Wein getrunken, in seiner Freizeit hat er am liebsten Tiere ausgestopft und an die Wand gehängt, und seine spezielle Begabung war es, mich auf die Palme zu bringen.«

»Aber was war sein Beruf?«, hakt Sebas nach.

»Er war ein Arschloch.«

Ich bereue meinen Ausrutscher sofort, kann ihn aber nicht mehr rückgängig machen. Über den Argentinier zu sprechen fällt mir immer schwerer. Und etwas Gutes über ihn zu sagen ist nahezu unmöglich. Ich sollte mich besser beherrschen, Sebas ist noch ein Kind.

»Ich brauche das für die Schule«, murmelt er schüchtern.

»Also, vergiss jetzt mal alles, was ich eben gesagt habe. Hör einfach nicht auf mich. Ich bin eine alte Frau, und manchmal weiß ich nicht, wo ich meinen Kopf habe. Warum erfindest du nicht einfach was? Schreib, dass er Astronaut war. Oder noch besser, dass er Insektenforscher war und nach Argentinien ausgewandert ist, um auf den Inseln dort nach seltenen Schmetterlingen zu suchen. Bei all den spannenden Geschichten, die ich über andere Leute kenne, verstehe ich nicht, warum du diese Hausarbeit ausgerechnet über deinen langweiligen Großvater machen sollst. Ich könnte dir die Geschichte von dem

Mann erzählen, der unter einem Müllhaufen verschüttet wurde und dessen Leiche niemals wieder aufgetaucht ist.«

Ich kann Sebas' Gedanken nicht lesen, vermute aber, er hält mich für ein bisschen plemplem. Das ist zwar durchaus berechtigt, aber in diesem Fall ist wahr, was ich sage. Ich schwöre es bei meinem Enkel, bei meinem Hammer, bei meinen Tagen, die mir noch vom Leben bleiben und von denen nur Gott weiß, wie viele es noch sein werden.

»Das war 1996. Ich war gerade mit dem Frühstück fertig, als ich einen Riesenlärm gehört habe. Beinah hätte ich mich am letzten Schluck Milch verschluckt. Ich bin rausgerannt, und auf der Straße standen schon ein paar Nachbarn, die auch von dem Krach aufgeschreckt worden waren. Und dann kam der Gestank, der sich blitzschnell ausbreitete. Er war so zäh, dass man ihn hätte kauen können. Wir mussten unsere Taschentücher mit Kölnisch Wasser tränken und uns vor die Nase halten, damit uns nicht schlecht wurde. Manche Leute haben sich Masken gekauft und sie in Parfüm getaucht. Es war unerträglich.«

»Aber was war da los? Was war das für ein Krach?«

»Ein Berg von zweihundert Tonnen Müll war zusammengebrochen. Der ganze über Jahre angehäufte Dreck war seitlich weggesackt und hat den armen Joaquín, der gerade in aller Seelenruhe sein Auto wusch, unter sich begraben. Er wurde nie mehr gefunden. Lange Zeit war die Stadt eine einzige Müllkippe. Die Lawine hatte sich bis zum Strand vorgewälzt und Autos und Boote mitgerissen. Der Gestank ist durch die ganze Stadt gezogen und in jedes Loch gekrochen. Wenn du mir nicht glaubst, schau im Computer nach.«

»Die Geschichte ist wirklich total krass, Oma, aber sie bringt mir nichts.«

»Wieso bringt sie dir nichts? Das ist wirklich interessant, aber nicht das Leben des Argentiniers.«

»Warum nennst du ihn immer so, er hatte doch sicher auch einen Namen?«

Ich starre auf einen bestimmten Punkt an der Wand. Es ist ein feuchter Fleck in Form eines Gesichts mit Augen, Mund und Ohren. Es erinnert mich an jemanden, das Gesicht kommt mir bekannt vor. Plötzlich habe ich den Geruch von Wachskerzen in der Nase, und ein plötzlicher Schauder erfasst mich. Ich kann nichts mehr sagen, sitze da wie versteinert.

»Ich werde Mama fragen«, murmelt der Junge und reißt mich damit aus meiner Erstarrung.

Dann kommt er zu mir, um mir einen Kuss zu geben, und ich nehme ihn fest in die Arme. Mein Kleiner. Hoffentlich bleibt etwas von seiner Jugend an meiner Elefantenhaut kleben. Etwas von seiner Frische, seiner Unschuld, seinem Lächeln.

»Du musst auf dich aufpassen, Oma«, flüstert er mir ins Ohr. »Der Schlächter ist sehr gefährlich.«

»Nicht gefährlicher als deine Oma. Gegen meinen Zorn und meinen Hammer kommt keiner an, merk dir das. Egal, ob Schlachter, Schläger oder unverschämte Fernsehmoderatorinnen. Und jetzt ab in die Schule!«

Sebas rennt los, und im Haus wird es still. Ich blicke ihm durchs Küchenfenster nach. Sein Rucksack, der auf und ab hüpft, ist fast größer als er. Er hängt an ihm wie ein Schildkrötenpanzer.

»Schlachter« - was Kindern so alles einfällt. Die einzige Schlachterin hier bin ich.

JULIA

Ich weiß nicht, wer diese eiserne Regel für geschiedene Mütter aufgestellt hat: Dein Kind darf dich nicht weinen sehen. Niemals, unter keinen Umständen. Anscheinend ist es uns nicht erlaubt, verletzlich zu sein. Wenn du eine Freundin zu Besuch hast, und es entwischt dir eine Träne, während du das Neueste berichtest, schrillen bei ihr sofort die Alarmglocken. Es ist immer das Gleiche: Sie wird nervös und bringt so schnell wie möglich dein Kind in Sicherheit, damit es bloß nichts mitbekommt. Das hat absolute Priorität: Kinder dürfen nicht Zeugen deines Kummers werden. Wir Mütter weinen nicht, wir sind Bollwerke gegen das Leid. Eigentlich bin ich da anderer Meinung, denn ich glaube, dass es nichts Schädlicheres gibt, als sich ständig zusammenzureißen. Aber ich muss zugeben, dass ich in vielen Fällen dasgleiche mache wie andere Frauen in meiner Situation. Ich halte mich also für überhaupt nichts Besonderes und komme mir ziemlich dämlich vor, wenn ich mich zum Weinen im Bad, in meinem Schlafzimmer oder in der Vorratskammer einschließe. Oder mein Gesicht hinter der Kühlschranktür oder unter der Sofadecke verstecke. Ich mache alles Mögliche, um zu verbergen, dass ich mich in der schlimmsten Zeit meines Lebens befinde. Und ich schlucke alles runter. Ich schlucke so viele Tränen herunter, dass mir ganz schlecht davon wird. Und sollte ich eines Tages zerplatzen, fände ich es schön, wenn das, was von mir übrig bleibt, wenn jeder Partikel meiner jämmerlichen Existenz ein leuchtender Punkt in einem Sternbild würde. Das stelle ich mir manchmal vor, wenn ich nicht einschlafen kann. Dann sehe ich bunte Mandalas in der Dunkelheit meines Zimmers, leuchtende Planeten, die funkelnde Milchstraße. So kämpfe ich mich durch die Nacht. Ich versuche allem Dunklen etwas Helles entgegenzustellen, jedem Schatten ein Licht. Doch jetzt bin machtlos. Jetzt funktionieren meine Strategien nicht mehr. Aus dem Sumpf, in dem ich gerade zu versinken drohe, gibt es keine Rettung. Ich habe den Boden unter den Füßen verloren. Endgültig. Nichts hält mich mehr. Ich wäre nicht einmal in der Lage, mit dem Weinen aufzuhören, wenn Sebas jetzt ins Zimmer käme.

Mein Handy leuchtet auf, und ich lese Susanas Namen auf dem Display. Sie hat mir vor ein paar Stunden geschrieben, um mir etwas mitzuteilen, das ich nicht wahrhaben wollte. Sie ist eine meiner besten Freundinnen und vielleicht der wichtigste Mensch, den ich in Madrid zurückgelassen habe - abgesehen von meiner Familie. Der Familie, die ich einmal hatte. Aber die gibt es jetzt nicht mehr. Sie hat sich in Luft aufgelöst. Und übrig sind nur noch Erinnerungen.

»Hallo, Susana. Wie geht's?«, sage ich und versuche, das Zittern in meiner Stimme zu unterdrücken.

»Hör auf mit dem Quatsch, sag mir lieber, wie es dir geht?«

»Na ja, enttäuscht bin ich schon. Dabei überrascht es mich nicht wirklich. Wir haben ja oft genug darüber geredet. Niemand ändert sich von einem Tag auf den anderen. Es war klar, dass er eine andere hat. Aber insgeheim habe ich wohl doch gehofft, es wäre nicht so.« Ich schlucke. »Wer ist es? Kenne ich sie?«

Ich halte die Luft an, während die Antwort auf sich warten lässt. Im Grunde weiß ich, welchen Namen auch immer Susana jetzt nennt, es wird wehtun.

»Es ist Ana. Seine Arbeitskollegin.«

»Ana? Aber die ist doch höchstens fünfundzwanzig. Das kann nicht sein ... Sie war vor ein paar Monaten noch mit ihrem Freund zum Essen bei uns. Bist du sicher? Pablo ist mindestens zwanzig Jahre älter als sie.«

»Ganz sicher. Ich habe sie auf dem Parkplatz vor dem Redaktionsgebäude der Zeitung gesehen. Sie sind ins Auto gestiegen und haben rumgeknutscht, als wäre es ihr letzter Tag auf Erden. Ich habe ein bisschen rumgefragt und mich dumm gestellt, und es scheint ein offenes Geheimnis zu sein. Es ist nur deshalb nicht früher zu mir durchgedrungen, weil man im Mutterschutz ja praktisch aus der Welt ist.«

Ich schweige und denke fieberhaft nach.

»Julia, bist du noch da?«

»Ja, bin ich«, murmele ich. »Zweimal.«

»Zweimal, was?«

»Sie war zweimal zum Abendessen bei uns zu Hause. Das erste Mal mit ihrem Freund und das zweite Mal allein, du hast recht. Und ich habe nichts gemerkt. Wie blöd kann man sein?«

»Tu das nicht! Gib dir jetzt nicht auch noch die Schuld!«

»Weißt du, wie oft ich Pablo gefragt habe, ob es eine andere gibt? Das Einzige, was ich in all der Zeit von ihm verlangt habe, war, mir die Wahrheit zu sagen. Ich denke, dass ist das Mindeste nach all den Jahren und einem gemeinsamen Kind. Und jetzt bin ich wieder hier, in diesem Haus, das ich hasse und das voller unerträglicher Erinnerungen ist, um mein Kind allein aufzuziehen und mich um meine Mutter zu kümmern, die dabei ist, den Verstand zu verlieren, und das alles mit einem Gehalt, das gerade so bis zum Ende des Monats reicht.«

»Pablo ist ein Feigling, Punkt. Er hat dir nicht die Wahrheit gesagt, weil er eben ein Arschloch ist – wie alle Männer, die nebenbei eine Affäre haben. Das ist die älteste Geschichte der Welt. Du musst dir jetzt ein neues Leben aufbauen. Du solltest nur noch Kontakt zu Pablo haben, wenn es um Sebas geht, damit die Wunde heilen kann, und dann von vorn beginnen.«

»Von vorn beginnen«, sage ich, mühsam die Tränen unterdrückend. »Und wie, verdammt noch mal, geht das?«

»Weißt du, vielleicht wäre es keine schlechte Idee, jemanden zu suchen, der dir mit deiner Mutter und Sebas hilft. Schon seit Monaten kümmerst du dich ganz allein um alles. Du hast es versucht, und nun kannst du nicht mehr. Du solltest nicht aus purer Gewohnheit die ganze Verantwortung weiter allein tragen. So wirst du viel zu früh eine alte Frau.«

»Vor ein paar Wochen habe ich meiner Mutter gegenüber mal die Möglichkeit angesprochen, eine Hilfe zu suchen, und du ahnst ja nicht, wie sie sich angestellt hat. Das Wort ›Tagespflege‹ wage ich gar nicht erst in den Mund zu nehmen. Das klingt für sie, als würde ich sie zu einem Schlachthof für alte Leute bringen. Man kann mit ihr nicht vernünftig darüber sprechen. Sie schläft mit einem *Hammer* unterm Kopfkissen, Susana! Neulich hat sie keinen Korkenzieher gefunden und der Weinflasche mit dem Hammer den Hals abgeschlagen. Wenn ich nicht zufällig ins Zimmer gekommen wäre, hätte sie die Glassplitter mitgetrunken, ohne mit der Wimper zu zucken. Sie stellt die Teller zum Aufwärmen direkt auf die Herdplatte, bis sie zerspringen. Auf diese Weise macht sie ihr ganzes Hochzeitsservice kaputt. Ich muss sie jede Minute im Auge behalten. Sebas und ich, wir werden hier noch verrückt.«

»Beschwert sich der Junge denn über seine Oma?«

»Ach was, im Gegenteil. Die beiden verstehen sich hervorragend. Sie stecken immer unter einer Decke. Ich weiß nicht, wie, aber irgendwie gelingt es ihnen, trotz all dieser Verrücktheiten prima miteinander auszukommen. Tatsächlich kommt es mir manchmal so vor, als würde er sich mit meiner Mutter besser verstehen als mit mir. Sie hat eine *Pistole*, Susana!« Ich muss es jemandem erzählen, und nun ist es mir herausgerutscht.

»Was meinst du?«

»Meine Mutter. Eine Pistole. Ich habe sie in einer Dose gefunden. Sie war geladen.«

»Und was hast du damit gemacht?«

»Ich habe die Munition rausgenommen und in den Abfall geworfen, ohne etwas zu sagen. Die Pistole habe ich in meinem Schrank versteckt. Meine Mutter hat offenbar noch nicht gemerkt, dass sie nicht mehr an ihrem Platz ist. Ich habe sie noch nicht darauf ansprechen können, dafür muss ich den richtigen Moment abwarten.«

»Eine Pistole! Warum hat sie eine Pistole? Das ist doch total gefährlich mit dem Kind im Haus.«

»Ich kann es mir auch nicht erklären. Sie hat so viele Jahre allein gelebt ... Was weiß denn ich?«

»Und wie läuft's mit Pablo? Spricht er jeden Tag mit Sebas?«

»Ja, sie telefonieren fast täglich über Video Call. Es hört sich vielleicht blöd an, aber es deprimiert mich, seine Stimme im Hintergrund zu hören. Ich habe dann das

Gefühl, dass alles über mir zusammenbricht. Und nachdem ich jetzt das mit Ana weiß, wird es noch schlimmer sein.«

»Julia, wach auf! Du hast das Recht, ein neues Leben anzufangen. Du *kannst* ein neues Leben anfangen. Du bist doch noch keine achtzig! Du kannst dich nicht für immer in deiner Trauer suhlen. Und Pablo? Will er Sebas nicht mal besuchen und was mit ihm unternehmen? Der Kerl macht sich wahrlich einen Lenz!«

»Wir hatten vereinbart, dass er jedes zweite Wochenende kommt, aber seine Mutter ist im Krankenhaus, und er kümmert sich um sie. Was weiß ich, alles ist so kompliziert geworden, dass ich gar nichts mehr verstehe.«

Nachdem ich das Telefonat beendet habe, kann ich nur noch an Ana denken. Ich versuche mich an die beiden Male zu erinnern, die sie bei uns zu Hause war. Natürlich habe ich für sie gekocht, mich bemüht, dass alles perfekt ist, war superfreundlich. Mein ganzes Leben lang habe ich es allen recht machen wollen und mir immer eine blutige Nase geholt. Ich werde es nie lernen.

An Schlaf ist nicht mehr zu denken. Aus Gewohnheit schaue ich mal bei Instagram rein. Ich gebe Pablos Profil in die Suchleiste ein und gehe die Personen durch, denen er folgt, bis ihr Profil erscheint. Da ist sie: Ana_Chicapájaro. Ich schaue mir alle Fotos von »Ana_Vogelmädchen« an. Ich fühle mich alt bei dem Gedanken, dass sie Pablos Tochter sein könnte, aber sie könnte tatsächlich seine Tochter sein. Es sind ein paar Selfies dabei und ein paar Ganzkörperfotos, aber Ana_Chicapájaro ist immer im Mittelpunkt, so schlank, so perfekt und so jung. Jedem Foto hat sie eine Textstelle aus einem Lied, einem Gedicht oder irgendeinen Spruch beigefügt. Fast alle sind eitel und oberflächlich. Wie der, den ich gerade auf dem Display habe. Auf dem Foto steht sie mit ausgebreiteten Armen auf der Dachterrasse eines Gebäudes. Im Hintergrund sind die Dächer Madrids zu sehen. Der Text dazu lautet: *Stets bereit zum Abheben.*

»Was ist denn das für ein Schwachsinn?«, murmele ich.

Ich klicke weiter, zum nächsten Foto. Darauf trägt sie ein schwarzes Kleid mit ziemlich tiefem Ausschnitt. Sie stützt sich auf einen Tisch und blickt ins Objektiv, als wollte sie es verschlingen. *Umgib dich nur mit Menschen, die dir das Gefühl geben, einzigartig und lebendig zu sein.*

»Ich kotze gleich.«

Schnell scrolle ich zu älteren Postings und komme zu einer Stelle, ab der sich der Stil ihrer Fotos radikal verändert hat. Bis dahin waren es nicht nur Selbstporträts, sondern ein breit gefächertes Repertoire. Landschaften, Sonnenuntergänge, Eisbecher, Freundinnen, ihr Ex, die Katze, Fotos von Reisen ... Damals hat sie auch andere Texte geschrieben. Nur kurze, schlichte Bildunterschriften, mit denen nicht viel preisgegeben wird: *Ein wunderschöner Nachmittag; ein leckeres Frühstück; Herbst; Orte bleiben für immer; neue Schuhe und gelbe Fliesen* ... Auch nicht viel origineller, aber wenigstens hat sie sich früher mehr zurückgenommen. Es ist eindeutig zu erkennen, wann die Beziehung mit ihrem Exfreund auseinandergegangen ist. Die Anzahl der Selfies und billigen Sprüche, die man auch auf anderen Instagram-Accounts findet, steigt sprunghaft an. Ich kann mir den Gedanken nicht verkneifen, dass Pablo Leute hasst, die sich im Internet auf diese Weise selbst darstellen. Und jetzt schläft er mit so einer.

»Julia, wann kommst du?«, plärrt meine Mutter von unten.

»Gleich«, antworte ich lahm.

Ich bin mir nicht mal sicher, ob sie mich gehört hat. Doch das ist mir in diesem Moment egal. Ich will nur noch mehr Fotos und mehr geistlose Sprüche von Ana_Chicapájaro sehen, um so die Liste der Gründe zu erweitern, um sie zu hassen, um mich davon zu überzeugen, dass sie ein verachtenswerter Mensch ist, oberflächlich und imstande, eine Familie zu zerstören. Ich weiß, dass das nicht richtig ist und ich dem fundamentalen Irrtum erliege, alle Schuld auf sie zu schieben, aber das interessiert mich gerade nicht im Geringsten. Was ich fühle, kommt aus meinem tiefsten Inneren. Ich werde schon noch Zeit genug haben, darüber nachzudenken. Jetzt habe ich nur das Bedürfnis, ungerecht zu sein, zu ihr und zu mir selbst. Ich habe das Bedürfnis, sie zu verabscheuen, weil sie mir meinen Mann genommen hat. Er ist der Vater meines Kindes.

»Julia!« Meine Mutter wieder. »Dauert es noch lange?«

»Nein, ein paar Minuten, ich komme gleich«, murmele ich.

Plötzlich bleibe ich an einem Bild hängen, das mir vorher nicht aufgefallen ist. Es ist vom 19. Februar, Sebas' Geburtstag. Ana_Vogelmädchen hält Holgerson in der Hand, einen blauen Wellensittich, den wir unserem Sohn geschenkt haben, als er neun Jahre alt wurde, und der in Madrid geblieben ist, als wir nach Galicien gezogen sind. In diesem Moment verlangt jede Faser meines Körpers danach, Pablo anzurufen und ihn anzuschreien, dass ich ihn hasse. Sie waren also damals schon zusammen, sie hatte Holgerson in den Händen und die Unverschämtheit, es ins Netz zu stellen. Wie konnte ich so dumm sein! Jemand öffnet die Tür meines Zimmers. An den langsamen Schritten erkenne ich, dass es Mama ist. Kann ich nicht mal in diesem Moment meine Ruhe haben?

»Ich hatte schon Angst, dir wäre etwas passiert«, sagt sie von der Tür aus.

»Ich bin beschäftigt. Ich komme gleich«, entgegne ich.

»Du hängst den ganzen Tag vor diesem Ding.«

»Mama, bitte, kannst du mich gerade mal in Frieden lassen!«

Sie tritt zu mir, reißt mir das Telefon aus der Hand und steckt es in ihre Schürzentasche.

»Dein Sohn hat Hunger, das Essen steht auf dem Tisch, und du bist hier die ganze Zeit mit diesem Gerät zugange.«

Ich fühle mich wie ein Teenager. Ein vierzigjähriger Teenager, der kein Recht auf seine Privatsphäre hat. Ich bin kurz davor zu explodieren, aber ich denke an Sebas und reiße mich zusammen. Ich schlucke und sage leise:

»Gib mir sofort das Handy zurück, und von jetzt an betrittst du dieses Zimmer nie wieder, ohne anzuklopfen.«

Meine Mutter hält meinem Blick stand und rührt sich nicht.

»Gib mir das Handy!«, wiederhole ich und spüre, wie meine Wangen heiß werden vor Wut.

»Das Handy gebe ich dir zurück, sobald du gelernt hast zu antworten, wenn ich dich rufe. Es gehört sich nicht, seine Mutter zu ignorieren. Fürs Erste drei Tage ohne dieses Ding und ohne Fernseher! Dann sehen wir weiter. Und jetzt komm runter zum Essen, das Kind hat Hunger. Ach ja, und das ist mein Haus, und ich betrete dein Zimmer, wann immer mir danach ist.«

Ich bleibe unbeweglich sitzen, und meine Augen füllen sich mit Tränen. Ich will ihr das Handy nicht mit Gewalt entreißen. So weit kann ich nicht gehen. *Ruhig, Julia. Tief durchatmen. Es ist nur ein Telefon.*

In der Küche empfängt Sebas mich mit einem Lächeln, was mich ein wenig aufmuntert. Ich gebe ihm einen Kuss auf die Stirn.

»Na, Hunger?«, frage ich und bemühe mich, mir nichts anmerken zu lassen.

»Mein Magen ist ein Monster mit drei Köpfen, die sich auf Leben und Tod bekämpfen«, antwortet er und simuliert einen Kampf zwischen Gabel und Löffel. »Nur einer darf überleben.«

Mama serviert ihm das Abendessen. Der Herd ist noch an und strahlt eine angenehme Wärme aus. Sie hat Brot gebacken. Das ist einer der Gerüche meiner Kindheit. Es würde mich freuen, wenn es auch einer der Gerüche von Sebas' Kindheit werden würde.

»Magst du den Geruch von frischem Brot?«, frage ich ihn.

»Und wie!«, entgegnet er mit vollem Mund.

»Und wie war es heute in der Schule?«

Sebas wirft meiner Mutter einen kurzen Blick zu, bevor er antwortet, was mir nicht entgeht. Immer wieder habe ich den Eindruck, dass es zwischen ihnen eine Parallelwelt gibt, in der Dinge geschehen, von denen ich ausgeschlossen bin. Ich möchte daran teilhaben, das möchte ich wirklich, aber ich weiß nicht, wie.

»Ich muss eine Hausarbeit über Opa schreiben«, sagt Sebas und sieht mich fragend an.

»Was willst du denn wissen?«

»Ich habe ihm schon alles erklärt, was er wissen muss«, mischt sich meine Mutter ein, wahrscheinlich, um die Sache möglichst rasch abzuhandeln.

»Aber du hast mir nicht gesagt, welchen Beruf er hatte, noch warum er nach Argentinien ausgewandert ist oder warum er für immer dortgeblieben ist«, sagt Sebas leise.

»Also, Mama. Erzähl uns, warum Papa für immer dortgeblieben ist, damit ich das endlich auch mal erfahre. Auf diese Weise schlagen wir zwei Fliegen mit einer Klappe.«

Ich will die Gelegenheit nutzen. Meine Mutter hat eine Schwäche für Sebas, und vielleicht ist das ein Weg, um ein paar Dinge herauszufinden.

Sie nimmt mein Handy aus ihrer Schürze und legt es auf den Tisch neben meinen Teller.

»Hier, beschäftige dich wieder mit deinem Spielzeug, und geh mir nicht auf die Nerven.«

»Wenn du Sebas nicht erzählst, was er wissen muss, wird er in der Schule ein Problem haben«, beharre ich. »Und es ist schließlich sein gutes Recht zu erfahren, was aus seinem Großvater geworden ist, so wie es mein gutes Recht ist zu erfahren, was aus meinem Vater geworden ist.«

»Du bist so undankbar!«, wirft sie mir an den Kopf. »Wer hat dich großgezogen? Wer hat dein Studium bezahlt? Wer hat deine Kleidung geflickt? Wer hat dir zu essen gegeben? Wer hat dich zum Arzt gebracht, wenn du krank warst? Dein Vater sicher nicht, oder? Es war einfacher, sich aus dem Staub zu machen und alles mir zu überlassen.«

Es ist das erste Mal, dass meine Mutter so von meinem Vater spricht. Sie hat ihn immer verteidigt, was ich nie verstanden habe. Schließlich ist sie eine Frau, die von ihrem Mann verlassen wurde. Und jetzt auf einmal dieser Spurwechsel. Sie ist schlau und hat durchaus helle Momente. Vielleicht ist das nur eine Strategie, um die

Aufmerksamkeit umzulenken. Aber ich denke gar nicht daran, darauf reinzufallen.

»Alles schön und gut. Ich weiß, dass du dich um mich gekümmert hast. Aber ich weiß immer noch nicht, warum Papa nach Argentinien gegangen und nie zurückgekommen ist, warum er nie angerufen, nie geschrieben, sich niemals gemeldet hat, auch wenn du stur und steif das Gegenteil behauptest. Er hat uns einfach aus seinem Leben gestrichen, Mama. Warum? Was ist passiert? Nicht mal ein Foto gibt es von ihm in diesem Haus!«

Jetzt sitzt sie in der Falle. Es gibt keinen Ausweg mehr. Deshalb nimmt sie ihren Hammer aus der Schürze und haut damit auf den Tisch.

»Es reicht!«

Sebas fängt fast automatisch an zu weinen. Und das wundert mich nicht, denn es war ein ziemlich heftiger Schlag. Der arme Junge ist furchtbar erschrocken.

Mama steht auf, stellt ihren Teller in die Spüle und verlässt die Küche.

»Bis morgen!«, sagt sie von der Tür aus und erklärt, wie so oft, das Gespräch auf diese Weise für beendet.

Ich nehme meinen Sohn in die Arme, bis er sich beruhigt. So bleiben wir sitzen und wiegen uns im Takt der Küchenuhr, bis unsere Herzen sich dem Rhythmus angepasst haben. Sebas zieht die Nase hoch, und ich nenne ihn Rotzlöffelchen, weil ich weiß, dass ihn das zum Lachen bringt.

»Ich hab dich lieb, Rotzlöffelchen«, sage ich.

»Ich dich auch, Mama-Rotzlöffel.«

»Wir müssen Oma den Hammer wegnehmen.«

»Das geht nicht«, sagt er und ist plötzlich ganz angespannt.

»Vielleicht ist es einfacher, wenn sie schläft.«

»Sie wird den Hammer nicht hergeben. Bitte versuch nicht, ihn ihr abzunehmen. Das macht alles nur noch schlimmer.«

»Mach dir deswegen keine Sorgen, das ist meine Sache. Ich werde einen Weg finden, okay?«

Er nickt, aber ich weiß, dass er das nur mir zuliebe tut. Die Idee gefällt ihm gar nicht, das spüre ich deutlich.

»Du kannst ein bisschen fernsehen, während ich den Abwasch mache.«

Sebas stürmt aus der Küche, und ich nutze die Gelegenheit, um mein Handy einzuschalten. Als ich auf das Display schaue, vergehe ich vor Scham. Da ist immer noch das Foto von Ana_Chicapájaro mit Holgerson in den Händen, und darunter ein rotes Herz. Ein rotes Herz, was bedeutet, dass ich dieses Foto, das mich so anwidert, mit »Gefällt mir« markiert haben muss.

»Das darf doch nicht wahr sein«, murmele ich entgeistert. Das muss meine Mutter gewesen sein, als sie mir das Telefon weggenommen hat. Und jetzt? Wie mache ich das wieder rückgängig? Ich berühre das rote Herz, damit es wieder verschwindet. Am liebsten würde ich im Boden versinken.

Vielleicht hat Ana den Like noch nicht gesehen. Verschwindet mit dem Herzchen auch die Mitteilung? Wie konnte mir das nur passieren? Verdammt! Ich bin tatsächlich ein Teenager, ein vierzigjähriger Teenager. Es ist haarsträubend. Ich lege das Telefon auf den Tisch und bringe die Küche in Ordnung. Während ich die Teller spüle, muss ich immerzu an Holgerson denken, und plötzlich tut es mir unglaublich leid, dass wir ihn nicht mitgenommen haben, aber ich vergieße nicht eine Träne.

SEBAS

Die Dinge, die mir in meiner Schule am besten gefallen, sind: der Pausenhof, der weiche Boden auf dem Spielplatz, weil man dort so oft hinfallen kann, wie man will, ohne sich die Knie aufzuschlagen, die Brunnen, aus denen ständig kaltes Wasser sprudelt, die Musik, die gespielt wird, wenn wir in die Pause gehen, Noas Rucksack, der Roboter, den ich mit Guerrero und Noa gebaut habe und mit dem wir den Technik-Wettbewerb gewonnen haben, Papas Brief in meinem Rucksack, Noas bunte Haargummis, der Gemüsegarten und das Vogelnest, das ich letzte Woche in einem Baum entdeckt habe. Ich habe ein Ei auf dem Boden gefunden. Es war zerbrochen, und das hat mir unheimlich leidgetan, weil ich an das Vögelchen denken musste, das nun niemals geboren wird. Ich mag es nicht, wenn etwas nicht mehr sein kann, das Wort dafür heißt *irreversibel*. Ich weiß, dass man es so nennt, wenn etwas nicht mehr rückgängig zu machen ist. Wie ein Weg, auf dem man nur vorwärts gehen kann. Jedenfalls hat mich das auf die Idee gebracht, zwischen den Ästen nachzusehen, und ich habe das Nest gefunden. Weil kein Lehrer in der Nähe war, bin ich auf den Baum geklettert, um zu schauen, ob noch mehr Eier drin sind. Ich war noch keinen Meter nach oben geklettert, als ich erwischt wurde. Von einer der Lehrerinnen für die Kleinen. Sie heißt Ceci und ist ganz in Ordnung. Sie hat mich aufgefordert herunterzukommen, ohne zu schimpfen oder einen Aufstand zu machen, wofür ich ihr sehr dankbar war, aber ich habe das nicht gesagt. Sie hat mir erklärt, dass in dem Nest Elstern brüten und dass ich es nicht anfassen darf, weil die Mutter sonst die Eier nicht mehr anrührt.

»Und das will niemand, oder?«, hat sie mich gefragt.

»Ich wollte nur nachsehen, ob Eier oder Junge in dem Nest sind.«

»Das weiß ich, Sebas. Pass auf, ich mache dir einen Vorschlag. Ich borge dir ein Fernglas, das ich im Klassenzimmer habe, und damit kannst du das Nest beobachten. Wir können in den zweiten Stock hinaufgehen. Durch das Fenster der vierten Klasse haben wir die perfekte Sicht.«

Am liebsten hätte ich sie umarmt, aber so vertraut bin ich noch nicht mit ihr, daher habe ich es gelassen. Ich fand es toll, dass sie meinen Namen wusste, vor allem, weil ich ja neu in der Schule bin. Na ja, ganz so neu bin ich inzwischen nicht mehr, aber es gibt immer noch viele Lehrer, die nicht wissen, wie ich heiße. Manche Erwachsene nennen einen »Kleiner«, wenn sie den Namen nicht kennen, so von oben herab. »Fass das nicht an, Kleiner!«, »Kleiner, hör auf, so ein Theater zu machen!«, »Sei nicht so dumm, Kleiner!«. Aber so eine Erwachsene ist Ceci nicht. Ceci kennt unsere Namen, und schon allein deshalb gehört sie zum Besten, was die Schule zu bieten hat. Deshalb und wegen ihrer Spongebob-Schürze. Wir konnten die Eier in dem Nest nicht sehen, aber ein paar Tage später sind drei Küken geschlüpft, und die haben wir gesehen. Es war genial.

Was mir an der Schule weniger gefällt, das sind die Kaugummis, die unter den Tischen kleben, die Toiletten, weil es da immer stinkt, das Büro des Direktors, die Lehrer, die vor dem Schultor rauchen, die Hausaufgaben, die

Kälte in der Turnhalle und der schwarze Qualm aus dem Auspuff des Autos vom Hausmeister. Es ist total verbeult, und der Rücksitz ist immer bis obenhin voll mit Zeug. Aber der Motor ist das Schärfste: Er hört sich an, als würde er jeden Moment in die Luft fliegen. Eigentlich ist es auch egal, ob mir die Schule gefällt oder nicht. Ich muss hin und damit basta. Sie ist auch so was wie irreversibel, wenn auch nicht ganz dasselbe. Denn ich könnte ja zum Beispiel auch auf eine andere Schule gehen. Wie die in Madrid. Die hat mir ziemlich gut gefallen. Das Gebäude war nicht so alt, und ich hatte sechs Freunde. Aber hier ist es auch auszuhalten. Ich habe ja schon aufgezählt, was mir an der neuen Schule gefällt, und das ist einiges. Und außerdem gibt es Noa und Guerrero, die zwar nur zwei, aber so viel wert sind wie sieben. Was mir allerdings überhaupt nicht gefällt, ist die Hausarbeit, die ich über meinen Großvater machen muss. Ich hab mir über Google schon die Biografie irgendeines Großvaters rausgesucht und werde sie an meinen Opa anpassen. Denn wenn ich ohne die Arbeit im Unterricht erscheine und erzähle, dass zu Hause keiner über meinen Großvater reden will, wird die Lehrerin mir das bestimmt nicht glauben. Also bin ich lieber kreativ geworden. Immerhin habe ich jetzt ein Foto von ihm. Mama hat Oma vorgeworfen, dass sie nicht ein einziges Foto von Opa im Haus hat, aber das stimmt nicht. Es gibt drei: eins im Wohnzimmer über dem Fernseher, eins auf Omas Nachttisch und eins in dem Zimmer, in dem sie mit ihren Freundinnen Mensch-ärgere-Dich-nicht spielt. Und das habe ich mir ausgeliehen. Es gefällt mir sehr, weil er darauf eine Krawatte trägt und eine rote Rose in der Hand hält. Die war sicher für Oma. Damals müssen sie noch sehr jung gewesen sein. Ich habe mir sein Gesicht genau angesehen und glaube, dass wir uns ein bisschen ähnlich sind, vor allem die Form der Lippen.

Guerrero und Noa warten wie immer vor dem Kiosk in ihrer Straße auf mich. In Madrid hat Mama mich mit dem Auto in die Schule gefahren. Hier kann ich zu Fuß gehen, und das finde ich super, denn so kann ich mich noch vor dem Unterricht mit meinen Freunden austauschen. Und es gibt immer wichtige Neuigkeiten.

»Guerrero ist total geladen«, warnt Noa mich.

»Was ist passiert?«

»Gestern Nachmittag war ich beim Arzt, und ich musste auf diese Scheißwaage ...«

»Jetzt sag nicht, dass du vergessen hast, deine Schokoladenvorräte aus den Taschen zu nehmen, und du Ärger gekriegt hast«, falle ich ihm ins Wort.

»Ach was, ich habe meine Taschen und den Rucksack geleert, bevor ich das Haus verlassen habe, falls sie mich durchsuchen. Aber ich habe weniger als die Hälfte von dem abgenommen, was ich abnehmen sollte, und der Arzt sagt, das ist unmöglich. Dass ich irgendetwas falsch mache. Tatsächlich hat er das Wort ›Schummeln‹ benutzt. Deshalb bekomme ich jetzt eine noch strengere Diät verpasst. Und wenn ich die nicht einhalte, dann ... finito.« Er fährt sich mit der Handkante über die Kehle. »Nur noch Grünzeug. Die wollen mich zum Kaninchen machen.«

»Ach was, für uns bist und bleibst du der Krieger.« Noa schafft es immer, dass Dramen sich weniger dramatisch anfühlen.

Auf dem Weg zur Schule versuchen wir, Guerrero zu trösten. Sie haben ihm einen Cheat Day genehmigt, an dem er essen darf, worauf er Lust hat, aber ohne dass der Teller überquillt und ohne Nachschlag. Also machen wir eine Liste der leckeren Sachen, die er sich für diesen Tag aufheben kann, legen den Samstag dafür fest und überzeugen ihn, dass ein Tag, an dem man essen darf, was man will, besser ist als keiner.

In der dritten Stunde haben wir die Lehrerin, die uns die Hausarbeit aufgegeben hat. Sie ruft zwei Kinder auf, die vor der ganzen Klasse über ihre Großväter reden müssen. Die machen das supergut, so gut, dass ich nervös werde, denn ich bin als Nächster dran. Einer der Großväter ist Feuerwehrmann, und er lädt uns ein, die Feuerwache zu besichtigen. Also werden wir einen Ausflug machen, was immer aufregend ist.

Als ich an der Reihe bin, nehme ich das Foto von Opa aus dem Rucksack und lege es der Lehrerin aufs Pult. Ich habe es so mitgenommen, wie es an der Wand hing, mit Rahmen und allem, um mehr Eindruck zu schinden, und halte es für einen genialen Anfang meines Vortrags. Aber dann läuft alles ganz anders als geplant. Von Anfang an geht alles schief.

»Ich möchte euch meinen Großvater vorstellen«, spreche ich den ersten Satz, den ich zu Hause auswendig gelernt habe.

Dann will ich eigentlich sagen, dass er Hannibal hieß und im Jugoslawienkrieg gefallen ist, aber dazu komme ich nicht mehr.

»Aber das ist doch nicht dein Opa, Sébastian«, fällt mir die Lehrerin ins Wort und nimmt das Foto vom Tisch.

»Natürlich ist das mein Opa«, protestiere ich. Alles andere, was ich vorbereitet habe, ist erfunden, aber das nicht.

»Also, wie soll ich dir das erklären. Dieser Mann kann nicht dein Großvater sein«, beharrt sie mit ernster Miene. »Das ist Felipe González.«

Ich habe keine Ahnung, wer Felipe González ist. Auch die anderen Kinder in der Klasse wissen es nicht. Man sieht ihnen an, dass sie genauso verwirrt sind wie ich. Dieser Name sagt uns absolut gar nichts, und die Lehrerin redet von ihm, als wäre er berühmt.

»Wer hat dir dieses Foto gegeben?«, fragt sie mich.

»Niemand. Ich habe es in dem Zimmer von der Wand genommen, in dem meine Oma Mensch-ärgere-Dich-nicht spielt. Aber ich heiße nicht González mit Nachnamen, deshalb muss das ein Irrtum sein.«

»Sebastián, weißt du, wer Felipe González ist?«

Ich schüttle den Kopf. Die Lehrerin geht ins Internet, tippt den Namen in die Suchmaschine ein, und plötzlich erscheinen unzählige Fotos von meinem Opa auf dem Bildschirm.

Ich sauge überrascht die Luft ein.

»Felipe González ist ein Politiker. Er war mal Ministerpräsident von Spanien«, erklärt mir die Lehrerin.

Die ganze Klasse bricht in Gelächter aus, und ich fühle mich schrecklich. Alle außer Guerrero und Noa, die nicht verstehen, was los ist. Und ich verstehe es auch nicht.

»Mein Opa war *Ministerpräsident?*«, frage ich die Lehrerin ehrfurchtsvoll.

Sie sieht mich seltsam an. Sie ist nicht böse, ihre Miene ist eher überrascht oder mitleidig oder ein Mischmasch aus beidem.

»Nein, Sebas. Dein Opa war mit Sicherheit nicht Ministerpräsident. Schau mal, machen wir es doch so: Ich gebe dir eine Woche mehr Zeit für die Arbeit, einverstanden? Sprich mit deiner Mutter und mit deiner Großmutter und bitte sie in meinem Namen um ein echtes Foto deines Großvaters.«

Ich will gerade sagen, dass es noch zwei weitere Fotos von diesem Felipe bei uns zu Hause gibt und dass eins sogar auf dem Nachttisch meiner Oma steht, aber dann bin ich doch lieber still. Manchmal ist es besser, etwas für sich zu behalten. Die spöttischen Kommentare meiner Klassenkameraden tun weh. Sie fangen an, mich ›Felipito‹ zu nennen, ›El Presidente‹ und ›Señor González‹, und ich schäme mich zu Tode. Ein Papierknäuel kommt geflogen und trifft mich an der Stirn. Daraufhin ruft die Lehrerin alle zur Ordnung und droht mit einem Eintrag ins Klassenbuch, wenn sie sich weiter so aufführen. Nie hätte ich gedacht, dass ich für so was mal dankbar sein würde. Diese Klassenbucheinträge halte ich sonst für eine ganz miese Erfindung. Diesmal nicht.

»Wenn rauskommt, dass deine Oma Thor ist, flippen die ganz aus«, flüstert Guerrero mir zu, als ich zu meinem Platz zurückkehre. »Du bist zwar nicht der Enkel von diesem Felipe, aber du bist der Enkel von Thor, und diese Idioten haben keine Ahnung. Beachte sie einfach nicht. Ich möchte die mal sehen, wenn sie auf dem Berg vom Götterschlächter verfolgt würden. Die würden sich vor Angst in die Hose machen.«

Die Lehrerin nutzt die Gelegenheit, um uns von Felipe González, dem Sozialismus und der roten Rose zu erzählen, die er in der Hand hält. Ich weiß nicht, ob dieser Felipe Enkel hat. Vielleicht werde ich ihm einen Brief schreiben, um ihn zu fragen. So einen Brief, wie Papa ihn mir geschrieben hat, nur dass er einen nicht zum Weinen bringt. Aber das muss warten, bis das komische Gefühl in meinem Magen vorbei ist. Es fängt immer im Magen an, dehnt sich aus, steigt schließlich in die Augen, und da explodiert es dann.

»Kann ich mal zur Toilette?«, frage ich die Lehrerin.

Es sind noch sieben Minuten bis zur Pause, aber sie lässt mich trotzdem gehen. Ich weiß, dass sie weiß, dass meine Augen gleich explodieren werden und dass es fatal wäre, vor der ganzen Klasse zu heulen. Und deswegen setze ich ihren Namen mit auf die Liste der Dinge, die mir in der neuen Schule gefallen.

LUZ

Chrysanthemen, Amaryllis, Stiefmütterchen, Kamelien, Winterorchideen ... Ich weiß die Namen von allen Herbstblumen auswendig. In den kalten Monaten sind die Gärten zur Unscheinbarkeit verdammt. Regen und Nebel tun ein Übriges, dass alles traurig und welk aussieht. Aber im Frühling, wenn die Sonne kommt, explodieren die Farben. Mein Garten ist der Teil des Hauses, den ich am liebsten mag. Ich liebe es, mich um die Pflanzen zu kümmern, die Augen zu schließen, während mir die Sonne den Rücken wärmt, und mit den Händen in der Erde zu graben.

»Mädchen mit schmutzigen Fingernägeln sind Ferkel.«

Damit liegt meine Mutter mir immer in den Ohren, wenn ich im Garten arbeite. Und ich kann ihre Predigten nicht mehr hören. Vor ein paar Wochen hat sie sich aufgeregt, als ich neben den Hortensien meine Blutdrucktabletten eingepflanzt habe. Aber sie hat ja keine Ahnung, was es bedeutet, mit dieser Angst zu leben, die mich zerfrisst. Die Angst, dass sie mich aus dem Weg räumen wollen. Weil ich ihnen nicht schnell genug abkratze, pumpen meine Tochter und der Arzt mich mit Tabletten voll. Kommt ja gar nicht infrage, dass ich schon ins Gras beiße. Denn noch habe ich ein paar wichtige Dinge zu erledigen. Zum Beispiel diesem Schlachter, der hinter meinem Enkel her war, die Leviten zu lesen. Dem werde ich bei lebendigem Leib die Haut abziehen.

»Mädchen mit schmutzigen Fingernägeln sind Ferkel«, wiederholt meine Mutter.

Ständig muss sie darauf herumreiten. Sie lässt mich nicht in Ruhe. Wenn ich sie ignoriere, macht sie so lange weiter, bis ich reagiere. Sie ist wie ein Presslufthammer.

»Mädchen vom Land haben schmutzige Fingernägel und reine Seelen«, entgegne ich, damit sie den Mund hält, überzeugt von der unumstößlichen Wahrheit dieser Aussage.

Aber der Satz bringt sie nicht davon ab, weder jetzt noch damals, als ich ein Kind war. Wenn ich mit schmutzigen Händen ins Haus kam, bearbeitete sie sie am Waschtisch mit der Wurzelbürste, bis meine Finger so schrumpelig waren wie der Bauch einer Eidechse und meine Nägel fast durchsichtig.

»Jetzt kannst du dir die Hände in den Mund stecken, ohne dir einen Bandwurm zu holen«, sagte sie.

»Was ist ein Bandwurm?«

»Ein mehrere Meter langer Schlangenwurm, der im Darm wächst und sich von dem ernährt, was du isst, bis du ganz ausgedorrt bist.«

»Wie ein Toter?«

»Ja, aber wie einer, der schon viele Monate tot ist.«

»Eine Mumie also.«

»Und willst du eine Mumie sein?«

Natürlich will ich keine Mumie sein. Niemand will eine Mumie sein. Was für eine dämliche Frage! Seither habe ich eine Heidenangst vor Bandwürmern. Ich will weder verdorren noch eine Schlange im Darm haben. Der natürliche Lebensraum von Schlangen ist das Gebüsch. Aber klar, draußen in einem Erdloch ist es kalt, und im Bauch eines Kindes sicher schön warm.

Meine Mutter hatte den Charakter einer Raubkatze und die Figur eines Walfischs. Sie war sehr derb und fackelte nie lange. Ich weiß, wie sie in der Nachbarschaft ge-

nannt wurde, weil sich vor mir niemand genierte, es auszusprechen: das Biest. Diesen Spitznamen hatte sich Trinos ausgedacht, ein Kerl, der pfeifen konnte wie ein Profi
und sich mehr in der *Bar Remanso* aufhielt als zu Hause.
Da besoff er sich, bis er kaum noch stehen konnte, und
dann pfiff er das ganze Repertoire von Imperio Argenti-
na. Unvergessen sein Streit mit Rojito, der sich mit Trinos angelegt hatte, weil der ausgerechnet die Lieder von
Hitlers Lieblingssternchen auswendig konnte. Trinos hat
ihm zur Antwort gegeben, es sei schließlich nicht seine
Schuld, dass der Führer einen so guten Geschmack hätte,
worauf Rojito ihn nach allen Regeln der Kunst verprügel-
te. Wahrscheinlich war ihm schon länger danach, denn
so schlimm war die Antwort nun auch wieder nicht. Aber
darum geht es nicht. Worum es geht, ist, dass ich wegen
Trinos mit einem Mal die Tochter vom »Biest« war. Doch
da sich fast alles im Leben weiterentwickelt, wurde ich mit
der Zeit zum »kleinen Biest«. Ich habe diesen Spitznamen
in den ersten Jahren gehasst, ihn später aber heiß geliebt.
Ich fand, ein Mädchen »kleines Biest« zu nennen, hieß,
es auf absurde Weise zu brandmarken. Und eine Frau,
die in schweren Zeiten fünf Kinder durchgebracht hat,
»Biest« zu nennen, war grausam. Aber meiner Mutter ist
es gelungen, den Spieß umzudrehen und die anderen mit
ihren eigenen Waffen zu schlagen. Wenn es zu einer Auseinandersetzung kam oder sie wütend auf jemanden war,
was ziemlich oft der Fall war, verwies sie voller Genugtuung auf ihren Spitznamen: »Sie haben wohl vergessen,
was für Zähne wir Biester haben. Wer mich zu sehr reizt,
dem beiße ich das Genick durch.«

Ich wusste, dass das Genick eine gefährliche Stelle
ist, deren Verletzung tödlich sein kann. Das hatten wir

in der Schule gelernt. Ich musste die Begriffe »Gehirn«, »Genick« und »Rückenmark« auswendig lernen und habe sie nie vergessen. Bei dem, was mir drohte, wenn ich sie nicht gewusst hätte, habe ich sie mir lieber gemerkt. Andernfalls hätte es eine Ohrfeige gegeben oder Schläge mit dem Lineal auf die Finger. Und die Eselskappe. Die hat der Lehrer mir mehrmals aufgesetzt. Kniend, mit dem Gesicht zur Wand, die Arme seitlich ausgestreckt, einen Stapel Bücher auf jeder Hand und die Eselskappe auf dem Kopf. So musste man zur Strafe ausharren.

Ich habe mir also das Gehirn, das Genick und das Rückenmark so fest eingeprägt, dass ich die Wörter zeitlebens nicht vergessen werde. Außerdem habe ich addieren, subtrahieren, multiplizieren und dividieren gelernt. Und Schönschrift innerhalb der vorgezeichneten Linien. Dazu noch Gedichte lesen und nähen. Die drei Jahre, die ich zur Schule gegangen bin, haben sich gelohnt. Eines Tages nach der Schule haben Trinos' Söhne meine Schwester Claudia verdroschen und ihr ein blaues Auge verpasst. Als wir nach Hause kamen, hat meine Mutter einen Wutanfall bekommen und mich dafür verantwortlich gemacht. Weil ich als die Ältere hätte eingreifen müssen.

»Du bist die Tochter vom Biest. Ich verstehe nicht, wie du tatenlos zusehen kannst, wenn diese Bande von Spitzbuben deine kleine Schwester verhaut. Und das nicht zum ersten Mal.«

Am nächsten Morgen habe ich einen Rohrstock zwischen meine Schulbücher gesteckt. Und als ich nach Hause ging, habe ich ihn auch benutzt. Sie hatten Claudia einen Stein nachgeworfen, und ich bin auf sie losgegangen. Während ich die Burschen mit dem Rohrstock vertrimmt habe, habe ich etwas Neues in mir gespürt. Der Stock zischte wie eine Schlange durch die Luft. Damals habe ich beschlossen, immer eine Waffe bei mir zu tragen, um mich und meine Familie zu beschützen. Und so kam es zu der Verwandlung vom »kleinen Biest« zum »Biest«, und von da an verteidigte ich mit Stolz diesen Spitznamen, der unsere Raubkatzen-Walfisch-Sippe so gut charakterisiert.

»Jetzt gibst du damit an, aber erst musste ich dich aufstacheln, denn wäre es nach dir gegangen, hätten die deine kleine Schwester immer weiter gequält. Sie haben sie gehänselt und ihr das Leben zur Hölle gemacht, und du hast einfach zugeguckt. Es gibt Dinge, Luz, die sich nur mit Gewalt regeln lassen.«

»Mama, sei nicht so gemein«, protestiere ich. »Ich habe nichts dagegen getan, weil ich erst zehn Jahre alt war.«

»Von wegen gemein. Mit zehn Jahren sollte man schon ein bisschen was kapiert haben.«

»Mit wem sprichst du?«, fragt Julia, die plötzlich wie aus dem Nichts auftaucht. Manchmal habe ich das Gefühl, sie kann durch Wände gehen. Und meistens kommt sie ungelegen.

»Mit meiner Mutter.«

Ich verstelle mich nicht mehr. Warum auch? Ich sage einfach die Wahrheit, sei's drum. Wenn man alt wird, ist einem nichts mehr peinlich. Es ist mir egal, wenn sie mich für nicht mehr ganz dicht hält.

»Deine Mutter ist vor dreißig Jahren gestorben«, erklärt meine Tochter mir nun, als wäre ich tatsächlich verblödet.

»Was sie nicht daran hindert, mir nach wie vor die Meinung zu sagen«, gebe ich zurück.

Wenn sie denkt, dass mir die Argumente ausgehen, hat sie sich geschnitten. Julia sieht mich mit diesem hilflosen Blick an, den ich nur zu gut kenne. Meine Tochter scheint nicht zur Kaste der Biester zu gehören. Irgendetwas muss ich falsch gemacht haben, was jetzt wohl nicht mehr zu ändern ist. Ich glaube, dass ich nicht streng genug war und sie zu sehr beschützen wollte. Vor allem vor ihrem Vater.

»Mädchen, nun guck nicht so, das ist doch nicht weiter schlimm.« Ich versuche die Sache herunterzuspielen, schließlich geht es hier ja um nichts Mystisches.

»Was ist so verwunderlich daran, wenn die Toten uns besuchen. Das haben sie schon immer getan und werden es weiter tun. Schau dir Aurora an, die spricht seit sieben Jahren mit der Reliquie an ihrer Halskette.«

»Mama, was redest du da?«

»Mal sehen, wie ich dir das am besten erkläre, ohne dass du gleich in Panik gerätst. Auroras Mann ist zu Hause gestorben, falls du dich daran erinnerst. Und nach dem ersten Schmerz hat sie eine Schere genommen und ihm ein Stück vom linken Ohrläppchen abgeschnitten. Er war ja tot und konnte sowieso nichts mehr spüren. Sie hatte sich in weiser Voraussicht schon dieses Medaillon besorgt, für den Tag, an dem er stirbt, es war also alles vorbereitet. Es ist ein herzförmiger goldener Anhänger, den man öffnen kann und den sie immer um den Hals trägt. Sie hat das Stück vom Ohrläppchen hineingetan, und seitdem kommuniziert sie mit ihrem Mann. Sie trägt ihn ja immer bei sich.«

»Und antwortet er?«, fragt Julia mit Piepsstimmchen.

»Aber selbstverständlich! Das wäre ja noch schöner, schließlich hat sie ihn fünfzig Jahre lang ertragen! Aurora ist sehr religiös, aber bei so viel Unverfrorenheit wäre sie imstande, ins Jenseits zu stürmen, um Pepe am Rest seines Ohrläppchens zu packen und ihn wieder herzuholen.«

»Und worüber reden sie so, wenn ich fragen darf?«

»Na, über alles Mögliche. Über das Leben. So wie ich mit deiner Großmutter. Das ist ganz normal.«

»Und? Redest du mit Papa auch über das Leben?«, fragt mich das Luder daraufhin.

Immer hat sie einen Pfeil im Köcher. Aber ich bin auf der Hut und weiche aus. Sie muss mich für ganz schön dumm halten, wenn sie meint, dass sie mich mit so einem billigen Trick in die Falle locken kann.

»Dein Vater hat noch nie mit mir gesprochen. Wahrscheinlich ist er noch gar nicht im Jenseits.«

»Aber du redest von ihm, als wäre er seit Jahren tot.«

»Ja, wie auch nicht? Jemand, der einfach abhaut und nie wieder ein Lebenszeichen von sich gibt, ist so gut wie tot. Für mich ist er jedenfalls gestorben, und ich bin eine Witwe. Die Witwe eines Geistes. Was nicht lustig ist, das kannst du mir glauben. Und dann soll ich mich auch noch zusammenreißen, wenn ich über ihn rede?«

»Du brauchst dich nicht zusammenzureißen, Mama, aber du sagst jedes Mal etwas anderes, und deine Erklärungen sind nicht sehr glaubwürdig. Zum Beispiel, dass er nach Argentinien ausgewandert ist und uns angeblich diese Briefe geschrieben hat, die nur du gesehen hast.«

»Argentinien, Kolumbien, Uruguay, was weiß ich? Diese Länder sind doch alle gleich«, keife ich, damit sie mich in Ruhe lässt.

Da sehe ich von Weitem mein Jungchen kommen. Er geht mit schleppenden Schritten und lässt den Kopf hängen. Man muss nicht besonders schlau sein, um zu kapieren, dass etwas nicht stimmt. Ich kenne meinen Enkel, als wäre er mein eigener Sohn oder sogar noch besser.

»Dieses Kind sollte einen Rohrstock mit in die Schule nehmen«, schlägt meine Mutter vor.

Recht hat sie. Julia begrüßt Sebas mit einem Kuss auf die Stirn und fragt ihn, was los ist.

»Nichts«, entgegnet er schroff.

»Wie, nichts? Sebas, was ist passiert?«, beharrt sie.

Der Junge öffnet seinen Rucksack und nimmt das gerahmte Bild von meinem Felipe heraus. Das aus dem Mensch-ärgere-Dich-nicht-Zimmer. Es ist mein Glücksbringer. Ich verdanke ihm viele gewonnene Partien.

»Dieser Mann ist nicht mein Großvater«, sagt Sebas mit finsterer Miene.

»Natürlich nicht. Schön wär's!«, entgegne ich.

»Ich habe das Foto mit in die Schule genommen, weil ich dachte, dass das Opa ist, und alle haben mich ausgelacht. Alle außer Guerrero, Noa und der Lehrerin.«

»Aber, du Dummchen, warum bist du nicht zu mir gekommen und hast mich gefragt, bevor du das Foto mitgenommen hast?«, fragt meine Tochter und hockt sich vor ihm hin, um ihm in die Augen zu sehen.

»Ich *hab* dich gefragt, und ich hab Oma gefragt, und keine von euch beiden hat reagiert. Warum gibt es drei Fotos von diesem Mann in unserem Haus?«

»Das liegt doch auf der Hand«, sage ich. »Ist dir denn nicht aufgefallen, wie gut er auf diesem Foto aussieht? Zum Anbeißen!«

Mein Kommentar kann Sebas nicht aufheitern. Er ist verletzt, und das macht mir zu schaffen. Ich wünschte, ich könnte seinen Kummer einfach wegpusten.

»Ich habe eine Woche mehr Zeit für die Hausarbeit. Die Lehrerin sagt, ihr sollt mir ein echtes Foto von Opa geben. Und hier ist auch noch ein Brief für euch«, murmelt er und zieht einen weißen Umschlag aus dem Rucksack.

Am liebsten würde ich ihn in die Arme nehmen, aber meine Hände sind voller Erde.

»Seid ihr jetzt zufrieden?«, schimpft meine Mutter in meinem Kopf. »Dieses Kind hat eine solche Blamage nicht verdient. Hör auf, dich so anzustellen, und erzähl ihm endlich von deinem Mann.«

»Niemals!« Es ist mir deutlich hörbar herausgerutscht.

Normalerweise rede ich nur im Kopf mit meiner Mutter, vor allem, wenn jemand in der Nähe ist. Aber manchmal vergesse ich mich.

Meine Tochter sieht mich böse an, weil sie denkt, mein »Niemals!« habe dem gegolten, was Sebas gesagt hat, und ich habe keine Ahnung, wie ich dieses Missverständnis aufklären soll.

»Wir werden ein Foto von deinem Opa finden und zusammen deine Hausarbeit schreiben, in Ordnung?«, sagt Julia zu ihm und sieht mich aus dem Augenwinkel an, um festzustellen, ob ich mich angesprochen fühle.

Sebas rollt eine Träne übers Gesicht. Der Junge ist sehr sensibel. Was sie in der Schule wohl mit ihm gemacht haben?

Kinder können manchmal sehr herzlos sein. Ich lasse die beiden und marschiere durch den Garten zur Veranda. Dann steige ich aus meinen Gummistiefeln.

»Gehst du schon rein? Aber du hast doch noch gar nicht alles eingepflanzt«, kommentiert meine Mutter.

»Den Rest kannst ja du machen. Ich suche jetzt das Foto für den Jungen.«

»Na also!« Erneut malträtiert ihre Stimme mein Hirn. »Es muss immer erst aus dem Ruder laufen, damit du dich mal bewegst. Der arme Junge. Felipe González, das darf man keinem erzählen …!«

»Lass mich in Ruhe«, blaffe ich sie an. »Felipe González ist einer der attraktivsten Männer, die es in Spanien je gegeben hat, da musst du mir gar nichts sagen!«

»Du hast einen seltsamen Geschmack, Mädchen.«

»Jetzt halt endlich die Klappe!«, kreische ich entnervt.

Und es funktioniert, denn für ein paar Stunden herrscht Funkstille. Ich weiß ganz genau, wo ich die Fotos vom Argentinier habe. Allerdings habe ich nicht damit gerechnet, dass ich inzwischen nicht mehr ohne Hilfe an mein Versteck drankomme. Die wichtigen Dinge bewahre ich unter meiner Matratze auf, und die ist tonnenschwer. Ich versuche, sie anzuheben, aber ich schaffe es nicht mehr. Mein Rücken streikt sofort, und ich hab nicht genug Kraft in den Armen, sosehr ich mich auch abmühe. Nach zwei weiteren Versuchen gebe ich auf und rufe meinen Enkel, damit er mir hilft. Als Sebas in mein Zimmer kommt, ist sein Gesicht mit Schokolade verschmiert. Ein Wunder, dass seine Mutter ihm das unter der Woche erlaubt hat. Das ist sicher eine Taktik, um ihn aufzumuntern.

»Du musst mal die Matratze anheben.«

»Warte, Oma, ich bitte Mama, uns zu helfen.«

»Untersteh dich! Deine Mutter darf davon nichts erfahren, verstanden? Los, heb sie hoch, hier, auf dieser Seite.«

Sebas gehorcht ohne ein weiteres Wort. Das gefällt mir an ihm. Auch wenn er anderer Meinung ist, tut er, worum ich ihn bitte. Das nenne ich Respekt. Er respektiert meine Wünsche, ohne groß rumzudiskutieren. Und weil es so schwer ist, sich Respekt zu verschaffen, freue ich mich darüber.

Ich wusste, dass die Fotoalben unter der Matratze waren. Woran ich mich nicht mehr erinnert habe, sind all die anderen Dinge, die ich dort aufbewahre. Darunter

mehrere Umschläge mit Geld. Ich habe so lange keine Pe-
setenscheine mehr gesehen, dass ich ganz wehmütig werde. Woher hatte ich denn dieses ganze Geld? Ich stecke
es ein, um es zur Bank zu bringen und in Euro umzutau-
schen. Einige Scheine schiebe ich mir in den BH, einige
ins Mieder und den Rest in die Kitteltaschen.

»Wie kannst du denn mit dem ganzen Zeug da drunter
schlafen?«, fragt Sebas. »Stört dich das nicht?«

»Überhaupt nicht. Das ist meine Schatzkammer. Hast
du so was nicht?«

Ich nehme zwei Fotoalben heraus, das von der Hochzeit und eines aus der Zeit, als Julia klein war.

»Das war's schon, ich habe, was ich wollte. Komm her,
mein Herzchen, setz dich zu mir.«

Ich schlage das Hochzeitsalbum auf, und mir ist, als
bohrte sich ein Pfeil in mein Herz. Ich war so jung und
so glücklich. Glücklich und schwanger. Deshalb habe ich
nicht in Weiß geheiratet. Weil es eine Sünde gewesen
wäre. Im Grunde ist ja alles, was Spaß macht, eine Sünde.

»Ist das mein Opa?«, fragt Sebas.

»Natürlich ist das dein Opa. Was glaubst du denn, wie
viele Männer ich geheiratet habe?«

»Du siehst ganz anders aus auf den Fotos.«

»Auch wenn dich das jetzt überrascht: Ich bin nicht als
alte Frau geboren worden. Ich war mal ein kleines Mädchen, und ich war mal eine junge Frau. Deinen Großvater habe ich kennengelernt, weil er immer in den Laden
kam, in dem ich eine Weile gearbeitet habe. Wir haben
selbst genähte Babykleidung verkauft. Und auch impor-
tierte Ware aus Südamerika. Und die hat dein Opa für
meinen Chef besorgt.

»Mein Opa hat Babykleidung verkauft?«

»Baby- und Kinderkleidung. Er hat für ein ziemlich bekanntes argentinisches Unternehmen gearbeitet, das Cocó hieß. Nach Coco Chanel, weißt du? Das war eine sehr berühmte französische Modeschöpferin.«

»Ist er deshalb nach Argentinien gegangen? Weil die Firma dort war?«

»Die Geschäfte liefen hier immer schlechter. Und dann bekam er ein Angebot und hat Spanien verlassen. Erst mal für sechs Monate. Sie haben ihm eine Wohnung und ein Auto zur Verfügung gestellt, damit er etwas Geld sparen und mir und deiner Mutter ein Ticket kaufen konnte. Wir wollten in Buenos Aires ein neues Leben beginnen, so war der Plan. Aber aus den sechs Monaten wurde ein Jahr, aus dem Jahr wurden zwei und aus zwei Jahren drei ... Wir schrieben uns, aber seine Briefe wurden immer seltener, bis er eines Tages gar nicht mehr geantwortet hat.«

»Aber du hättest ihn doch anrufen können.«

»Ich habe ihn zigmal angerufen, aber das waren Ferngespräche, und die waren damals sehr teuer. Ich habe es immer wieder versucht, bei ihm zu Hause und auf der Arbeit. In der Firma ist immer eine Sekretärin ans Telefon gegangen, die sagte, er sei gerade nicht da. Irgendwann hatte ich den Verdacht, dass diese Frau seine Geliebte war, und bin ziemlich ausfallend geworden. Ich habe auch mit der Polizei Kontakt aufgenommen und mit einem Privatdetektiv, der mich übers Ohr gehauen hat. Und sogar mit der spanischen Botschaft in Buenos Aires. Ich habe so lange gedrängt, bis sie jemanden zu deinem Opa nach Hause geschickt haben. Ein paar Tage später habe ich dann die Antwort bekommen: ›Ihr Mann hat sich ein neues Leben aufgebaut. Wir empfehlen Ihnen, ihn zu vergessen und das Gleiche zu tun.‹ Und das war's dann. Jetzt schau mich nicht so mitleidig an, ich hab es inzwischen verwunden«, füge ich hinzu und fahre dem Jungen durchs Haar.

»Deshalb möchtest du nicht über ihn reden. Weil er dir so schlimme Dinge angetan hat.«

»Deine Mutter weiß von all dem nichts. Sie hat furchtbar darunter gelitten, dass dein Opa plötzlich weg war, und ich wusste nicht, wie ich ihr die schlechte Nachricht beibringen sollte. Die Jahre vergingen, und es wurde immer schwieriger, es ihr zu erklären«, erzähle ich, während ich durch das Album blättere. »Schau mal, wie hübsch wir auf diesem Foto sind.«

»Ist das Mama als Baby?«

»Ja. Schau mal, dieses Kleid und das Häubchen sind von Cocó. Die Sachen waren sehr teuer, aber dein Großvater hat die aus der letzten Kollektion immer günstiger bekommen.«

»Darf ich eins von den Fotos mit in die Schule nehmen?«

»Sicher. Und du kannst erzählen, dass dein Großvater Martín ein Experte für Stoffe war. Er hat Seidenstoffe und Hemden aus Seide gehabt. Ein Kollege hat sie ihm aus China besorgt. Wir hatten nicht viel, aber sein Kleiderschrank war wie der eines bedeutenden Mannes.«

»Wie der von Felipe González.«

»Ja, wie der von Felipe González. Hast du in der Schule schon mal von der Seidenstraße gehört?«

»Nein.«

»Aber du weißt, wo die Seide herkommt, oder?«

»Klar, das machen die Raupen.«

»Die Seidenstraße begann in China, in einer Stadt, an deren Namen ich mich nicht erinnere. Die Seidenherstellung war ein Geheimnis, das die Chinesen Tausende von Jahren bewahrt haben. Bis sich ein paar Koreaner, die in einer chinesischen Fabrik beschäftigt waren, wichtig machen mussten und es verraten haben. Und du wirst nicht glauben, wie die Seidenproduktion nach Europa gekommen ist: Es waren Mönche, die Seidenraupen nach Konstantinopel geschmuggelt haben. Raupenschmuggler, stell dir das mal vor.«

Mir gefällt, wie Sebas mich ansieht und wie seine Augen funkeln. Es ist nicht leicht, die Aufmerksamkeit eines Kindes zu wecken, und es rührt mich, dass wir uns so nahestehen. Mit meiner Tochter ist mir das nie gelungen. Zumindest nicht, nachdem ihr Vater uns verlassen hat.

»Die Seidenstraße war sehr gefährlich«, fahre ich fort. »Viele Händler haben unterwegs ihr Leben verloren. Überall lauerten Räuber, die es auf die Waren abgesehen hatten. Nicht nur Seide, denn über diese Handelsroute wurden später auch andere Dinge transportiert: Edelsteine, Gold, Samen, Porzellan ... Die Karawanen mussten Bergpässe überqueren, und die mit Waren und Proviant beladenen Lasttiere sind häufig abgestürzt. Stell dir mal vor, wie das ist, ohne Essen und umgeben von Gletschern überleben zu müssen.«

Ich schweige für eine Weile, um durchzuatmen und in meinem Gedächtnis zu kramen. Martín hat mir mit seinem Geschwätz über Seide ständig in den Ohren gelegen, aber ich habe lange nicht mehr daran gedacht und vieles vergessen.

»Was ist, Oma? Erzähl weiter!«, drängt Sebas.

»Ich habe mich gerade nur wieder an die Terrakotta-Armee erinnert. Das war ein Heer aus Tonskulpturen, Soldaten, Kriegswagen und Pferden. Jede Menge Krieger, um die achttausend oder so. Sie wurden zusammen mit einem chinesischen Kaiser begraben. Der Mann hat wohl gedacht, dass die Armee ihn im Jenseits beschützen würde. Sie befindet sich in der Stadt, in der die Seidenstraße beginnt. Aber ich komme gerade beim besten Willen nicht auf den Namen.«

»Du hast mir noch nie von alldem erzählt, dabei weißt du so viel.«

»Ich weiß gar nichts, Junge. Ich bin völlig ungebildet und war nur drei Jahre in der Schule. Das Leben hat mich viel gelehrt, aber gebildet bin ich nicht. Ich weiß das alles, weil dein Großvater mir davon erzählt hat. Er hat ständig von der Seidenstraße geredet. Mach mal diese Tür auf«, bitte ich Sebas und zeige auf den Schrank.

Der Junge dreht den Schlüssel um. Darin sind all die Seidenhemden und Stoffe, die mein Mann gesammelt hat. Es sind wunderschöne Muster dabei und andere, die schon so lange aus der Mode sind wie die Cordanzüge von Felipe González. Ich werde von einer eigenartigen Melancholie erfasst.

»Fühl mal, wie weich.«

»Hat das alles ihm gehört?«, fragt Sebas.

»Früher, ja. Such dir ein Tuch oder ein Hemd aus, das dir gefällt, und nimm es mit in die Schule. Damit deine Schulkameraden mal echte Seide sehen.«

Der Sebas, der wenig später mein Zimmer verlässt, ist nicht mehr derselbe, der am Nachmittag mit hängenden Schultern aus der Schule gekommen ist. Zumindest sieht er jetzt ganz anders aus. Glücklich und irgendwie stolz. Ich freue mich, dass ich seine Traurigkeit vertreiben konnte. Bevor er geht, umarmt er mich noch mal. Und drückt mir dabei die spitze Ecke eines der Umschläge, die ich mir in den BH gesteckt habe, in den Busen.

JULIA

Seit ein paar Stunden recherchiere ich im Archiv der Zeitung. Das mache ich fast jeden Tag. Es ist kein Vergnügen, weil es mich an eine düstere Zeit meiner Kindheit erinnert. In den Bildern, die mein Gedächtnis heraufbeschwört, sehe ich Menschen mit ausgehöhlten Gesichtern. Verlorene Blicke, eine erschütternde Leere und hervorstehende Knochen. Knochen, die sich so auffällig abzeichnen, als wollten sie die Kleidung durchstoßen. Es fällt mir nicht leicht, all die zusammengetragene Information in einem Artikel von vier Seiten zusammenzufassen. Die Entwicklung des Drogenhandels und des Drogenkonsums in Galicien von den 1980er Jahren bis heute – das sind fast vierzig Jahre, die es zu analysieren und zu resümieren gilt. Keine leichte Aufgabe. Die Gesellschaft ist heute eine andere als damals. Die ersten Jahre der Demokratie nach vier Jahrzehnten Diktatur und einer Zeit der Massenarbeitslosigkeit. So haben die jungen Männer angefangen, beim Entladen der Tabakschiffe zu helfen, und damit in einer Nacht mehr verdient als früher in einem ganzen Monat. Am Anfang zumindest, denn irgendwann haben die Drogenhändler sie nicht mehr mit Geld, sondern mit Haschisch bezahlt. Für viele von ihnen war das der Einstieg. Vom Gras sind sie zu den Amphetaminen übergegangen, von den Amphetaminen zum LSD und von da zum Heroin. Und dann ging es nur noch bergab. Seither ist so viel über dieses Thema gesprochen worden und so vieles hat sich verändert, dass ich gar nicht weiß, womit ich anfangen soll. Da ist zum einen das Konsumverhalten. In den 1980er Jahren war das begehrteste Rauschgift das Heroin. Damals spielte sich das Leben in den Straßen ab. Ich kann mich noch gut daran erinnern. Die Plätze und Alleen waren voller junger Leute, die zusehends abmagerten. Anfangs haben sie sich vor uns Kindern noch zusammengerissen, aber später schien es ihnen egal zu sein, und sie haben sich vor unseren Augen die Spritzen gesetzt. Haben das Heroin in einem Löffel mit Wasser und Zitronensaft aufgelöst. In unserem Viertel trat man ständig auf ausgepresste Zitronen. Die jungen Männer sind über die Zäune geklettert, um sie in den Gärten zu stehlen. Ich erinnere mich, dass einige Nachbarn ihre Zitronenbäume gefällt haben. Die Drogensüchtigen verabreichten sich ihre Dosis gleich an Ort und Stelle und ließen Nadeln und Löffel auf dem Bürgersteig liegen. Ich weiß noch, wie einige Freundinnen meiner Mutter darüber gescherzt haben, dass sie eine ganze Sammlung von gebrauchten Löffeln hätten. Ausgequetschte Zitronen und weggeworfene Spritzen. Es war eine regelrechte Invasion. In der Schule wurde besprochen, wie wir uns zu verhalten hatten, wenn wir eine Spritze fanden. Sie lagen überall herum, in den Parks, auf leeren Grundstücken, auf den Straßen, in den Toiletten der Bars, am Strand, vor unserem Haus ...

Ich sitze vor dem Computer, als mich plötzlich eine Erinnerung durchzuckt. Mama, Papa und ich hatten die Sommerferien in einem Haus am Meer verbracht. Als wir vom Strand zurückkamen, steckten Dutzende Spritzen im Kopfteil des Bettes meiner Eltern und auch in der Pinnwand, die in meinem Zimmer hing. Jemand war eingebrochen und hatte alles durchwühlt. Schubladen und Schränke standen offen, Kleidung und Papiere lagen auf dem Boden, sogar meine Stofftiere hatten sie aufgeschlitzt ... Und diese Spritzen, die überall steckten, als ob jemand mit infizierten Nadeln ein Voodoo-Ritual praktiziert hätte. Mir läuft es jetzt noch eiskalt den Rücken herunter, wenn ich an diese Schändung denke. Bis heute hatte ich das alles gar nicht mehr präsent. Ich bin mir nicht einmal sicher, ob es wirklich so war. Vielleicht hat es mir auch nur jemand erzählt, und ich habe es zu meiner eigenen Erinnerung gemacht. Damals muss ich etwa sechs Jahre gewesen sein, und in unserem Viertel gab es jede Menge Abhängige. Sie hingen in Parks, unbewohnten Häusern und öffentlichen Toiletten herum. Das lässt mich wieder an Gerardo denken, den Jungen, der in der Toilette einer Bar an einer Überdosis gestorben ist. Als er gefunden wurde, lag er auf dem Boden und die Nadel steckte noch in seinem Arm. Damals war das nicht mal eine Meldung wert, ich habe vergeblich danach gesucht. Die Leute sind gestorben wie die Fliegen. Es gab Wochen, in denen in einigen galicischen Städten drei oder vier junge Leute beerdigt wurden. Die, die nicht an einer Überdosis oder an gepantschtem Heroin krepierten, starben an Aids. Die Friedhöfe waren voll von Jugendlichen, die noch das ganze Leben vor sich gehabt hätten. Die meisten wurden nicht mal dreißig Jahre alt und endeten in Gräbern, die gar nicht für sie vorgesehen waren. Aber vorher verloren sie noch ihre Identität. Niemand nannte sie noch beim Namen. Das waren Junkies, die auf Parkplätzen rumhingen, Junkies, die vor dem Tabakladen bettelten, Junkies, die im Park saßen ... Alle wollten glauben, das seien Außenseiter, Leute, die am Rand der Gesellschaft lebten, Kinder aus zerrütteten Familien, aber so war es nicht. Das

Heroin schlug wahllos zu. Und währenddessen, während all diese jungen Leute zu lebenden Toten wurden, die sich elend durch die Straßen schleppten, fuhren die Drogenhändler mit ihren teuren Schlitten durch die Gegend, ließen sich Luxusvillen bauen, kauften Kunstwerke und waren in ihren Heimatorten anerkannt und geschätzt, weil vielen dort nur dank der Schiffsfrachten das Geld bis zum Monatsende reichte. Was für ein perverser Teufelskreis. Die Mütter, die sich im Kampf gegen die Drogen organisierten, ließen schließlich alles auffliegen.

Auf meinem Computerbildschirm lese ich eine der Parolen, die diese Frauen mit dem Megaphon in den Straßen gerufen haben, um öffentlich zu machen, was sich da abspielte, und bekomme eine Gänsehaut: »Wir sind keine Verrückten und keine Terroristen, sondern Mütter, die Angst um ihre Kinder haben.« Eine von ihnen, die drei suchtkranke Kinder hatte, meinte damals: »Wovor sollten wir noch Angst haben, wenn das Schlimmste, was uns passieren kann, der Tod unserer Kinder ist?« Die meisten von ihnen waren einfache Hausfrauen, die den Drogenbossen mutig die Stirn boten. Sie versammelten sich vor den Gerichtsgebäuden, um ihrer Wut Ausdruck zu verleihen.

Unter den vielen Transparenten sticht mir eines besonders ins Auge: *Das sind die Mörder unserer Kinder.* Daran schluckt jeder. Heute denke ich, dass sich viele von diesen Frauen engagiert haben, um nicht aufzugeben, um sich nicht schuldig zu fühlen, als ob sie allein die Last der Verantwortung zu tragen hätten. Ich sehe Fotos dieser Mütter, die auf die Straße gingen, und frage mich, wo die Männer waren. Diese mutigen Frauen haben sich damals sicher die gleiche Frage gestellt und immer wieder gesagt: »Wo sind die Väter? Väter, wo seid ihr?« Wie viele Scheidungen mag das Heroin verursacht haben? Mir fällt die Aussage einer Mutter auf, die berichtet, dass sie nachts gearbeitet hat, um das Geld zu verdienen, das ihr Sohn für seine tägliche Dosis brauchte, weil sie es nicht ertragen konnte, ihn auf Entzug zu sehen, und weil es so immer noch besser war, als wenn er angefangen hätte zu klauen und im Gefängnis an Aids sterben würde. Und mir kommen die Tränen, als ich von einer anderen Frau lese, die erzählt, dass ihr Sohn sie kurz vor seinem Tod gebeten hat, ihm keine Plastikblumen aufs Grab zu stellen, weil das die Blumen der Vergessenen sind.

Die wahre matriarchale Revolution brach dann im Jahr 1986 aus, nachdem die Mütter auf einer Pressekonferenz eine Liste von achtunddreißig Bars in Vigo veröffentlicht hatten, in denen ganz offen Heroin, Kokain und Haschisch verkauft wurde, als wären es Süßigkeiten. Ich lese die Namen dieser Lokale und wundere mich nicht, darunter auch die Bar Seco zu finden, wo mein Vater immer war. Selbst wir Kinder wussten, dass dort Drogen verkauft wurden.

Ich wende meinen Blick vom Bildschirm ab und schaue auf die Uhr. Es ist bereits zwölf, und ich habe vergessen, meine Mutter anzurufen. Wir telefonieren jeden Tag gegen elf, damit ich weiß, dass alles in Ordnung ist. Ich greife nach meinem Telefon. Der Klingelton bricht ab, bevor sie sich meldet. Manchmal geht sie nicht schnell genug ran, daher versuche ich es erneut. Aber auch beim zweiten und dritten Versuch meldet sie sich nicht. Also werde ich es später noch einmal probieren. Ich stehe auf, um mir einen Kaffee zu holen.

»Wie läuft's mit deinem Artikel?«, fragt mich ein Kollege aus der Redaktion.

»Ich bin noch bei der Recherche. Gestern habe ich eine alte Fernsehdokumentation gesehen, in der mehrere Mütter interviewt wurden, und das steckt mir noch in den Knochen.«

»Mein Cousin ist damals auch an Aids gestorben. Ein Jahr, nachdem er heroinabhängig wurde, lag er unter der Erde.«

Ich sehe ihn traurig an und weiß nicht, was ich sagen soll. Bei diesen Dingen fehlen einem einfach die Worte.

»War er das einzige Kind?«, frage ich schließlich.

»Er war der Älteste von drei Geschwistern. Meine Tante leidet seitdem unter Depressionen. Das ist dreißig Jahre her, und seitdem nimmt sie Medikamente.«

Ich weiß genau, wovon er spricht.

»Meine Mutter braucht auch Tabletten«, sage ich. »Wenn sie vergisst, sie zu nehmen, bekommt sie regelrechte Entzugserscheinungen. An manchen Tagen wirkt sie völlig geistesabwesend. Aber bei ihr kommt halt vieles zusammen.«

»Wie alt ist sie?«

»Sie wird im Mai achtzig. Aber in den letzten Monaten ist es echt schwierig geworden.«

Jetzt ist er derjenige, der mich besorgt ansieht.

»Wenn du bei deinem Artikel Unterstützung brauchst, sag Bescheid«, bietet er mir an. »Ich habe einiges an Material, weil ich 1990 den Prozess nach der *Operación Nécora* verfolgt habe, der ersten großen Drogenrazzia.«

Ich nehme das Angebot dankend an und kehre an meinen Computer zurück. Über meine Kollegen kann ich mich nicht beschweren. Bei uns herrscht ein angenehmes Arbeitsklima, wie man es selten findet. In der Redaktion in Madrid gab es viel mehr Konkurrenz. Ich versuche es noch mal bei meiner Mutter. Sie antwortet auch diesmal nicht, und ich vermute, dass sie im Garten mit ihren Pflanzen beschäftigt ist oder einfach nur ihre Blumen betrachtet, wie so oft. Sie werkelt fast den ganzen Tag dort draußen herum. Ich konzentriere mich wieder auf die Recherche und gehe noch einmal die Informationen durch, die ich gefunden habe. Jugendliche, die heutzutage konsumieren, gehen mit den Drogen offenbar gemäßigter um als vor dreißig Jahren in der Hochphase des Drogenhandels. Auch bei Heroin ist man vorsichtiger geworden. In Galicien hat der Drogenhandel schon immer seine festen Verkehrswege gehabt – von den Zeiten des Tabakschmuggels bis heute.

Ich sehe mir an, wie die Drogen vor zwanzig, dreißig Jahren nach Spanien eingeführt wurden, und erfahre, dass Pakistanis und Türken Orientteppiche mit flüssigem Heroin getränkt haben, um es später wieder in seinen Originalzustand zurückzuversetzen. Ich verstehe nichts von diesen alchemistischen Prozessen. Wie muss ich mir das vorstellen, aufgelöstes, von einem Teppich aufgesaugtes und wieder zurückgewonnenes Heroin? Ich schüttele den Kopf und lese weiter. Natürlich gab es auch weniger ausgeklügelte Methoden: in Koffern mit doppeltem Boden, unter Autos, mit Klebeband am Körper befestigt, im Körper selbst, in Kunstgegenständen verborgen, in Sicherheitsbehältern unter Dung vergraben ...

Und dann stockt mir plötzlich der Atem, und ich starre auf den Bildschirm. Dort ist ein Foto von der Festnahme eines Dealers zu sehen. Und ich kenne diesen Mann. Ich bin mir sicher, dass ich ihn mehrmals mit Papa in der Bar Seco gesehen habe. Meine Hände werden feucht, und ich gehe zu den Toiletten, um mich frisch zu machen. Die Entdeckung hat mich völlig aufgewühlt. Wieder zurück an meinem Arbeitsplatz drucke ich das Foto aus und gebe den Namen des Drogenhändlers bei Google ein.

Lucio Rincón. Es gibt Dutzende Bilder von ihm: mit Freunden auf einem Boot, vor Gericht, auf der Straße ... Ich drucke noch ein paar Fotos aus und stecke sie mit klopfendem Herzen in meine Tasche.

Freitags hole ich Sebas immer von der Schule ab. Sebas und seine beiden Freunde. Ich fahre sie gern nach Hause, denn es liegt auf dem Weg, und ich weiß, dass Sebas diese Autofahrten genießt. Ich verlasse das Redaktionsgebäude und bin pünktlich fünf Minuten vor Unterrichtsschluss an der Schule. Überall warten Väter und Mütter in ihren Autos. Sebas, Noa und Guerrero stürmen aus der Schule.

»Mama, wusstest du, dass das Herz eines Blauwals zweihundert Kilo wiegt?«, fragt Sebas mich, kaum dass er die Beifahrertür geöffnet hat. »Und die Zunge ist so schwer wie ein Elefant.«

Noa und Guerrero klettern auf den Rücksitz.

»Ich glaube, dass die Lehrerin übertrieben hat«, sagt Guerrero. »Manchmal gibt sie Zahlen an, die nicht stimmen.«

»Blauwale sind riesig«, wendet Noa ein. »Sie können bis zu hundertachtzigtausend Kilo schwer werden. Da ist es doch normal, wenn sie eine elefantöse Zunge haben.«

»Mama, hörst du überhaupt zu?«, fragt Sebas.

»Klar höre ich zu«, antworte ich. Er hat sofort gemerkt, dass ich mit meinen Gedanken woanders bin. Wie könnte es auch anders sein.

Ich mag Sebas' Freunde. Absolut. Sie sind fröhlich und voller Ideen. Meine Sorge war immer, dass es ihm schwerfallen würde, sich in der neuen Schule einzugewöhnen, dabei war genau das Gegenteil der Fall.

»Meine Mutter hatte mal eine Barte von einem Wal«, erzähle ich ihnen und versuche für einen Moment den Gedanken an das Foto von dem Drogenhändler aus dem Kopf zu bekommen.

»Ernsthaft?«, fragt Sebas.

»Ja, vor ein paar Jahren habe ich sie noch auf dem Speicher gesehen. Ein Bruder von ihr, der lange zur See gefahren ist, hat sie ihr mitgebracht. Wenn du willst, fragen wir Oma gleich mal. Vielleicht hat sie sie noch irgendwo.«

»Wahnsinn!«, ruft Guerrero aus. »Die Barten von Walen haben bestimmt Superkräfte.«

»Ja, so wie Thors Hammer«, meint Noa.

»Habt ihr Lust auf Pizza?«, frage ich. »Ich hatte vor, später eine zu machen. Wenn ihr kommen wollt, seid ihr herzlich eingeladen.«

Ein dreistimmiger Jubelschrei ertönt. Noa und Guerrero bedanken sich, als ich sie in ihrer Straße aussteigen lasse. Das mit der Pizza war eine gute Idee. Sebas scheint sich zu freuen, und ich suche im Radio nach einem Song, der ihm gefällt, und den Rest des Heimwegs legen wir singend zurück. Als ich in die Einfahrt einbiege, halte ich nach meiner Mutter Ausschau, nach ihrer Kittelschürze, die sich zwischen den Blumen und Sträuchern bewegt. Wenn die Sonne scheint, ist sie eigentlich immer im Garten, aber heute nicht. Die Haustür steht offen. Wahrscheinlich ist sie in der Küche. Eigentlich bin ich diejenige, die kocht, aber vielleicht wollte sie mir die Arbeit abnehmen. Allerdings ist kein Geräusch zu hören, und das wundert mich ein bisschen. Wir steigen aus, und ich gehe in die Küche, aber da ist sie ebenso wenig wie im Wohnzimmer, im Bad, in ihrem Schlafzimmer, im Mensch-ärgere-Dich-nicht-Zimmer, in Sebas' Zimmer oder in meinem.

Das Haus ist leer.

»Mama?«, rufe ich laut. »Mama!«

Keine Antwort. Sebas spürt meine Panik und sieht mich ängstlich an.

»Keine Sorge, sie kann nicht weit sein. Sicher ist sie nur in irgendwas vertieft.«

Ich glaube selbst nicht, was ich sage, und es klingt auch nicht wirklich überzeugend.

SEBAS

In Krisensituationen ist meine Mutter wie ausgewechselt. Dann kann sie rasend schnell denken, als potenziere sich ihr Gehirn. In fünf Minuten hat sie bei allen Nachbarn angerufen. Auch im Supermarkt, in der Bäckerei, im Pfarrhaus und im Tabakladen. Gut möglich, dass Oma Zigaretten kaufen gegangen ist, denn wir beide wissen, dass sie heimlich raucht, wenn wir nicht zu Hause sind, und die Kippen in den Blumentöpfen vergräbt. Was mich wundert, weil ihr der Garten ja eigentlich heilig ist und der Tabak für die Pflanzen sicher nicht gesund ist. Wobei ich bemerkt habe, dass in letzter Zeit ziemlich viel Unkraut wuchert. Als wir im September hier ankamen, war der Garten gepflegt wie in einer Gartenzeitschrift. Jetzt ist alles ein bisschen verwildert, und ich glaube, das liegt daran, dass es kalt und regnerisch geworden ist und Oma sich nicht mehr so leicht aufraffen kann.

Wenn ich mich an die Stelle meiner rauchenden Oma versetze, komme ich zu dem Schluss, dass es gar nicht so leicht ist, einen verräterischen Zigarettenstummel loszuwerden, und wahrscheinlich ist ihr kein besserer Ort eingefallen als die Blumentöpfe. Als wir aus Madrid hergezogen sind, hat Oma die Kippen einfach auf das Grundstück des Nachbarn geworfen, mit dem sie sich sowieso in den Haaren liegt. So haben wir überhaupt erst erfahren, dass sie raucht. Eines Tages ist der Nachbar zu uns gekommen, um sich bei meiner Mutter zu beschweren. Er hat einen Haufen Kippen in einer alten Olivendose mitgebracht. Tatsächlich hatte er sich die Mühe gemacht, sie alle einzusammeln und uns zu überreichen – sozusagen als Willkommensgeschenk. Mama hat zuerst gedacht, es wären meine und dass es statt einer paffenden Oma ein paffendes Kind im Haus gäbe, was natürlich noch schlimmer gewesen wäre. Sie hat mich in die Küche bestellt und mir einen Vortrag über die Gefahren des Nikotins gehalten. Ich hatte keine Ahnung, was sie eigentlich wollte, und sie ist ziemlich sauer geworden, weil sie dachte, dass ich ihr etwas vormache. Als Oma mich in der Falle sitzen sah, hat sie gesagt, dass die Kippen von ihr stammen. Und dass sie eine erwachsene Frau ist und rauchen kann, wann sie Lust dazu hat, ohne irgendwem eine Erklärung schuldig zu sein. Um die Diskussion zu beenden, hat sie schließlich mit dem Hammer auf den Tisch geschlagen. Sie hat sich für mich geopfert, was nicht jeder getan hätte. Sie liebt mich sehr, und ich sie auch. Nachdem sie mit der Wahrheit herausgerückt war, hat sie noch am selben Tag die Olivenbüchse genommen und die Kippen wieder auf das Nachbargrundstück geworfen. Ich fand das lustig, aber Mama hat gesagt, dass ich darüber nicht lachen soll, weil Oma das nicht hätte tun dürfen und wir ein ernsthaftes Problem mit dem Nachbarn bekommen würden, was dann auch passiert ist. Aber nicht nur wegen der Kippen. Denn es hat nicht lange gedauert, bis sich herausstellte, dass Oma den Nachbargarten nicht nur als Aschenbecher benutzt hat, sondern auch als »Supermarkt«. Sie hat sich an den Kohlköpfen, Tomaten und an allem bedient, wonach ihr gerade war. Meistens nachts, weil sie gedacht hat, dann merkt es keiner. Das hat schwer Rabatz gegeben, denn der Nachbar ist wieder zu uns gekommen, um sich bei Mama zu beschweren, und Oma hat alles empört abgestritten. Aber wir alle drei, Mama, der Mann und ich, wussten, dass es stimmte. Aus Rache hat Oma ihm einen riesigen abgegessenen Fisch aufs Grundstück geworfen, und er hat ihn wieder zurückgeworfen. Der Fisch ist mehrere Tage lang hin- und hergeflogen. Und in diesem Moment wussten Mama und ich, dass der Krieg ausgebrochen war. Wie *The Civil War* zwischen Captain America und Iron Man.

Aber jetzt hätten wir uns gefreut, wenn Oma mit alten Fischen geworfen oder heimlich zum Tabakladen gegangen wäre. Denn dann hätten wir gewusst, wo sie ist. Von all den Leuten, mit denen Mama gesprochen hat, wusste niemand, wo Oma war. Sie hatten sie den ganzen Vormittag nicht gesehen. Mir ist eingefallen, dass sie vielleicht mit dem Geld aus den Umschlägen, die sie unter der Matratze versteckt hatte, zur Bank gegangen sein könnte. Ich habe es Mama gesagt, und sie hat ziemlich ungehalten reagiert.

»Was ist das eigentlich für eine Geheimniskrämerei in diesem Haus? Von welchen Umschlägen sprichst du?«

Später hat sie sich dafür entschuldigt. Nicht dass sie mich angeschrien hätte, aber ein bisschen schroff war sie schon.

»Los, komm, lass uns etwas kochen«, hat sie gesagt. Von der Pizza war keine Rede mehr. »Sicher taucht deine Großmutter auf, wenn wir anfangen zu essen, denn um nichts in der Welt würde sie eine Mahlzeit verpassen.«

Das stimmt, mit dem Essen hat Oma wirklich einen kleinen Tick. Wie Guerrero, aber schlimmer, weil Guerrero weiß, dass er nicht so viel essen soll, und bei Oma ist es umgekehrt. Sie sagt, dass sie fast nichts isst, und ist selbst überzeugt davon. Aber in Wahrheit stopft sie sich manchmal so voll, dass sie Bauchschmerzen bekommt, und dann schimpft Mama mit ihr und sagt, sie sei unvernünftig wie ein kleines Kind. Aber jetzt wäre sie sicher sehr froh gewesen, wenn Oma mit uns am Tisch gesessen hätte. Während des Essens hat Mama mich gefragt, wie es in der Schule war. Sie hat sich alle Mühe gegeben, uns beide abzulenken, und ich hab ihr alles erzählt, was in den letzten Tagen so passiert ist:

»Carlitos González und Diego Puga sind bestraft worden, weil sie Rodrigo, einen anderen Jungen aus meiner Klasse, schwul und Schwuchtel und Transe genannt haben. Sie haben ihm eine rosa Unterhose von Diegos Schwester in den Rucksack gesteckt.«

»Aber wie alt sind denn diese Kinder?«

»Der eine zehn und der andere elf. Mit zehn Jahren kann man schon Verbrecher sein, weißt du? In unserer Schule gibt es gleich mehrere Kriminelle. Außerdem ist ein Mädchen aufgeflogen, das jeden Nachmittag per Videocall bei einer Klassenkameradin die Hausaufgaben abgeschrieben hat.«

»Meine Güte, passieren bei euch eigentlich nur solche Sachen?«

»Nein, auch gute. In einem Nest auf dem Pausenhof sind kleine Vögel geschlüpft, und vor Kurzem haben wir ein Wandgemälde für den Weltfriedenstag gemalt. Rodrigos Vater hat uns ein paar Tauben mitgebracht, und die haben wir fliegen lassen. Es wurden viele Fotos gemacht, und Guerrero hat sich ganz schwarz angezogen, um dünner auszusehen.«

Während ich Mama das alles erzählte, hat sie immer wieder auf ihr Handy geschaut. Ich weiß nicht, wie viel davon überhaupt bei ihr angekommen ist. Nachdem wir mit dem Essen fertig waren, hat sie bei der Polizei angerufen, um Oma als vermisst zu melden, und das hat mir schon einen kleinen Schrecken eingejagt. Die Polizei hat Mama gefragt, wie lange Oma schon weg ist, ob es das erste Mal ist, dass sie unangekündigt das Haus verlässt, ob es irgendein Problem gegeben hat und ob sie geistig noch klar ist. Mama hat geantwortet: »Mindestens vier Stunden«, »Ja«, »Nein« und »Höchstwahrscheinlich nicht«.

»Sebas, ich nehme jetzt das Auto und suche Oma. Du musst hierbleiben, falls sie zurückkommt. Ich rufe bei Guerreros Mutter an, damit er gleich herkommt, okay?«

»Und auch bei Noa bitte.«

»Gut, auch bei Noa. Aber du musst mir versprechen, dass ihr keine Dummheiten macht.«

Es ist das erste Mal in meinem Leben, dass Mama mich allein lässt.

»Versprochen.«

Sie hat mir einen Kuss gegeben und wieder ihr Gehirn potenziert, um gleichzeitig ihr Handy aufzuladen, bei den Müttern von Guerrero und Noa anzurufen, noch einen kleinen Imbiss für uns vorzubereiten und in den sozialen Medien einen Aufruf mit Omas Foto und ihrer Telefonnummer zu posten: MEINE MUTTER IST SEIT HEUTE MORGEN VERSCHWUNDEN. SIE HEISST LUZ UND IST 79 JAHRE ALT. DIESE NACHRICHT BITTE WEITERLEITEN. Dann hat sie ihren Kollegen bei der Zeitung Bescheid gesagt, damit auch sie es verbreiten. Schon nach zehn Minuten gingen auf ihrem Handy Schlag auf Schlag die Nachrichten ein. Und dann sind schon Noa und Guerrero gekommen. Alicia, Noas Mutter, hat sie gebracht, und Mama hat sich die ganze Zeit zusammengerissen. Aber sie war schrecklich nervös, denn sie hat die ganze Zeit auf ihrem Daumen rumgekaut, der schon ganz rot war.

»Sie kommt bestimmt gleich nach Hause«, hat Alicia meiner Mutter zugeflüstert. Sie redet immer ziemlich leise und hat eine ganz weiche Stimme, wie Samt, und ich mag sie sehr, aber nicht so sehr wie Noa. »Weißt du was? Ich komme mit, und wir suchen zusammen nach deiner Mutter. Und wenn wir sie nicht finden, trommeln wir noch ein paar Nachbarn zusammen und organisieren einen Suchtrupp. Morgen ist Samstag, da können wir zur Not die ganze Nacht suchen.«

»Wo steckt sie bloß? Jetzt ist jedenfalls endgültig klar, dass sie nicht mehr allein bleiben kann. Ich brauche jemanden, der sich um sie kümmert, wenn ich bei der Arbeit bin. So kann das nicht weitergehen.«

»Darüber kannst du später nachdenken, wenn wir sie gefunden haben, Julia.«

Sie haben uns noch dreimal gesagt, dass wir keine Dummheiten machen sollen, und dann sind sie losgedüst. Mama muss wirklich total in Panik gewesen sein, ihre Reifen haben gequietscht, als sie losgefahren ist. Wir haben ihnen durchs Küchenfenster nachgesehen. Und jetzt sind wir drei hier allein. Das ist ein komisches Gefühl. Auf der einen Seite fühlt es sich an, als wären wir plötzlich erwachsen. Auf der anderen Seite sind wir ein bisschen verzagt und haben zu nichts Lust.

»Es gibt Leute, die verschwinden für immer«, erkläre ich. »Die gehen von zu Hause weg und kommen nie mehr zurück. So war es bei meinem Opa.«

»Dem falschen Felipe González?«, fragt Guerrero.

»Ja. Er ist nach Argentinien gegangen und nie wieder aufgetaucht. Ich glaube, er hat eine andere Familie dort.

Aber er ist kein Ministerpräsident. Er hat Kinderkleidung verkauft.«

»Vielleicht hat deine Oma beschlossen, doch noch mal nach ihm zu suchen«, sagt Noa. »Vielleicht hat ihr Mann ihr gefehlt, und sie hat sich aufgemacht, um ihn zu finden.«

»Aber dafür müsste sie ein Flugzeug nehmen und einen Koffer packen. Außerdem weiß sie ja nicht, wo er wohnt. Und was ist mit dem Hammer? Damit kommt sie nicht durch die Sicherheitskontrolle, den darf sie auf keinen Fall mit ins Flugzeug nehmen.«

»Und wenn sie einen von ihren Wutanfällen kriegt, bringt sie es fertig, mit dem Hammer auf die Sicherheitsleute loszugehen, wenn sie sie nicht durchlassen«, meint Guerrero. »Hoffentlich wird sie nicht verhaftet.«

Wir schweigen eine Weile, jeder mit seinen Gedanken beschäftigt oder besser mit meinen Gedanken, denn wir alle sehen meine Oma schon in Handschellen vor uns. Sie ist jetzt die Hauptperson. Schließlich ist es Guerrero, der das Schweigen mit einer neuen Theorie bricht:

»Vielleicht hat sie eine Mission zu erfüllen. Oder sie hat beschlossen, sich eine Weile zurückzuziehen, um zu meditieren. Wie Odin, Thors Vater.«

»Oje, das Marvel-Wikikon ist wieder im Einsatz«, sagt Noa.

»Nein, wirklich, jetzt überlegt doch mal«, beharrt Guerrero. »Sebas' Oma ist ja nicht irgendeine Oma. Sie hat Feinde und muss wichtige Dinge regeln, die Asgard betreffen.«

»Der Götterschlächter!«, rufe ich aus und schlage mir gegen die Stirn. »Und wenn sie hinter ihm her ist?«

»Das kann gut sein«, erklärt Guerrero im Brustton der Überzeugung. »Die Verfolgung auf dem Berg war eine

Kriegserklärung. Thor lässt eine so ernste Sache nicht einfach auf sich beruhen. Schließlich geht es um unser Leben.«

»Fangt ihr jetzt schon wieder mit diesem Blödsinn an?«, meint Noa. »Was soll das denn für ein armseliger Schlächter sein, der es nicht mal schafft, drei Kinder einzuholen?«

»Ich garantiere dir, dass wir jetzt nicht hier wären, wenn der Schlächter uns *wirklich* hätte fangen wollen. Er hat Superkräfte. Ich habe euch doch schon erklärt, dass er ein sehr gefährlicher Außerirdischer ist. Wenn er will, kann er uns in Stücke reißen, um uns an Hugin und Munin zu verfüttern. Ohne mit der Wimper zu zucken.«

»Und wer sind die?«, will Noa wissen.

»Odins Raben. Hugin bedeutet ›Gedanke‹ und Munin ›Gedächtnis‹, und die beiden fliegen um die Welt, um Odin dann alles ins Ohr zu flüstern, was sie gesehen und gehört haben.«

»Jetzt hör mal auf, uns mit deinen Wikingerphantasien auf den Zeiger zu gehen«, sagt Noa ungehalten. »Sebas' Oma hat sich verlaufen und weiß nicht mehr, wie sie wieder zurückkommen soll. Das ist alles. Wie wenn ein Hund auf eigene Faust losläuft und dann nicht mehr zurückfindet. Uns ist das mit unserer Linda passiert. Sie war zehn Tage weg.«

»Und wo war sie?«, frage ich.

»Bei einer Frau, die sie auf der Straße gefunden hat und sie behalten wollte. Sie hat sich aber nicht gut um Linda gekümmert, denn als wir sie wiederbekommen haben, war sie voller Kratzer und Zecken.«

Ich überlege leicht beunruhigt, ob Zecken wohl auch an Menschen gehen, ob sie ansteckend sind und ob sie für immer im Körper bleiben.

»Deine Theorie ist nicht schlecht«, gibt Guerrero zu, »aber ich würde die Möglichkeit, dass sie hinter dem Götterschlächter her ist, nicht ausschließen. Denkt mal nach, das kann gut sein.«

Zugegebenermaßen hat Guerrero nicht ganz unrecht. Selbst wenn der Schlächter kein Außerirdischer ist, so ist er doch ein Schlächter, denn ich habe ja die Beule an seinem Hals gesehen, in der er die Seelen sammelt und das Gedächtnis der Gehirne, die er verschlingt. Da wäre es nur logisch, wenn meine Oma beschlossen hätte, ihm mal die Meinung zu sagen mit ihrem Hammer. Ich muss das unbedingt Mama erzählen, aber sie wird mir sicher nicht glauben.

Pünktlich um fünf klingelt das Telefon. Ich bin ziemlich nervös, als ich rangehe, weil ich denke, dass es Mama ist, die Neuigkeiten über Oma hat, aber es ist Aurora, eine von Omas Freundinnen. Die, die keine Messe versäumt und ständig einen Rosenkranz dabeihat. Ich erkläre ihr, dass Oma noch nicht wieder da ist und dass wir uns alle große Sorgen machen. Und da sagt sie:

»Keine Angst, mein Junge, deine Oma ist noch in dieser Welt. Ich habe das Ohrläppchen meines Mannes befragt, und es hat mir versichert, dass Luz den Fährmann noch nicht bezahlt hat, damit er sie auf die andere Seite bringt. Sie wird schon wieder auftauchen.«

Dann legt sie auf, und ich starre entgeistert das Telefon an.

»Was ist?«, fragt Noa.

»Die Freundinnen von meiner Oma sind echt nicht ganz richtig im Kopf. Ich glaube, die sind alle in einer Sekte. Der Ohrläppchen-Sekte. Die dürften gar nicht frei herumlaufen.«

»Was ist denn die Ohrläppchen-Sekte?«, will Guerrero wissen.

Ich zucke mit den Schultern, weil ich nicht weiß, was ich sagen soll, aber Noa hat schon eine Vermutung.

»Es gibt doch diese Völker, die ganz lange Ohrläppchen haben.«

Ich seufze. Das Ganze wird immer komplizierter. Wir sind doch erst in der fünften Klasse, und solche Probleme sind einfach eine Nummer zu groß für uns Kinder. Wir sollten Lego spielen oder Videospiele und Dinge tun, die Zehnjährige normalerweise so machen.

»Lasst uns was essen«, sage ich schließlich.

Ich glaube, das ist auch die einzige Möglichkeit, dass mein Magen wieder größer wird. Er fühlt sich nämlich an wie ein kleiner, harter Ball. Ich glaube, ich bin in den letzten Stunden insgesamt geschrumpft. Wenn das so weitergeht, werde ich bald nur noch so groß wie eine Zecke sein. Und das will ich nicht.

JULIA

Als getrenntlebende Frau, die sich nicht nur für ihr Kind, sondern auch für ihre alte Mutter ständig verantwortlich fühlt, entwickelt man einen Hang zur Selbstgenügsamkeit. Man redet sich ein, dass man niemanden braucht, weil man niemanden hat, und das ist eine Falle. Als Alicia mir angeboten hat, mich auf der Suche nach meiner Mutter zu begleiten, war ich irgendwie erleichtert. Als ob jemand etwas von der Last von meinen Schultern genommen hätte, die ich immer trage. Ich hatte fast vergessen, wie es ist, seine Sorgen mit jemandem teilen zu können.

Wir suchen überall nach Mama, zunächst überall dort, wohin sie normalerweise hingehen würde, was nicht gerade viele Orte sind, und ich rufe dreimal bei Sebas an, um zu fragen, ob sie inzwischen wieder nach Hause gekommen ist, aber wir haben kein Glück. Anschließend überlegen wir fieberhaft, wo sie noch sein könnte. Wir versuchen uns in eine Achtzigjährige hineinzuversetzen, was nahezu unmöglich ist. Vor allen Dingen weil Mama so unberechenbar ist. So war sie schon immer. Unberechenbar und voller Stimmungsschwankungen. Ihr ganzes Leben lang hatte sie bessere und schlechtere Phasen. Vor ein paar Jahren wurde es so schlimm, dass ich sie davon überzeugen konnte, zu einem Spezialisten zu gehen. Damals hat sie sich über alles furchtbar aufgeregt. Sie konnte nicht mehr schlafen, verlor den Appetit, hatte Panikattacken und war extrem nervös. Das alles musste ja einen Grund haben. Die Neurologen und Psychiater meinten, es könnte eine affektive Störung sein, und verschrieben ihr Neuroleptika, aber das machte es auch nicht besser. Mama hat nur noch geschlafen. Und wenn sie mal wach war, wankte sie umher wie ein Gespenst und war gar nicht bei sich. Als sie dann auch noch Parkinson-Symptome bekam, haben wir die Medikamente abgesetzt. Heute glaube ich, dass die Ärzte das wahre Problem gar nicht erkannt haben, dass sie eine Fehldiagnose gestellt und Medikamente gegen eine Krankheit verschrieben haben, an der meine Mutter nie gelitten hat. Und jetzt kommen noch die üblichen Alterserscheinungen hinzu. Sie wird vergesslich und benimmt sich manchmal sehr seltsam. Ich habe Angst, dass sie dement wird. Ich muss unbedingt einen früheren Termin beim Neurologen vereinbaren, das kann keine drei Monate mehr warten.

»Vielleicht ist deine Mutter auf dem Platz mit den Tauben. Da treffen sich doch immer die alten Leute und sitzen auf den Bänken. Lass uns da mal nachsehen«, schlägt Alicia vor.

Ich starte das Auto wieder. Einen Versuch ist es wert. Alles ist besser, als untätig herumzusitzen und zu warten.

Als wir ankommen, ist der Platz voller alter Leute, lauter weißhaarige Köpfe und krumme Rücken. Manche füttern die Tauben, andere spielen Karten, und einige schlurfen einfach über den Platz. Hier vergeht das Leben in Zeitlupe, wie in einer Parallelwelt, wo alles langsamer abläuft.

Ich stelle das Auto im Halteverbot ab, nehme ein Foto von meiner Mutter aus der Brieftasche und fange an herumzufragen, ob jemand sie gesehen hat.

»Ist das deine Mama?«, fragt mich eine alte Frau mit argentinischem Akzent. »Wie hübsch sie ist! Sie sieht aus wie die Mutter eines Schauspielers, der mir früher mal sehr gefallen hat, aber ich erinnere mich nicht mehr an seinen Namen.«

Mir geht sofort das Bild meines Vaters durch den Kopf. Ich muss immer an ihn denken, wenn ich diesen Akzent höre.

»Nein, die sieht doch nicht aus wie die Mutter eines Schauspielers, die sieht aus wie meine Freundin Fefé«, mischt sich eine andere Frau ein. »Die Ärmste ist von einem Bus überfahren worden. Und nun ist sie tot. Schrecklich, nicht?« Die Alte sieht mich bekümmert an und erwartet offenbar eine Reaktion von mir.

Ich habe das Gefühl, wahnsinnig zu werden, mir läuft die Zeit davon. Ich muss Mama finden. Ich nicke und murmele ein paar anteilnehmende Worte, und dann gehe ich weiter und zeige das Foto ein paar jüngeren Frauen, die auch auf dem Platz sind - allesamt Pflegerinnen dieser alten Menschen, die hier in ihrem Paralleluniversum leben. Die Pflegerinnen sind sehr freundlich, aber keine hat meine Mutter gesehen. Sie machen mir Mut und versichern mir, dass sie schon wieder auftauchen wird und dass es nichts Ungewöhnliches ist, wenn Menschen in einem gewissen Alter von zu Hause weglaufen, ohne Bescheid zu geben, und dann nicht wieder den Weg zurückfinden. Einige erzählen mir von ihren eigenen Erlebnissen, und immer ist die Sache gut ausgegangen. Die Tragödien verschweigen sie mir wahrscheinlich lieber. Ich will nicht daran denken, dass Mama etwas zugestoßen sein könnte. Für den Tod ist es doch noch viel zu früh. Oder nicht?

»Und was jetzt?«, frage ich Alicia, als niemand mehr da ist, den ich noch fragen könnte. Ich weiß nicht, wo ich noch suchen soll. Allmählich gehen mir die Ideen aus.

»Wir durchkämmen eine Straße nach der anderen«, sagt Alicia entschlossen. »Irgendwo muss sie ja sein. Niemand löst sich einfach so in Luft auf.«

Mein Vater hat sich sehr wohl in Luft aufgelöst, denke ich bitter. Und ich denke auch an die Fotos von dem kolumbianischen Drogenhändler, die ich in der Redaktion ausgedruckt und in meine Tasche gesteckt habe. Im Moment gibt es Dringlicheres, aber ich habe immer noch vor, der Sache auf den Grund zu gehen. Ich werde das nicht auf sich beruhen lassen. Wir steigen wieder ins Auto, und ich fahre langsam weiter. Jedes Mal, wenn ich eine ältere Frau sehe, trete ich auf die Bremse. Je mehr Zeit vergeht, desto deutlicher wird mir klar, dass das alles nicht viel Sinn hat. Es ist sehr unwahrscheinlich, dass meine Mutter sich allein so weit von zu Hause entfernt hat.

»Vielen Dank, dass du mitgekommen bist, Alicia«, sage ich schließlich und denke, dass es wohl besser ist, nach Hause zu fahren und nach den Kindern zu sehen. Es wird bald dunkel.

Viel mehr muss ich nicht sagen. Die Sonne geht bereits unter. Wir können nichts mehr ausrichten. Den ganzen Nachmittag habe ich den Gedanken beiseitegeschoben, aber jetzt wird er immer präsenter. Die Vorstellung, dass meine Mutter irgendwo völlig orientierungslos herumirrt und die Nacht im Freien verbringen wird, schnürt mir die Kehle zu. Ich schlucke.

»Deine Mutter hält eine Menge aus, Julia«, sagte Alicia. »Sie ist eine starke Frau – überleg mal, wie viel sie noch im Haus und im Garten arbeitet. Ihr Gedächtnis funktioniert vielleicht nicht mehr so gut und sie mag ein bisschen schwierig geworden sein, aber körperlich ist sie für ihr Alter erstaunlich fit.«

»Sie war immer schwierig«, erkläre ich seufzend. »Kein Wunder, wenn dein Mann auswandert und nicht mehr wiederkommt, und es an dir hängenbleibt, deine kleine Tochter allein durchzubringen. Dann geht dein eigenes Leben den Bach runter.«

»Dein Liebesleben auf jeden Fall. Deine Mutter war nie wieder mit jemandem zusammen, oder?«

»Nein, nie. Sie wollte wohl nichts mehr von den Männern wissen. Wahrscheinlich hat sie zu lange auf die Rückkehr ihres eigenen gewartet. Und bis sie sich mit den Realitäten abgefunden hatte, war es zu spät. Sie hätte die Gelegenheit gehabt, als ich zum Studium nach Madrid gegangen bin, aber sie hat wohl beschlossen, lieber allein zu bleiben. Tatsächlich war sie es, die mich ermutigt hat, von zu Hause wegzugehen. So als ob sie mich irgendwie aus dem Haus haben wollte.«

Dieser letzte Satz bleibt noch ein paar Sekunden in der Luft hängen, und wieder kommt es mir so vor, als gäbe es da einige weiße Flecken in der Geschichte meiner Eltern. Diese Flecken sind wie feuchte Flecken an der Wand. Zuerst sind sie kaum wahrnehmbar, und man kann sie noch ignorieren. Das Problem ist nur, dass sie, wenn sie nicht mehr zu übersehen sind, das ganze Haus unbewohnbar machen. Denn wer will schon in einem Haus leben, dessen Wände Schimmel haben?

»Deine Mutter war immer eine sehr autonome Person. Vielleicht wollte sie tatsächlich lieber allein leben«, sagt Alicia da.

Ich nicke. »Mag sein, aber das geht nun nicht mehr. Sie kann manchmal so stur sein, das bringt mich echt auf die Palme. Und das Frustrierende ist, dass ich ihr nicht mal böse sein kann. Ich glaube, manchmal weiß sie einfach nicht, was sie tut. Und sie hat ziemliche Gedächtnislücken. Es ist nicht das erste Mal, dass sie zu Hause für Chaos sorgt und sich hinterher an nichts erinnern kann. Oder so *tut*, als könnte sie sich nicht erinnern, da bin ich mir nicht ganz sicher.«

»Wenn sie wieder da ist, wirst du so erleichtert sein, dass der ganze Ärger verfliegt«, meint Alicia.

In diesem Moment klingelt mein Telefon, und ich bekomme einen Riesenschreck. Es ist die Polizei. Sie teilen mir mit, dass sie gleich morgen früh eine Suchaktion starten und mit Spürhunden und einem Hubschrauber die Berge in der Nähe unseres Hauses durchkämmen. Sie geben auch eine Suchmeldung raus.

Es ist beruhigend zu hören, dass alles so schnell in Gang kommt, aber die Vorstellung, dass Mama heute Nacht allein herumirrt und ihr womöglich etwas passiert, macht mich ganz krank. Doch im Moment können wir nichts mehr tun.

»Es ist zwecklos weiterzusuchen.« Ich gebe mich geschlagen, und wir fahren nach Hause zurück.

»Sie kommt wieder, Julia. Ganz bestimmt. Morgen werden wir sie finden.«

Sebas, Noa und Guerrero sagen kein Wort, als wir nach Hause kommen. Das Lächeln ist von ihren Gesichtern verschwunden. Das Haus ist still, und die Mutlosigkeit ist durch alle Ritzen gedrungen und hat die Herrschaft übernommen. Es tut mir weh, die Kinder so bedrückt zu sehen.

»Was sind denn das für düstere Gesichter?«, fragt Alicia. »Hat Sebas euch nichts zu essen gegeben, oder was?«

»Brot mit Wikingerfilet und Salat aus dem Garten von Asgard«, antwortet Noa.

Weder Alicia noch ich verstehen, was sie sagt, aber Sebas und Guerrero werfen sich verschwörerische Blicke zu. Keine Ahnung, was die Kinder sich wieder ausgedacht haben.

»Ihr habt Oma nicht gefunden, oder?«, fragt Sebas.

»Noch nicht, aber morgen suchen wir weiter. Und wir werden sie finden, keine Sorge«, sage ich und bemühe mich, möglichst überzeugend zu klingen. »Die Polizei wird alles mit Spürhunden absuchen.«

»Aber wo wird Oma schlafen? Es ist doch schon dunkel?«

Sebas sieht mich besorgt an.

»Wenn ich das wüsste.«

»Ich weiß, wo sie sein könnte«, sagt er plötzlich. »Sie ist zum Schlächter gegangen. Mit dem hat sie noch eine Rechnung offen. Weil er uns verfolgt hat.«

Ich muss lächeln. »Oma kennt diesen Mann doch gar nicht, Sebas. Ich habe sie gleich an dem Tag gefragt, an dem ihr zum Angeln wart, und sie hatte keine Ahnung, von wem die Rede war.«

»Und ob sie ihn kennt!«, mischt sich jetzt Guerrero ein. »Sie weiß mehr, als es den Anschein hat.«

»Gut, dann lasst uns das jetzt endlich mal klären, da ihr heute ja offensichtlich dazu bereit seid. Wer ist dieser Mann, und warum hat er euch neulich auf dem Berg verfolgt?«, frage ich.

»Er kann nicht sprechen, und er ist nicht ganz richtig im Kopf«, sagt Noa. »Er hat uns Angst gemacht, weil er so schnell auf uns zu gerannt ist und seine Sichel geschwungen hat. Wir hatten überhaupt nichts gemacht. Und dann sind wir weggerannt, aber er ist hinter uns hergekommen. Der Schlächter hatte es auf uns abgesehen.«

Ich sehe Alicia an. Sie wirkt verblüfft und hat offenbar keine Ahnung, wovon wir reden.

»Und warum nennt ihr ihn so?«, frage ich nach.

»Weil er ein Außerirdischer ist. Er hat einen unstillbaren Hunger, und er frisst See...«, setzt Sebas an, bricht aber mittendrin ab.

»Wie kann er ein Außerirdischer sein? Red nicht so einen Blödsinn, es gibt keine Außerirdischen«, sagt Guerrero und wirft Sebas einen warnenden Blick zu. »Wir nennen ihn so, weil er eine Sichel hat und die einzig logische Erklärung dafür ist, dass er ein Schlächter ist.«

»Vielleicht war es ja ein Jäger. Aber Jäger haben Gewehre, keine Sicheln«, überlegt Alicia, die seine Ausführungen ernst zu nehmen scheint.

Mir fehlt die Kraft, mich jetzt mit solchen Phantastereien auseinanderzusetzen.

»Der jagt ganz klassisch, wie ein Neandertaler«, erklärt Guerrero und reißt den Arm hoch, als trüge er eine Lanze.

»Er hat uns am Stausee verfolgt«, fügt Sebas hinzu. »Da, wo die Fischerhütten sind.«

Ich bin seit Jahren nicht mehr am Stausee gewesen und weiß nicht, von welchen Hütten er spricht. Als Kind habe ich diesen Ort geliebt. Dort habe ich mich so frei gefühlt wie nirgendwo sonst. Aber das ist lange her.

»Wann müssen wir morgen früh aufstehen?«, will Sebas wissen.

Mir wird klar, dass er die Absicht hat, sich an der Suche zu beteiligen, und mir schießen zwei widersprüchliche Gedanken durch den Kopf. Erstens, dass es das Normalste auf der Welt ist, weil es schließlich um seine Oma geht. Und zweitens, dass das überhaupt nicht infrage kommt. Alicia, die die Gabe hat, für alles eine einfache Erklärung zu finden, löst das Problem mit großer Selbstverständlichkeit.

»Kinder dürfen nicht dabei sein, aber ihr könnt den Tag zusammen verbringen. Ich lade euch alle zu uns ein. Noas Oma ist eine tolle Köchin, stimmt's?«

»Ja«, bestätigt Noa. »Aber die Portionen, die sie einem auf den Teller tut, kann man unmöglich aufessen. Sie kocht immer für doppelt so viele Leute, wie am Tisch sitzen.«

»Einverstanden?«, frage ich und sehe meinen Sohn an.

»Aber ihr müsst den Schlächter fragen«, sagt er. »Fragt ihn, wo Oma ist.«

»Sebas, es reicht jetzt. Bitte hör mit diesem Unfug auf.«

Ich verabschiede mich von Alicia und den Kindern und beschließe, die Haustür nicht abzuschließen, falls meine Mutter doch noch nach Hause kommt. Ich sehe, wie Sebas mit den Tränen kämpft und sich immer wieder über die Augen wischt, um nicht zu weinen. Mir ist auch zum Heulen zumute. Ich gehe zu ihm und nehme ihn in die Arme. Eine Weile stehen wir einfach so da, und dann klingelt mein Handy wieder.

Es ist Pablo. Ausgerechnet jetzt. Ich erinnere mich nicht, wann wir das letzte Mal miteinander gesprochen haben. Es muss Wochen her sein.

»Das ist Papa. Geh schon mal hoch und zieh dir den Schlafanzug an!«, sage ich zu Sebas und bemühe mich, fröhlich zu klingen.

Dann atme ich tief durch, nehme all meinen Mut zusammen und gehe ans Telefon.

»Julia, Sebas hat mir das mit deiner Mutter erzählt. Ist sie wieder da?« Pablo klingt besorgt.

»Nein. Bisher nicht. Morgen früh startet die Polizei eine Suchaktion«, erkläre ich lahm. »Wir gehen in die Berge.«

»Und Sebas?«

»Er bleibt bei einer Freundin. Es ist alles geregelt.«

»Tut mir leid, dass ich in dieser Situation nicht bei euch bin«, sagt Pablo nach einem längeren Schweigen. Es klingt aufrichtig, aber ich denke an Ana_Chicapájaro, und die Wut steigt in mir hoch. »Wenn ich morgen früh losfahre, könnte ich zum Mittagessen bei euch sein. Ich kann mir ein paar Tage freinehmen. Das ist kein Problem.«

»Nett von dir, aber das ist im Moment nicht nötig«, antworte ich und bin etwas verwundert über sein Angebot.

»Und wie geht es dir?«

Ich bin einsam, verängstigt und wütend. Aber das sage ich jetzt bestimmt nicht.

»Ich mache mir Sorgen. Keine Ahnung, wo Mama steckt und was in ihrem Kopf vorgeht. Sie benimmt sich schon seit Wochen so seltsam, aber du weißt ja, wie sie ist.«

»Julia, es macht mir wirklich nichts aus, zu euch zu kommen. Ich könnte bei der Suche helfen und mich um Sebas kümmern, was auch immer. Dass wir nicht mehr zusammen sind, heißt ja nicht ...«

»Pablo, wir sind nicht mehr zusammen, weil du eine andere hast.« Ich bereue sofort, dass ich es gesagt habe, aber jetzt ist es raus.

Am anderen Ende der Leitung herrscht Schweigen.

»Danke, dass du angerufen hast. Ich gebe dir Bescheid, wenn es etwas Neues gibt.«

»Warte, leg noch nicht auf«, bittet er.

»Wir müssen miteinander reden, aber nicht jetzt. Es fällt mir auch so schon schwer genug, ruhig zu bleiben.«

»Das verstehe ich, aber melde dich bitte, wenn du etwas brauchst.«

»Was ich brauche, ist, dass meine Mutter nach Hause kommt. Wir sprechen ein andermal ...«

»Ihr fehlt mir«, sagt er leise.

Diese Bemerkung erscheint mir so egoistisch und so fehl am Platz, dass ich mich sehr zusammenreißen muss, um ihn nicht anzuschreien.

»Das hast du dir so ausgesucht, Pablo. Und ich verstehe ehrlich gesagt nicht, was das jetzt auf einmal soll. Und jetzt muss ich auflegen.«

Ich beende das Gespräch, weil ich die Anspannung, die dieses Telefonat in mir auslöst, nicht mehr ertragen kann. Ich schlucke, und es fühlt sich an, als hätte ich Nadeln im Hals. Es geht mir schlecht. Ich wünschte, es wäre jemand da, der mich in den Arm nimmt, damit alles nicht mehr so wehtut. Draußen ist es stockdunkel. Die erleuchteten Fenster der Nachbarhäuser kommen mir vor wie die Leuchttürme ferner Inseln. Ich frage mich, ob dort alles in Ordnung ist. Ob in diesen Mikrowelten das Leben einfacher ist oder ob das Leid gerecht verteilt wird.

»Mama, wo bist du nur?«, sage ich und fange an zu weinen.

Aber niemand antwortet.

LUZ

»Ich habe dir gleich gesagt, dass es eine Schnapsidee ist, Bernardo aufzusuchen. Wie blöd muss man sein, allein loszulaufen und auf den Berg zu gehen?«, hält meine Mutter mir vor.

Ich weiß nicht, wie oft sie mir das in den letzten Stunden an den Kopf geworfen hat. Ich habe aufgehört zu zählen. Sie geht mir furchtbar auf die Nerven und hält einfach nicht den Mund. Ich habe keine Kraft mehr, ihr zu antworten. Ich will nur noch nach Hause, einen Schluck Wein trinken, damit mir warm wird, und mich dann ins Bett legen. Denn wenn man schläft, geht's einem gleich besser. Schlafen kuriert fast alle Leiden. Die körperlichen jedenfalls. Die seelischen sind eine andere Geschichte.

Lass mich in Ruhe!, versuche ich zu sagen. Aber die Wörter bleiben mir im Hals stecken. Wie bei Bernardo. Oder dem Schlächter, wie Sebas sagen würde. Keine Ahnung, warum er ihn so nennt, denn Bernardo hat nie was mit Fleisch zu tun gehabt. Er hat Schuhe repariert, bis er wegen dieses Problems mit der Luftröhre nicht mehr sprechen konnte und verstummte. Aber das ist schon ziemlich lange her, mehr als fünfzehn Jahre, glaube ich.

»Nun, ganz stumm ist er nicht«, sagt meine Mutter, die Nervensäge.

Aber das, was Bernardo von sich gibt, kann man wohl kaum sprechen nennen. Es hört sich mehr wie ein Grunzen an. Kein Wunder, dass er Sebas und seine Freunde zu Tode erschreckt hat. Dieser Mann macht Geräusche wie ein Tier, und dann hat er auch noch diese langen Arme und Beine. Und die Beule am Hals, die ist schon zum Fürchten. Nicht für mich, ich habe in meinem Alter schon so ziemlich alles gesehen. Aber die armen Kinder! Der Schreck steckt ihnen sicher immer noch in den Gliedern.

»Willst du nicht endlich nach Hause gehen, Luz? Oder willst du dir hier draußen die ganze Nacht um die Ohren schlagen?«, fragt meine Mutter.

Denkst du etwa, ich bin zum Spaß hier?, will ich sie anschreien, aber ich bringe kein Wort heraus. Es ist alles nur in meinem Kopf, die Worte und meine tote Mutter. Wenn ich wenigstens wüsste, wo ich bin. Als Kind habe ich jeden Baum und jeden Stein auf diesem Berg gekannt. Einmal bin ich in eine Schlucht gestürzt und habe mir den Kopf aufgeschlagen. Es musste genäht werden, und die Stiche haben verdammt wehgetan. Aber damals habe ich es aus eigener Kraft wieder nach Hause geschafft, und das schaffe ich diesmal nicht. Ich schaffe es nicht, weil ich nicht mehr hochkomme, und weil es schon dunkel ist, und das ist wirklich ein Problem.

»Du bist zu dämlich!«

Lass mich doch endlich in Ruhe! Mir ist schwindlig geworden, das kann jedem mal passieren. Ich war für einen Moment weg, und als ich wieder zu mir kam, habe ich auf der Erde gelegen. Wahrscheinlich habe ich mir den Kopf gestoßen, denn es pocht so heftig in meinen Schläfen, dass es sich anfühlt, als würde jemand dagegentreten. Immerhin habe ich die Sache erledigt. Bernardo wird meinen Enkel nie wieder erschrecken. Das habe ich ihm unmissverständlich klargemacht. Genau genommen habe nur ich geredet, und er hat irgendwas gebrummt. Aber letztendlich habe ich ihn verstanden und er mich.

Ich weiß nicht, was mühsamer war. Pünktlich um zwölf war ich bei ihm. Ich habe mit dem Hammer gegen die Tür geschlagen. Ordentlich fest, denn er sollte gleich wissen, dass ich nicht zum Kaffeekränzchen komme. Mit dem Hammer habe ich mich einigermaßen sicher gefühlt, obwohl ich die Pistole dummerweise zu Hause vergessen hatte. Ich wollte sie eigentlich mitnehmen, falls Bernardo mir blöd kommt, aber dann habe ich nicht daran gedacht. Es hat ewig gedauert, bis er aufgemacht hat. Wahrscheinlich hatte er sich gerade angezogen, denn sein Hemd war falsch geknöpft und die Hose mit einer Kordel zugebunden. Er hat irgendwas geknurrt:

»Qeıｼ̈Жȝɟ✹*#&«

»Du weißt ganz genau, warum ich hier bin, also tu nicht so, als hättest du keine Ahnung!«, habe ich ihm vor den Latz geknallt. »Warum hast du meinen Enkel über den Berg gejagt? Weißt du, was für eine Angst der hatte?«

»Qeıｼ̈Жȝɟ✹*#&«

»Natürlich warst du das! Es gibt im Umkreis von dreihundert Kilometern keinen anderen Mann, auf den die Beschreibung passt, also versuch gar nicht erst, es abzustreiten!«

»Qeıｼ̈Жȝɟ✹*#&«

»Nein, nicht der Dicke, mein Enkel ist der andere, der Dünne mit dem Engelsgesicht. Was fällt dir ein, auf dem Berg herumzulaufen und kleine Kinder zu erschrecken. Für was hältst du dich? Für einen Werwolf? Den Bergschreck?«

»Qeıｼ̈Жȝɟ✹*#&«

»Wenn das noch mal vorkommt, verpasse ich dir eins mit dem Hammer und hau dir die Nase platt. Wird mir ein Vergnügen sein.«

»Q·e|Ӂӡɔ❀*#&«

»Hör mal, Bernardo, hier in deinem Haus bist du der Chef, aber der Berg gehört nicht dir, kapiert?!«

»Q·e|Ӂӡɔ❀*#&«

»Ach ja? Dann zeig mir das Papier, auf dem das geschrieben steht. Ich könnte genauso gut sagen, dass der Boden, auf dem ich stehe, mir gehört. Das wäre genauso lächerlich. Ohne Papiere kannst du das vergessen!«

»Q·e|Ӂӡɔ❀*#&«

»Was du da sagst, geht mir zum einen Ohr rein und zum anderen raus. Du hast kein Recht, deine Sichel zu schwingen und wie ein Irrer hinter Kindern herzurennen. Hast du den Verstand verloren? Machst du das mit den Anglern am Stausee auch? Bestimmt nicht, oder? Bei denen traust du dich natürlich nicht.«

»Q·e|Ӂӡɔ❀*#&«

»Nein, mein Lieber, kommt nicht infrage. Wenn mir zu Ohren kommt, dass du meinem Enkel oder irgendeinem anderen Kind noch mal zu nahe kommst, ziehe ich dir das Fell über die Ohren wie einem Karnickel!«

»Q·e|Ӂӡɔ❀*#&«

»Wie einem Karnickel, damit du Bescheid weißt!«

Dann habe ich noch einmal mit dem Hammer gegen die Tür geschlagen, auf den Boden gespuckt und mich auf dem Absatz umgedreht. Er hat sich nicht mehr getraut, noch was zu sagen. Ich hatte ja auch nicht wirklich vor zuzuschlagen, bewaffnet hatte ich mich nur für alle Fälle. Man weiß nie, ob man nicht doch einen Hammer braucht. Es wäre nicht das erste Mal gewesen. Anschließend habe ich mich gleich wieder auf den Heimweg gemacht, aber irgendwo muss ich falsch abgebogen sein. Es gibt so viele Abzweigungen hier, und ich war mir plötzlich nicht mehr sicher. Kann sein, dass ich auch ein paar Mal falsch abgebogen bin. Ich kenne die Wege nicht mehr so gut wie früher, und manchmal verliere ich die Orientierung. Und dann bin ich gestürzt und habe mir den Knöchel verletzt, und jeder Versuch, ihn zu bewegen, tut höllisch weh. Inzwischen ist es schon dunkel. Und es ist so verdammt kalt geworden. Die Kälte zieht mir in die Knochen, und jedes Mal, wenn ich Luft hole, spüre ich ein Stechen zwischen den Rippen. Ich hätte nie gedacht, dass ich mal so enden würde, einsam und allein, irgendwo auf dem Berg. Wie ein Tier. Ich will nach meiner Tochter rufen, aber ich kriege keinen Ton heraus. Ich versuche »Julia« zu sagen, aber es kommt nichts. Nur ein leises Krächzen.

»Was für eine Erleichterung, dass du endlich mal still bist!« Meine Mutter schafft es wie immer, alles noch schlimmer zu machen.

In einem solchen Moment sollte sie mir nicht solche Dinge sagen, das ist gemein. Aber so ist sie eben, und oft will sie mich auch bloß zum Lachen bringen. Zum Lachen ist mir jetzt allerdings nicht zumute, das hier ist ernst. Und wenn ich einschlafe und nie wieder aufwache? Mein Mensch-ärgere-Dich-nicht-Glas ist voll bis obenhin, das gibt einen Riesenkranz. Julia, mein Kind, bitte komm! Ich verspreche auch, dass ich alle deine Verhöre klaglos über mich ergehen lassen werde. Ich sage dir alles, was du wissen willst, Wort für Wort. Wenn du jetzt hier auftauchst, werde ich dir sogar erzählen, warum dein Vater wirklich verschwunden ist. Du sollst alles über seine schmutzigen Geschäfte erfahren und über das ganze Geld, das ich aufbewahre. Wir sind Millionäre, Kind. Wenn du jetzt kommst, spendiere ich dir eine Kreuzfahrt.

144

Ich kaufe dir einen neuen Mann. Und ich esse eine ganze Platte von deinen blöden Canapés. Alles, was du willst, aber hol mich hier weg. Mir ist so kalt. Bring mir eine Decke, um mich darin einzuwickeln, weil ich nicht weiß, ob ich den Morgen noch erlebe. Ich bin so traurig, dass es mir die Brust zusammenschnürt. Ich kann nur noch weinen. Sebas, mein Kleiner! Ich habe dich so lieb!

SEBAS

Letzte Nacht bin ich siebenmal aufgewacht. Beim dritten Mal bin ich zu Mama ins Bett gekrochen, weil ich
Bauchweh hatte. Sie hat gesagt, dass das von der Aufregung kommt. Oma ist noch nicht wieder zu Hause, und
sie hat auch nicht angerufen. Mama meint, dass sie die
Nummer nicht weiß und gar nicht anrufen könnte, selbst
wenn sie wollte. Aber woher will Mama das wissen? Hat
sie Oma abgefragt? Wie kann sie sich also so sicher sein?
Meine Oma Luz ist supergut mit Zahlen. Sie weiß unsere
Geburtstage auswendig und auch die von ihren Freundinnen. Sie ist besser im Kopfrechnen als viele Kinder
aus meiner Klasse. Mama ist einfach zu negativ. Manchmal habe ich das Gefühl, dass sie alles, was Oma macht,
schlecht findet. Um halb neun hat sie mich zu Noa gebracht. In der Straße hatten sich schon einige Nachbarn
versammelt, die mit auf den Berg wollten. Sie haben mir
übers Haar gestreichelt und gesagt »Na, Chef, alles klar?«
und so getan, als wäre alles nicht so schlimm. Aber es *ist*
schlimm.

»Wenn was ist, ruf mich an«, sagt Mama jetzt und beugt
sich zu mir herunter, um mit mir auf einer Höhe zu sein.
»Ich melde mich auch sofort, wenn wir Oma gefunden
haben, okay?«

»Wann kommst du wieder?«

»Kommt darauf an, wie lange wir brauchen, um sie zu
finden. Ich hoffe, dass ich bald wieder zurück bin. Sei
brav und tu, was Noas Oma dir sagt, ja?«

Ich verspreche es ihr, damit sie beruhigt ist, aber wenn Noas Oma von mir verlangt, auf dem Küchentisch Reggaeton zu tanzen oder Guerreros Legoraumschiffe auseinanderzunehmen und die Teile zu verschlucken, werde ich das bestimmt nicht tun. Weil ich Reggaeton hasse und weil ich Lego liebe und Guerrero mein bester Freund ist. So etwas würde ich ihm nie antun, denn ich weiß, wie lange er braucht, um seine Raumschiffe zu bauen. Außerdem macht Mama auch nicht, was ich ihr sage. Nimmt mich nicht ernst. Ich habe es ihr mehrmals gesagt: Oma ist zum Schlächter gegangen, da bin ich mir ganz sicher. Wenn jemand dort nach ihr gesucht hätte, wäre sie längst wieder da. Ich hasse es, wenn die Erwachsenen einfach nicht auf einen hören. Und das passiert so oft. Aber ich habe jetzt einen eigenen Plan. Den habe ich mir heute Nacht überlegt, aber ich brauche dazu die Hilfe von Noa und Guerrero, allein schaffe ich es nicht.

»Kommt rein, Zeit fürs Frühstück«, sagt Noas Oma und winkt uns ins Haus, damit die Erwachsenen die Dinge besprechen können, die wir nicht hören sollen.

Was andererseits gar nicht so schlecht ist. Manchmal ist es wirklich besser, nicht zu wissen, was die Erwachsenen so machen. Noas Oma heißt Blanca, und sie hat weiße Haare, aber das eine hat mit dem anderen nichts zu tun, das ist reiner Zufall. Sie hat immer eine Kittelschürze an und noch nie im Leben eine Hose getragen, erzählt sie uns.

»Nicht mal beim Sportunterricht?«, frage ich sie, als wir in der Küche sitzen und sie jedem von uns eine große Tasse Milch, ein Brötchen, ein Croissant, zwei Arme Ritter, ein Joghurt und einen Berg Obst hinstellt.

»Als ich ein Kind war, haben wir im Rock Gymnastik gemacht. Das waren noch andere Zeiten.«

»Musstet ihr keine Sporthosen tragen?«, will Guerrero wissen.

»Sporthosen sind eine Mode, die die schlauen Franzosen erfunden haben, um im Schlafanzug auf die Straße gehen zu können, ohne bestraft zu werden. Ich habe so etwas in meinem ganzen Leben noch nicht getragen und habe es auch in Zukunft nicht vor.«

»Aber hat man dann beim Laufen und Springen nicht immer die Unterhose gesehen?«, fragt Noa.

»Wir waren nur Mädchen, da war das nicht schlimm. Es war eine reine Mädchenschule. So, genug geredet, jetzt wird gegessen, in meinem Haus hat noch niemand Hunger gelitten.«

Guerrero ist hochzufrieden. Heute hat seine Mutter ihm erlaubt, zu essen, was er will, nicht nur Grünzeug. Sie ist auch mitgegangen, um nach meiner Oma zu suchen. Sein Vater nicht, weil er arbeiten muss. Aber am Nachmittag wird er auch bei der Suche helfen. Ich glaube, die ganze Nachbarschaft macht mit, außer den Kindern und den Alten. Bei solchen Sachen werden wir immer diskriminiert.

»Hast du einen Polizisten gesehen?«, fragt mich Guerrero leise, damit Blanca es nicht hört.

»Nein. Ich habe nur gehört, wie meine Mutter mit ihnen telefoniert hat. Sie nehmen Hunde mit und einen Hubschrauber.«

»Ich glaube, sie wollen bei den Mühlen anfangen«, sagt Noa. »Meine Eltern haben gestern Abend darüber gesprochen.«

»Bei den Mühlen? Wie soll Oma denn da hingekommen sein?«, protestiere ich ärgerlich. »Die Polizei hat echt keine Ahnung. Was soll sie denn bei den Mühlen?«

»Reg dich nicht auf, mein Junge«, sagt Blanca. »Deine Oma ist ein Freigeist. War sie schon immer.«

»Ich weiß nicht, was das bedeutet.«

»Es gibt Menschen, die sich nicht an die Regeln halten und ihren eigenen Kopf haben. Und die nennt man Freigeister. Und Luz war schon immer ein bisschen eigensinnig. Weißt du, dass sie mit zehn Jahren von der Schule abgehauen ist, weil sie Streit mit dem Lehrer hatte?«

Ich schüttele den Kopf.

»Der Lehrer war ein Grobian, das kann man nicht anders sagen. Er hat sie nach vorn zur Tafel gerufen und ihr eine Ohrfeige verpasst, weil sie die Aufgabe nicht lösen konnte. Aber ihre Reaktion war ungeheuerlich. Oder genau richtig, wie man's nimmt. Ich fand damals, dass sie zu weit gegangen ist, heute sehe ich das anders.«

»Aber was hat sie denn gemacht?«, frage ich neugierig.

»Sie hat dem Lehrer mit voller Wucht das Knie zwischen die Beine gerammt, und dann ist sie aus dem Klassenraum gerannt und nie mehr wiedergekommen. Zu Hause hat sie nichts davon erzählt, und es ist ihr gelungen, die Sache monatelang zu verheimlichen. Sie hat am Morgen wie immer das Haus verlassen, hat ihre Schwester Claudia bis zur Schule begleitet und hat dann wieder kehrtgemacht. Später hat sie sie abgeholt, und sie sind zusammen zum Essen nach Hause gegangen.«

»Genial!«, ruft Guerrero mit vollem Mund.

»Aber was hat sie den ganzen Vormittag über gemacht?«, fragt Noa.

»Keine Ahnung. Sie hat alles Mögliche erzählt. Dass ihr ein berühmter Schauspieler das Theaterspielen beibringt und Schnaps mit ihr trinkt, dass sie die Zeit mit einer Blumenhändlerin verbringt, die die Karten legt, aus der Hand liest und sie zur Wahrsagerin ausbildet, dass sie mit einer kubanischen Freundin Zigarren raucht und fischen geht ... Sie hat uns die tollsten Sachen erzählt und jedes Mal etwas anderes. Wir wussten nie, ob irgendetwas davon stimmte.«

»Aber das heißt ja, dass du meine Oma schon als kleines Mädchen gekannt hast.«

»Ja, klar. Wir haben im selben Viertel gewohnt, sind in dieselbe Schule gegangen und hatten dieselben Freundinnen.«

»Und warum kommst du dann nicht zum Mensch-ärgere-Dich-nicht-Spielen zu uns wie ihre anderen Freundinnen?«

Noas Oma tut so, als hätte sie die Frage nicht gehört. Sie räumt Geschirr in die Spüle, geht in der Küche hin und her, öffnet und schließt ein paar Schranktüren.

»Habt ihr euch gestritten?«, will Noa wissen.

Blanca seufzt, nimmt sich einen Stuhl und setzt sich zu uns.

»So was in der Art«, gibt sie zu. »Aber es war nicht ihre Schuld, sondern die ihres Mannes.«

Wir sehen sie alle drei gespannt an, ohne ein Wort zu sagen. Ich wünsche mir, dass sie uns mehr darüber erzählt. Die plötzliche Stille macht mich nervös.

»Er ist in schlechte Gesellschaft geraten«, sagt sie schließlich. »Das ist schon viele Jahre her. Aber manche Dinge werden eben nie mehr gut.«

»Was meinst du mit ›schlechte Gesellschaft‹?«, fragt Noa, die offensichtlich meine Gedanken lesen kann, denn genau das möchte ich auch wissen. »Diego Puga ist schlechte Gesellschaft, weil er uns mit dem Kuli sticht, uns das Pausenbrot wegnimmt und mit dem Geld angibt, das er seiner Mutter geklaut hat. Meinst du so was?«

Noas Oma schweigt eine Weile und sagt dann etwas zu Noa, das ich nicht verstehe:

»Du weißt doch, was mit deinem Onkel Andrés los ist?«

»Wie meinst du das?«

»Na, er hat ein Problem, stimmt's? Nämlich was für eins?«

»Er ist krank«, entgegnet Noa.

»Und was hat er?«

»Er ist drogensüchtig«, murmelt Noa.

»Siehst du, genau das meine ich. Mein Sohn ist krank, weil er in schlechte Gesellschaft geraten ist. Und diese schlechte Gesellschaft hat es nicht gut mit ihm und seinen Freunden gemeint. Deshalb sind viele von ihnen schon auf dem Friedhof. Und daran sind gewisse Leute schuld, die dafür gesorgt haben, dass es so ist. Und jetzt fragt nicht weiter, weil mich das an Dinge erinnert, die sehr wehtun. Esst mal euer Frühstück auf.«

Wir verstehen gar nichts. Okay, das ist jetzt übertrieben, wir haben schon verstanden, aber wir wissen nicht genug. Es ist, als sollten wir ein Rätsel lösen, von dem uns noch die Hälfte fehlt. Und es gibt Dinge, von denen wir nicht wissen, wo wir sie suchen sollen. Sie könnten im Motor eines Autos sein, im Magen eines Hundes oder zusammen mit Omas Zigarettenstummeln in einem Blumentopf vergraben ... Wir können es nicht wissen, weil wir keine Hellseher sind. Also beenden wir das Frühstück und gehen nach oben in Noas Zimmer. Ich bin so aufgeregt wie an der spannendsten Stelle eines Marvel-Films.

»Will sie damit sagen, dass dein Opa auch drogenabgängig war«, meint Guerrero.

»Es heißt *drogenabhängig*«, verbessert Noa ihn.

»Nein, drogenabgängig«, wiederholt er. »Weil er damit aufgehört hat, damit deine Oma ihn heiratet.«

»Du muss dich schon konzentrieren, Guerrero«, sage ich streng. »Thor würde nie im Leben einen Drogenabgängigen heiraten. Du bist derjenige, der sich am besten auskennt, du bist das Wikikon. Also lass dich nicht verwirren. Jetzt ist nicht der richtige Moment für Drogen. Wir müssen den Plan umsetzen.«

»Welchen Plan?«, fragt Noa.

»Den Rettungsplan für meine Oma. Wir müssen zum Stausee. Wenn die Polizei ihre Arbeit nicht ordentlich macht, müssen wir das übernehmen. Stellt euch mal vor, meine Oma ist von einer Kobra gebissen worden. Oder ein Wolf hat sie angefallen.«

»Hier gibt es weder Kobras noch Wölfe, Sebas, fang nicht an zu spinnen.«

Ich wusste, dass Noa so etwas sagen würde.

»Aber da draußen läuft der Schlächter frei rum!«, rufe ich aus. »Wir können nicht einfach so tun, als wäre nichts. Was hier passiert, ist verdammt ernst!«

Beinah fange ich an zu weinen, weil ich daran denke, wie der Schlächter Oma sein Nekroschwert in den Bauch rammt. Aber ich reiße mich zusammen.

»Sebas hat recht«, sagt Guerrero. »Oma Thor braucht Hilfe, und die Erwachsenen begreifen nicht, womit wir es zu tun haben. Wir sind die Einzigen, die helfen können.«

»Ihr wisst, was dann los ist, oder?« Noa runzelt die Stirn. »Die einzige Möglichkeit, hier wegzukommen, ist, heimlich abzuhauen oder meine Oma auszutricksen. Und das geht ganz sicher nicht gut aus.«

»Aber stell dir mal vor, wir haben recht und können meine Oma retten. Dann wären wir Helden«, erkläre ich, und der Gedanke beflügelt mich irgendwie.

»Ja, da hast du recht. Also stimmen wir ab. Soll ich meine Oma beschwindeln, damit wir gehen dürfen, oder hauen wir einfach ab? Ich bin fürs Schwindeln, dann erschrickt sie sich nicht so. Stellt euch mal vor, sie kommt, um nach uns zu sehen, und wir sind weg. Das wäre echt gemein und für sie ganz furchtbar.«

»Von mir aus kannst du ihr gern irgendeine Lüge auftischen, aber es muss überzeugend sein«, sagt Guerrero. »Du könntest sie fragen, ob wir im Park spielen können, weil wir dann an der frischen Luft sind. Aber das muss in einem Zug kommen, ohne herumzustottern. Los, probier's mal!«

»Das ist doch nur ein Satz und keine Rede von Felipe González«, protestiert Noa.

»Komm, probier es wenigstens ein Mal. Ein bisschen üben schadet nichts«, beharrt er.

»Oma, dürfen wir zum Spielen in den Park gehen? Wir möchten ein bisschen an die frische Luft.«

»Wenn du das so zögernd sagst, wird sie Nein sagen. Es muss klingen, als wäre es eine Frage von Leben oder Tod, in den Park zu dürfen. Als ob du ihr niemals verzeihen würdest, wenn sie es uns nicht erlaubt. Ein bisschen mehr Eifer, bitte.«

»Oma, dürfen wir zum Spielen in den Park gehen? Wir möchten ein bisschen an die frische Luft«, wiederholt Noa. Diesmal sagt sie es, als wäre sie der Star einer Zahnpasta-Werbung.

Ich möchte Guerrero ungern recht geben, weil ich Noa wirklich sehr mag, aber das war echt nicht überzeugend. Sie ist einfach keine gute Schauspielerin.

»Ich mache das und fertig«, sage ich entschlossen. »Aber vorher brauchen wir einen Rucksack, ein Handy, eine Flasche Wasser und etwas Süßes.«

»Und eine Waffe«, fügt Guerrero hinzu.

»Hast du sie noch alle!«, schimpft Noa. »Die einzige Waffe, die wir dabeihaben werden, ist unser Grips.«

»Und wenn der Schlächter mit seiner Sichel kommt?«

»Dann trete ich ihm in die Eier wie Sebas' Oma ihrem Lehrer«, sagt Noa.

Guerrero und ich sehen sie verblüfft an.

»Du bist die Beste«, sage ich dann aus vollstem Herzen.

Wir umarmen uns alle drei und wiederholen unseren Wahlspruch:

»Freunde für immer und ewig. Keine Scheidung, keine Scheidung, keine Scheidung!«

Der Plan ist leicht auszuführen. Viel leichter als gedacht. Wir nehmen den Rucksack aus Noas Zimmer, gehen runter in die Küche, und ich sage den Satz, den wir vorbereitet haben, und sehe Oma Blanca dabei ganz unschuldig in die Augen. Zuerst sträubt sie sich ein bisschen, weil sie meint, dass es noch zu früh für den Park ist.

»Aber der Spielplatz ist doch schon geöffnet«, erwidere ich mit Bambi-Blick. »Wir müssen uns doch irgendwie beschäftigen, um nicht dauernd an die Tragödie zu denken, die meine Familie gerade durchmacht.«

»Und hier könnt ihr nicht spielen?«

»Hier gibt es weder eine Rutsche noch Schaukeln noch einen Sandkasten, in dem wir uns panieren können wie die Schnitzel, bis wir wieder besser drauf sind.«

Sie seufzt und gibt schließlich nach.

»Aber ihr seid zum Mittagessen wieder da!«

Noa nimmt das Handy ihrer Oma vom Tisch in der Diele, und weg sind wir. Wir spurten durch die Straßen, nichts kann uns aufhalten. Sogar Guerrero ist mit einem

Mal ganz sportlich. Wir sind nur drei Kinder, aber wir sind auf der wichtigsten Mission unseres Lebens. Ich bin auf alles vorbereitet, außer darauf, dass meine Oma für immer weg ist. Manchmal kommen mir solche Gedanken. Ich weiß auch nicht, warum. Dann spielen sich in meinem Kopf schreckliche Dinge ab, die ich nicht will, und ich weiß nicht, wie ich das stoppen soll. Ich wünschte dann, es gäbe einen Knopf zum Ausschalten. Aber heute darf ich nicht zulassen, dass diese Gedanken die Oberhand gewinnen. Wir werden Oma finden, wir werden Oma finden, wir werden Oma finden ...

Nach dreizehn Minuten haben wir den Fuß des Berges erreicht. Bis zum Stausee sind es mindestens weitere sechzehn Minuten. Wir gehen entschlossen hintereinander den Weg entlang, ich vorneweg. Ich habe einen Stock vom Boden aufgehoben, falls ich dem Schlächter eins überziehen muss. Aber ich vertraue auf Noas Tritt in seine Eier.

»Götterschlächter!«, rufe ich. »Wir sind hier, zeig dich!«

»Ja, komm her, du Scheißkerl! Was hast du Oma Thor angetan?«, schreit Noa, die sonst nie Kraftausdrücke benutzt, und schüttelt die Faust.

Den ganzen Weg über rufen wir nach meiner Oma, wir beschimpfen den Schlächter und treten immer mal wieder gegen einen Eukalyptusstamm, um zu üben. Wir werden diesen Außerirdischen in Stücke schlagen und seine Überreste anzünden!

»Wir hätten Knoblauch mitnehmen sollen. Wenn das gegen Vampire hilft, dann bestimmt auch gegen den Schlächter«, sagt Noa.

»Warst du nicht diejenige, die gesagt hat, dass der Schlächter nur ein Verrückter ist?«, frage ich.

»Mag sein, aber wenn wir uns auf die Geschichte einlassen, dann richtig, oder? Ich jedenfalls bin bei dieser Mission zu allem bereit.«

»Zu allem bereit!«, brüllt Guerrero.

Wir gehen am Stausee entlang und durchqueren Eichenwälder und Brombeergestrüpp. So durchkämmen wir die ganze Gegend und rufen immer wieder nach Oma. Wir werden sie finden.

»Hört mal, was ist das?«, fragt Guerrero und bleibt einen Moment stehen. »Der Hubschrauber!«

Das Geräusch ist ziemlich weit weg, hört sich aber tatsächlich nach einem Hubschrauber an.

»Ihr Penner, hier müsst ihr suchen!«, schreie ich, obwohl ich weiß, dass sie mich unmöglich hören können.

Ich stelle mir vor, wie der Hubschrauber hier landet und seine schnell drehenden Rotoren alles aufwirbeln – die Büsche, die Zweige, unsere Haare. Wir halten uns fest an den Händen, um nicht wegzufliegen. Aber dazu kommt es gar nicht. Der Hubschrauber ist weit weg und nur hin und wieder zu hören. Vor lauter Aufregung muss ich pinkeln.

Der Berg ist grenzenlos wie der Himmel über mir. Er endet nie, und es gibt so viele versteckte Winkel, die wir absuchen müssen, dass wir einen Zahn zulegen sollten. Ich weiß nicht, wie lange wir schon durch die Gegend laufen. Aber ich weiß, wo wir sind. Wir haben uns den Weg genau gemerkt, damit wir uns nicht verirren. Wir sind menschliche Kompasse.

»Ooomaaa!«, rufe ich immer wieder.

»Thor, wo bist du?«, unterstützen mich meine Freunde.

Ich werde ihnen das niemals vergessen. Wenn ich viel Geld hätte, würde ich für Guerrero den Lego-Bausatz vom Millenium Falcon kaufen, der achthundert Euro kostet, und Noa würde ich eine Reise zum Zauberwürfel-Museum spendieren, das in Budapest gebaut wird. Wir laufen kreuz und quer den Berg entlang, schwitzen mehr als im Sportunterricht, und überall ist Dornengestrüpp. Gut, dass wir nicht wie Noas Oma sind, und lange Hosen anhaben. Der Berg ist voller Hindernisse und Gefahren. Aber wir haben keine Angst.

»Oma Thoooor!«, schreit Noa.

Wir wechseln uns ab, manchmal rufe ich, und dann rufen die beiden anderen. Denn es ist wichtig, dass wir uns bemerkbar machen, für den Fall, dass sie in der Nähe ist. Plötzlich ist da ein Geräusch.

»Wartet, hab ihr das auch gehört?«

Wir schweigen und stehen reglos wie Statuen. Ich halte sogar die Luft an.

»Oma! Bist du das?«

Stille.

»Oma Thor?!«

Plötzlich hören wir dumpfe Schläge, und mein Herz beginnt zu rasen. Noa rennt los und wir hinterher. Meine Beine sind wie Gummi, wie Kuchenteig, wie Wackelpudding. Ich habe Angst, dass sie es doch nicht ist, aber ich bin mir sicher, dass sie es ist, und ich weiß nicht, was ich tun soll, um mein Herz zu beruhigen. Oma, halt durch! Wir retten dich! Als wir sie finden, liegt sie auf der Erde wie ein Kartoffelsack. Sie hat eine blutige Wunde an der Stirn, blaue Lippen und den Hammer in der Hand. Damit schlägt sie gegen einen großen Stein, der neben ihr liegt. Das ist das Geräusch, das uns zu ihr geführt hat.

»Oma! Ich bin bei dir«, sage ich.

Mein Mund ist ganz trocken, als hätte ich Pappe gegessen. Sie versucht etwas zu sagen, aber wir können sie nicht verstehen. Aus ihrem Mund kommt hilfloses Gemurmel, und in ihren Augen stehen Tränen. Sie schaut mich an wie ein Tier, das von einem Auto angefahren wurde. Ich reiße das Handy aus dem Rucksack und gebe Mamas Nummer ein, die ich auswendig kann, weil ich wie Oma gut mit Zahlen bin, wenn auch nicht ganz so gut wie mit Worten. Mir zittern die Hände, aber nicht so sehr wie meine Beine. Ich setze mich neben sie auf den Boden, und mein Herz ist kurz davor zu zerspringen, solche Angst habe ich.

TEIL 2

DER ARGENTINIER

JULIA

Als mein Handy klingelte, war das Letzte, womit ich gerechnet hatte, Sebas' Stimme zu hören, die mir sagte, er hätte Mama gefunden. Doch so gut er mir und der Polizei auch zu erklären versuchte, wo sie sich befanden, war es zunächst unmöglich, die konkrete Stelle auszumachen. Sebas war völlig außer sich, mitten im Wald, neben sich seine Oma, eine Frau von fast achtzig Jahren, die zusammengebrochen und in wer weiß was für einem Zustand war. Wer wäre in einer solchen Lage nicht aufgeregt gewesen? Schließlich konnte sein Standort ermittelt werden, und die Polizei hat sich auf den Weg gemacht. Mama musste mit einem Rettungshubschrauber abgeholt werden, weil die Stelle für einen Krankenwagen nicht erreichbar gewesen wäre. Es muss eine spektakuläre Aktion gewesen sein, und Sebas war natürlich ganz vorn mit dabei. Er sagt, dass die Polizei ihnen gratuliert hat, und nachdem der erste Schreck vorbei war, ist er jetzt in Hochstimmung. Ich habe ihm erklärt, dass er Noas Oma nicht hätte belügen und sich nicht ungefragt ihr Handy hätte ausleihen dürfen, weil man so etwas nicht macht – so toll es auch ist, dass sie Mama gefunden haben. Seine Antwort hat mich beschämt.

»Ich habe dir gesagt, wo Oma ist, und du hast nicht auf mich gehört.«

Ja, im Haus eines außerirdischen Schlächters. Was hätte ich damit anfangen sollen? Kein Mensch hätte damit etwas anfangen können.

Meine Mutter wurde ins Krankenhaus gebracht und blieb dort vierundzwanzig Stunden unter Beobachtung. Sie hatte einen leichten Schlaganfall erlitten, und deshalb konnte sie für ein paar Stunden nicht richtig sprechen. Vermutlich ist sie deshalb auch gestürzt, weil ihr schwindelig wurde. Ein Arm hängt ein bisschen, aber das gibt sich wieder, und sie hat Probleme beim Gehen, wegen des Schlaganfalls, aber auch weil sie sich den linken Fuß verstaucht hat. An der Stirn wurde sie mit drei Stichen genäht, und sie hat ein blaues Auge. Was sie bei all dem aber nicht verloren hat, ist ihre Kratzbürstigkeit, und sie ist genauso bockig wie vorher. Sie hat den Pfleger wild beschimpft, als er ihr gesagt hat, dass sie ihren Hammer nicht mit zum Röntgen nehmen darf. Der Arzt hat gesagt, dass ihr Verhalten auf eine mögliche mentale Beeinträchtigung schließen lässt, was man später noch mal genauer untersuchen sollte. Dann haben sie sie entlassen. Aber es ist auch etwas Positives dabei herausgekommen. Auf dem Weg nach Hause habe ich meiner Mutter mitgeteilt, dass ich jemanden suchen werde, der sich um sie kümmert, wenn ich in der Redaktion bin. Und davon werde ich nicht abrücken. Jedenfalls darf man sie in den nächsten Tagen nicht aus den Augen lassen, denn der Arzt hat mir erklärt, dass durchaus die Möglichkeit eines weiteren Schlaganfalls besteht.

»Du kannst nicht mehr allein im Haus bleiben, Mama. Du hast großes Glück gehabt, dass nicht mehr passiert ist, aber jetzt brauchst du auf jeden Fall Hilfe. Gleich morgen werde ich bei einem Pflegedienst anrufen, damit sie uns jemanden schicken.«

»Dann bist du jetzt ja zufrieden«, antwortet sie. Sie spricht immer noch, als hätte sie eine heiße Kartoffel im Mund.

»Oh ja, mächtig zufrieden. Vor allem über den Schreck, den du uns eingejagt hast. Es war toll, den ganzen Freitag wie eine Verrückte nach dir zu suchen, um dann nach einer schlaflosen Nacht die Polizei und die ganze Nachbarschaft zu mobilisieren. Wie konntest du einfach so ohne ein Wort verschwinden? Weißt du eigentlich, was du angestellt hast? Du hättest tot sein können, ist dir das bewusst?«

»Dafür wird Bernardo jetzt nie wieder deinen Sohn belästigen.«

»Dann hatte Sebas also recht. Und warum hast du behauptet, den Mann nicht zu kennen, der die Kinder auf dem Berg verfolgt hat, als ich dich danach gefragt habe?«

»Was weiß ich. Ich erinnere mich nicht«, sagt sie, damit ich still bin. »Ich habe Kopfschmerzen und will mich ausruhen.«

Ich weiß nicht, ob das stimmt, oder ob sie mir wie so oft etwas vormacht. Sie schließt die Augen und lehnt den Kopf an die Scheibe. Es ist wahr, dass sie in den letzten Stunden einiges durchgemacht hat, und ich beschließe, dieses Gespräch auf später zu verschieben. Ich darf sie jetzt auch nicht zu sehr unter Druck setzen, ich sehe ja, dass es ihr nicht besonders gut geht. Ich bin zwar mit meiner Geduld am Ende, aber ich bin schließlich kein Unmensch. Also sage ich »Ist gut, Mama« und streiche ihr über den Arm.

Wir fahren bei Alicia vorbei, um Sebas abzuholen. Blanca kommt heraus, um sich zu verabschieden, geht aber nicht zum Auto, um nach meiner Mutter zu sehen, was mich ein bisschen wundert. Sie kennen sich doch schon ihr Leben lang. Ich bedanke mich noch einmal für alles und beschließe, ihnen eine kleine Aufmerksamkeit vorbeizubringen. Das ist das Mindeste.

»Die Polizei wird uns einen Orden verleihen, Oma!«, erzählt Sebas meiner Mutter schon beim Einsteigen. »Das hat in der Zeitung gestanden. Wir sind jetzt Helden. David Puga wird sich nie mehr trauen, sich mit uns anzulegen. Und wenn er es trotzdem tut – Tritt in die Eier!«

»Sebas! Was ist denn das für eine Ausdrucksweise?«, schimpfe ich, während meine Mutter anfängt zu lachen. Es erleichtert mich zu sehen, dass es ihr besser geht.

Fast könnte es den Anschein haben, als wäre alles wieder in Ordnung, gäbe es da nicht diese Fotos von Lucio Rincón, die ich in der Redaktion ausgedruckt habe und die einige Fragen aufwerfen.

Gleich nachdem wir zu Hause angekommen sind, bittet meine Mutter Sebas, ihr einen Korbstuhl nach draußen zu bringen, damit sie sich in den Garten setzen kann. Das Laufen fällt ihr schwer, wir müssen sie zu zweit stützen. Sie wird sich wohl daran gewöhnen müssen, einen Stock zu benutzen. Zumindest bis sie wieder gesund ist, wenn sie überhaupt noch mal ganz gesund wird. Es tut weh, sie so hilflos zu sehen.

»Jungchen, du wirst mir beim Unkrautjäten helfen müssen. Die armen Stiefmütterchen sind fast gar nicht mehr zu sehen. Dabei war der Garten immer so schön ...«

Sie hat recht, überall sprießt das Unkraut und überwuchert alles andere.

»Sonne ist die beste Medizin«, sagt Mama mit geschlossenen Augen und genießt die angenehme Wärme. »Wenn das Wetter besser wird, muss ich auch die vielen Tabletten nicht mehr nehmen, die sie mir im Krankenhaus verschrieben haben. So viel Chemie vernebelt einem ja den Kopf.«

»Mama, damit fangen wir gar nicht erst an«, warne ich sie. »Du hattest einen Schlaganfall, weißt du, was das bedeutet? Du hättest tot sein können. Wir haben großes Glück gehabt. Du musst die Medikamente nehmen. Das ist nicht verhandelbar.«

Dann fällt ihr etwas ein, was sie beunruhigt.

»Wo ist mein Hammer? Julia, sag, dass du ihn hast! Sag, dass wir ihn nicht im Krankenhaus vergessen haben! Wie konnte mir das passieren? Oh Gott, wo ist er? Jetzt krieg ich auch noch einen Herzkasper, dabei bin ich für heute restlos bedient!«

»Immer mit der Ruhe, Mama«, sage ich und hole den verdammten Hammer aus meiner Tasche. Von diesem Tick habe ich allmählich die Nase voll.

Sie reißt ihn mir aus der Hand und drückt ihn an sich wie ein Baby. Ich schlucke und nehme sie am Arm, damit sie sich auf einen der beiden Stühle setzen kann, die Sebas herausgebracht hat.

»Jetzt hör mir gut zu, Tochter. Wenn ich sterbe, will ich verbrannt werden«, sagt sie und sieht mir in die Augen. In diesem Moment wirkt sie absolut klar. »Und verstreu meine Asche unter der alten Magnolie unten an der Allee. Dort habe ich die glücklichsten Momente meines Lebens verbracht. Wirst du das für mich tun, Julia?«

Ein eiskalter Schauder läuft mir den Rücken hinunter. Ich bin froh, dass Sebas schon ins Haus gegangen ist. Denn diese Unterhaltung sollte er nicht mitanhören.

»Du hast diesen Baum noch nie erwähnt«, sage ich und setze mich neben sie.

»Er hat wunderschöne Blüten. Ich habe noch nie eine so große Magnolie gesehen. Und die Wurzeln sind so stark, dass sie an mehreren Stellen das Pflaster hochgedrückt haben. Irgendwann hat man die Steine ganz entfernt, damit der Baum frei wachsen kann.«

Ich höre ihr verblüfft zu. Es erscheint mir unglaublich, dass sie vor zwei Stunden noch kein verständliches Wort herausbringen konnte und sich nun so flüssig ausdrückt, um von Dingen zu sprechen, die so lange zurückliegen. Am meisten überrascht mich aber, dass sie etwas von sich erzählt, von ihrer Vergangenheit. So offen war sie noch nie.

»Als Kind habe ich viele Stunden unter diesem Baum verbracht«, fährt sie fort. »Auch später, als junge Frau. Wenn ich wütend auf deinen Vater war, bin ich zum Magnolienbaum gegangen, um mich zu beruhigen. Du warst noch nicht geboren. Ich habe da immer Trost gefunden.«

»Habt ihr euch nicht gut verstanden?«

Ich erinnere mich an einige Streitereien. Dass sie sich angeschrien haben, aber da war ich noch sehr klein, und viel mehr ist mir davon nicht im Gedächtnis geblieben. Die eine oder andere Beleidigung vielleicht. Ja, ich erinnere mich, dass er sie gelegentlich auch vor mir beschimpft hat. Meine Mutter hat mich dann immer auf mein Zimmer geschickt, wahrscheinlich um mir solche Szenen zu ersparen.

»Wenn ich getan habe, was er wollte, war alles in bester Ordnung. Dein Vater hat eine folgsame Frau an seiner Seite gebraucht.«

»Eine unterwürfige Frau.«

»Das habe ich gemeint. Eine unterwürfige Frau. Aber ich lasse mir nicht so gern Vorschriften machen, das weißt du ja. Das mochte ich noch nie. Schon als Kind habe ich mir Kräche mit meiner Mutter geliefert, die filmreif waren. Und wir zoffen uns heute noch, deine Großmutter kann den Mund nicht halten, egal, ob tot oder lebendig. Aber das mit deinem Vater war etwas anderes. Er wollte mich beherrschen.«

»Aber das ist ihm nicht gelungen.«

»Er war nah dran.«

Das ist das tiefgründigste Gespräch über meinen Vater, das wir je geführt haben. Vielleicht hat die Angst, die sie die ganze Nacht über allein auf dem Berg ausgestanden hat, sie zum Nachdenken gebracht. Wer weiß?

»Mama«, sage ich, überzeugt davon, dass sich keine bessere Gelegenheit bieten wird, ihr die Fotos von Lucio Rincón zu zeigen. »Schau mal, dieser Mann war ein Freund von Papa, oder?«

Sofort verändert sich ihr Gesichtsausdruck. Sie sieht sich die Fotos schweigend eines nach dem anderen an.

»Ich erinnere mich, ihn mit Papa zusammen in der Bar gesehen zu haben«, sage ich obenhin, als ginge es um etwas völlig Nebensächliches. »Und hier zu Hause auch, kann das sein?«

»Natürlich kann das sein. Pack das wieder ein«, sagt sie brüsk und gibt mir die Fotos zurück. »Ich will das Gesicht von diesem Verbrecher nie wieder sehen!«

»Von welchem Verbrecher?«, fragt Sebas, der sich keinen passenderen Moment hätte aussuchen können.

»Dem Vorarbeiter in der Fabrik, in der ich gearbeitet habe, als ich jung war.«

»Aber hast du nicht als Näherin in einem Geschäft für Babykleidung gearbeitet?«, fragt Sebas verwundert.

»Verdammt, nein! Ich habe in einer Konservenfabrik gearbeitet.«

»Du hast mir doch erzählt, dass Opa Kinderkleidung von einer teuren Marke verkauft hat, die Cocó hieß, und dass ihr euch in dem Geschäft kennengelernt habt, wo du gearbeitet hast.«

»Cocó-Cocó-Kokolores! Ich habe jahrelang in einer Konservenfabrik gearbeitet. Wir waren hundertsechzig

Frauen, haben um Punkt acht angefangen und um eins aufgehört, wie die Maschinen, und dann ging es weiter von drei bis acht. Deinen Großvater habe ich beim Tanzen kennengelernt.«

Sebas sieht mich hilfesuchend an. Er versteht kein Wort.

»Ruf Papa an und sag ihm, dass Oma wieder zu Hause ist«, bitte ich ihn. »Und dass ich später mit ihm telefoniere.«

Ich warte, bis er außer Sicht ist, um das Gespräch mit meiner Mutter wieder aufzunehmen. Eine Gelegenheit wie diese darf ich mir nicht entgehen lassen.

»Rincón war ein kolumbianischer Drogenhändler. Heute sitzt er im Gefängnis.«

»Dass dieser Kerl keine Bonbons verkauft hat, war mir klar«, entgegnet sie, unbeeindruckt von dem, was ich gerade gesagt habe.

»In welcher Verbindung stand Papa zu ihm?«

»Sie hatten gemeinsame Freunde und haben sich ganz gut verstanden. Dieser Verbrecher ist aus Kolumbien hergekommen und hat ein paar Jahre in einer Riesenvilla auf der Illa de Arousa gewohnt. Du warst einmal dort, da warst du aber noch sehr klein und erinnerst dich sicher nicht mehr. Rincón war oft hier in Vigo. Allerdings haben wir ihn nicht so genannt. Für uns war er Lucifer. Dein Vater hat ihm diesen Spitznamen verpasst, und später haben ihn alle so genannt.«

Ich kenne die Vor- und Zunamen aller galicischen Drogenhändler, ihre Spitznamen, die Namen ihrer Frauen, und ich weiß auswendig, zu wie vielen Jahren sie verurteilt wurden, wie lang sie im Gefängnis zugebracht haben, wer noch einsitzt und wie viele schon über den Jordan sind. Ich habe mehr als einmal über sie geschrieben und wiederholt den Ablauf des Gerichtsverfahrens nach der *Operación Nécora* studiert. Aber von diesem Typen kenne ich nur das Gesicht.

»Und warum Lucifer?«

»Weil er überall Feuer gelegt hat«, sagt meine Mutter mit ernster Miene. »Erinnerst du dich nicht mehr an den Brand bei Ra?«

Ich erinnere mich vage. Ra hieß eigentlich Ramona. Sie ist in unsere Nachbarschaft gezogen, als ich etwa sechs oder sieben Jahre alt war. Wir hatten Anweisung, um ihr Haus einen großen Bogen zu machen, und durften auch nicht mit ihren Enkeln spielen, weil Ra Drogen verkauft hat, wie wir alle wussten. Vor ihrer Tür standen zu jeder Tages- und Nachtzeit Jugendliche, die auf ihre Dosis warteten. Auch geheime Mauerlöcher haben sie für die Übergabe genutzt. An bestimmten Stellen waren die Steine gelöst, und dort haben Ras Töchter die Drogen deponiert. Ein paar Stunden später sind dann die Junkies gekommen, um sie abzuholen und das Geld hineinzulegen. Niemand hat sich getraut, weder das eine noch das andere wegzunehmen. Dieses Geld war vergiftet.

»Aber war nicht ein Ofen die Ursache für den Brand in Ras Haus?«, frage ich.

»Das Haus hat gebrannt, weil Lucifer nicht zulassen wollte, dass sie Drogen verkaufte, die nicht von ihm stammten, und weil sie ihre Nase in Angelegenheiten steckte, aus denen sie sich besser rausgehalten hätte. Wäre sie ein Mann gewesen, hätte die Sache anders ausgesehen. Er hatte sie mehrfach gewarnt, aber sie ignorierte es, und dann ging ihr Haus in Flammen auf. Immerhin hatte er den Anstand, eine Zeit zu wählen, zu der die Kinder in der Schule waren. Ra ist schreiend aus dem Haus gerannt und hat um Hilfe gerufen. Sie war außer sich, völlig durchgedreht. Aber keiner hat ihr geholfen. Ihre direkte Nachbarin hat ihr zwar Mut zugesprochen, sich aber damit entschuldigt, dass ihr Schlauch zu kurz ist, und so musste Ra hilflos zusehen, wie alles, was sie besaß, in Flammen aufging. Für die anderen war es eher eine Erleichterung. Ihretwegen hatte es immer nur Scherereien gegeben. Erinnerst du dich noch, wie sie mal einen Mann bei sich versteckt hat, der auf der Flucht war, weil er jemanden von der Guardia Civil angeschossen hatte?«

»Ich kann mich noch erinnern, dass ihr Haus von bewaffneten Polizisten umstellt war und ein Hubschrauber darüber kreiste.«

»Genau. Keiner wusste, woher diese Frau eigentlich kam. Eines Tages zog sie hierher, und nach drei oder vier Jahren verschwand sie wieder. Aber jedem war klar, dass ihre Nähe Gefahr bedeutete.«

»Und Lucifers Nähe nicht?«

Meine Mutter seufzt.

»Du bist Journalistin, du kannst recherchieren. Rede mit seiner Frau, die wohnt noch immer in Arousa. Interviewe sie, das machst du doch so gern. Das Haus war oft genug im Fernsehen, es ist leicht zu finden. Es hat zwei Türme wie eine Burg. Sie weiß viel mehr über die Geschäfte ihres Mannes als ich.«

»Aber, Mama, wäre es nicht einfacher, wenn du mir erst einmal erzählen würdest, was du weißt? Ich möchte nur wissen, in welcher Verbindung Papa mit diesem Lucifer stand. Ist das so viel verlangt?«

Die Antwort lässt zu lange auf sich warten. Ich gehe davon aus, dass sie nach einer Ausrede sucht, aber nein.

Diesmal geschieht etwas anderes. Ihr Kinn fängt an zu zittern, und sie hat plötzlich Tränen in den Augen. Sie nimmt ein Taschentuch heraus und wischt sich über die Wange.

»Hilf mir bitte ins Haus, mir ist ein bisschen schwindlig«, bittet sie mich mit dünner Stimme. »Zu viel Aufregung für eine alte Schachtel wie mich.«

Ihr Gesicht ist leichenblass. Ich helfe ihr beim Aufstehen, und wir bewegen uns langsam aufs Haus zu.

»Geht es?«, frage ich.

»Es geht. Aber bitte vergiss nicht, meine Asche unter der alten Magnolie zu verstreuen«, wiederholt sie noch einmal und sieht mir in die Augen. »Versprichst du mir das?«

»Natürlich, Mama«, beruhige ich sie. »Ich verspreche es.«

Ich passe meinen Schritt ihrem Tempo an und habe das dumpfe Gefühl, gescheitert zu sein. Es hat keinen Zweck mehr. Es ist nicht nur so, dass meine Mutter sich weigert, über diese Sache zu reden, offenbar tut es ihr auch weh, was die Spielregeln radikal verändert. Ich weiß, dass hinter all dem mein Vater steckt. Ich kann seine blauen Augen sehen, seine großen Hände, seine mit Lehm, Erde und Sand verschmutzten Stiefel. Und ich werde nicht aufgeben, bis ich eine Antwort gefunden habe, die mich zufriedenstellt.

SEBAS

Schon morgens hab ich gewusst, dass das einer der besten Tage des ganzen Schuljahres wird. Ich bin schon ganz kribbelig aufgewacht, und bei dem Gedanken daran, wie sie uns in der Schule empfangen werden, hat es in meinem Bauch geflattert, als hätte ich hundert Schmetterlinge darin. Wir haben Oma gefunden, und die Polizei wird uns einen Orden verleihen, wir sind jetzt Helden. Batman, Superman und Wonder Woman. Iron Man, Captain America und Black Widow. Guerrero, Sebas und Noa. Endlich wird mich keiner mehr »Felipito« nennen oder mir leere Chips- oder Gummibärchentüten, Butterbrotpapier, Mandarinenschalen und Apfelkitschen in den Schulrucksack stecken. Mein Rucksack ist nämlich ihr Abfalleimer. Deshalb nehme ich ihn seit ein paar Wochen immer mit auf den Schulhof, wenn wir große Pause haben. Und weil sie mir jetzt keinen Müll mehr reinstecken konnten, haben sie mich lahme Schildkröte, Schnarchtasse und der Schnösel aus Madrid genannt. Das mit dem Schnösel aus Madrid sagen sie schon seit meinem zweiten Schultag zu mir. Und es ist echt die dämlichste Beschimpfung, die ich in meinem ganzen Leben gehört habe. Guerrero und Noa haben sich mehrere Male für mich stark gemacht. Aber das wird jetzt nicht mehr nötig sein. Ab heute ist Schluss damit. Denn in der ganzen Schule gibt es kein Kind, das auch nur halb so berühmt ist wie wir. Als ich zu Guerrero komme, erwarten sie mich schon vor der Haustür. Sie sind nicht so aufgeregt wie ich. Oder sie können besser verbergen, dass bei ihnen auch die Schmetterlinge im Bauch flattern, wenn sie an den Moment denken, in dem wir das Klassenzimmer betreten.

»Sicher werden alle klatschen«, sage ich. »Wir haben Großes geleistet.«

»Ich habe meine neuen Sachen an, falls sie Fotos von uns machen«, gesteht Noa, die ein Sweatshirt mit einem Einhorn, einen Rock und Strümpfe mit Sternen trägt.

»Ich auch!«, rufe ich aus und öffne meine Jacke, damit sie meinen Pulli mit den Tieren sehen.

Guerrero hat keine neuen Klamotten an, aber er hat sich Gel in die Haare geschmiert wie zur letzten Abschlussfeier. Seine Haare stehen nach oben wie bei einem Igel. Als wir durchs Schultor gehen, stelle ich mir vor, wie die anderen zu beiden Seiten Spalier stehen und wir mittendurch gehen. Doch der Schulhof ist leer. Dann denke ich, dass sie jeden Moment rausgestürmt kommen und uns umringen werden, weil jeder mit uns sprechen will. Aber auch das passiert nicht. Der Schulgong ertönt, und wir gehen rein. Als wir die Treppe hochgehen, falle ich beinah hin, weil Diego Puga mich anrempelt. Ich verstehe gar nichts mehr.

»Guckt mal, die lahme Schildkröte ist auf einer Bananenschale ausgerutscht!«, ruft er mir hinterher, während ich die Stufen hochstolpere.

Einige Kinder fangen an zu lachen, die anderen tun gar nichts, es ist wie immer. Und das kann nicht sein, weil doch nichts mehr so ist wie vorher.

»Der ist nur neidisch, beachte ihn gar nicht«, flüstert Noa mir zu.

Es geschieht auch nichts Besonderes, als wir ins Klassenzimmer kommen, und auch nicht, als wir uns auf unsere Plätze setzen. Erst als die Lehrerin kommt. Sie wirft uns einen anerkennenden Blick zu. Endlich! Ich habe schon gedacht, es tut sich überhaupt nichts mehr.

»Wir haben hier drei Kinder in unserer Klasse, die an diesem Wochenende berühmt geworden sind«, sagt sie, und das finde ich schon mal supernett. »Durch ihren mutigen Einsatz haben sie ein Menschenleben gerettet, und wir sind alle sehr stolz auf sie.« Sie strahlt uns an. »Wie fühlt ihr euch? Sebas, erzähl mal, wie geht es deiner Oma?«

»Es geht ihr besser. Sie kann wieder reden, und ihre Lippen sind auch nicht mehr blau. Und jetzt gibt sie natürlich damit an, dass sie in einem Hubschrauber geflogen ist.«

Ein paar Kinder lachen über meinen letzten Satz, aber es ist ein nettes Lachen, kein Auslachen.

»Hattet ihr denn gar keine Angst?«, will die Lehrerin wissen.

»Ich habe mich schon erschreckt, als wir Sebas' Oma gefunden haben«, gesteht Noa. »Sie lag ja ganz reglos auf dem Boden und hatte Blut an der Stirn.«

»Am aufregendsten war es, als der Hubschrauber gelandet ist«, erzählt Guerrero. »Das war wie im Film. Wir sind fast umgeweht worden!«

»Und als auf einmal von allen Seiten die Polizisten gekommen sind!«, füge ich hinzu. »Sie haben gesagt, dass sie uns einen Orden verleihen.«

»Ja, aus Schokolade vielleicht!«, ruft Diego Puga dazwischen.

»Ruhe, Diego!«, rügt ihn die Lehrerin, bevor sie sich wieder uns zuwendet. »Ihr wart wirklich sehr mutig, Kinder. Es wundert mich nicht, dass die Polizei euch einen

Orden verleihen will. Sag deiner Oma gute Besserung von mir, Sebas. Ich hoffe, sie wird schnell wieder gesund.«

Danach spricht die Lehrerin über Flüsse und Berge, aber ich bin heute nicht in der Lage aufzupassen. Ich kann nur noch daran denken, dass wir sehr mutig waren. Und sie hat es vor der ganzen Klasse gesagt, sosehr sich Diego Puga auch darüber ärgern mag. Sie werden mir nie mehr irgendwelchen Müll in den Rucksack stecken. Dank meiner Oma wird mein Leben von nun an ein anderes sein. Zumindest hier in der Schule.

Als der Pausengong ertönt, gehen wir äußerst zufrieden runter in den Hof. Alle wollen mit uns sprechen, so wie ich es mir ausgemalt hatte. Wir erzählen immer wieder, wie wir über den Berg gelaufen sind, gegen die Bäume getreten und nach dem Schlächter gerufen haben, um ihn aus seinem Versteck zu locken.

»Sagt noch mal, welche Schimpfwörter ihr gerufen habt«, bittet uns ein Mädchen aus der 5B, die ein Heft und einen Kuli dabeihat, um sich Notizen zu machen.

»Arschloch, Mistkerl, Dummbatz, Sackgesicht, Blödmann, ich scheiße auf dein Nekroschwert und werde dich töten!«, erkläre ich stolz.

»Ich scheiße auf dein Nekroschwert und werde dich töten‹ sind keine Schimpfwörter«, sagt das Mädchen aus der 5B. Aber es ist deutlich zu sehen, dass sie ganz beindruckt ist.

»Na ja, das kommt drauf an, wie man es interpretiert«, antworte ich.

»Ich weiß noch ein viel besseres Schimpfwort«, höre ich plötzlich die höhnische Stimme von Diego Puga. Ich drehe mich um und sehe ihm direkt ins Gesicht.

»Der hat gerade noch gefehlt«, meint Guerrero leise.

»Willst du mein Schimpfwort hören? Lahme Schild-kröte!«, sagt er drohend und kommt ganz nah an mich ran. Sein Mund ist mit Schokolade verschmiert. Sogar die Zähne. Ekelhaft!

In diesem Moment fallen mir zwei Dinge ein. Erstens Noas Warnung auf der Treppe, dass Diego Puga neidisch ist. Und zweitens, dass er mal einem Mädchen aus der Sechsten einen Kuli in den Hals gestochen hat, bis Blut kam, weil sie ihm ihr Pausenbrot nicht geben wollte. Darauf hin wurde er zur Strafe für mehrere Tage von der Schule verwiesen.

»Was ist los Felipito? Du bist doch so mutig. Hat es dir etwa die Sprache verschlagen?«

Weil ich immer noch nichts sage, versetzt Puga mir einen Schlag in den Nacken.

»Hör auf damit!«, protestiere ich.

»Hey, die lahme Schildkröte kann ja sprechen!«

Er schlägt mir ein zweites Mal in den Nacken, fester als beim ersten Mal. Ich halte Ausschau nach einem Lehrer. Warum sind die nie da, wenn man sie braucht?

»Dann zeig mir doch mal, wie mutig du bist, Schlapp-schwanz.«

Der dritte Nackenschlag. Der tut richtig weh.

»Puga, du gehst zu weit«, warnt Noa ihn.

»Ui, da haben wir ja die Leibwächterin von dem klei-nen Schnösel aus Madrid. Armes Kerlchen, kann sich nicht selbst verteidigen, da muss erst die kleine Streberin kommen und ihn beschützen.«

Ich muss dringend pinkeln, aber wenn ich jetzt weg-laufe, gelte ich für immer als Feigling. Und das darf um nichts in der Welt passieren! Nicht jetzt, nachdem wir uns den Respekt von so vielen Kindern verdient haben.

»Da warst du so mutig, und jetzt lässt du dir alles gefallen?«, höhnt Puga weiter. »Schaut mal, ihr könnt so oft zuschlagen, wie ihr wollt, der zuckt nicht mal. Ein richtig toller Boxsack!«

Der vierte Schlag. Und mit einem Mal steigt die Wut in mir auf wie heiße Lava.

»HÖR AUF, DU WICHSER!«, brülle ich ihn an. »Wenn du mich noch einmal anfasst, trete ich dir in die Eier! Und wisch dir lieber mal deine Schokoladenfresse ab, wenn du mit mir sprichst!«

Ich balle die Fäuste und habe keine Ahnung, woher ich plötzlich die Kraft habe, all das zu sagen, aber es reicht. Ich habe genug von Pugas Beleidigungen.

Er glotzt mich verblüfft an, und ich muss die ganze Zeit auf seinen schokoladeverschmierten Mund gucken. Damit hat er wohl nicht gerechnet, der Dreckskerl. Und dann durchzuckt mich ein verführerischer Gedanke. So eine Gelegenheit kommt nie wieder, Puga ist vor Überraschung starr wie eine Mumie. Ich muss diesen Moment nutzen, und ich nutze ihn, und wie ich ihn nutze. Ich verpasse ihm einen saftigen Schlag, um ihm alles heimzuzahlen, was er mir angetan hat, und lege gleich noch eine Warnung nach:

»Das war das letzte Mal, dass du mich beleidigt oder angefasst hast, kapiert!«

An der Art, wie Puga mich anschaut, erkenne ich, dass er drauf und dran ist, mir die Zähne einzuschlagen, doch in diesem Augenblick kommt endlich die Pausenaufsicht.

»Was ist hier los? Auseinander! Sofort!«, befiehlt sie uns.

Ich drehe mich um und würdige Puga keines Blickes mehr. Wir ziehen ab, und ich lasse mich von meinen Freunden feiern.

»Du warst unglaublich«, sagt Guerrero und umarmt mich. »Du bist ein würdiger Enkel Thors. Dem hast du's gezeigt!«

»Mir hat am besten gefallen, wie du ihn beschimpft hast. Wichser, Wichser, Wichser!«, singt Noa und wird bei jedem Mal lauter. Sie ist begeistert. »Sag die Wahrheit, hättest du dich wirklich getraut, ihm einen Tritt in die Eier zu verpassen?«

»Klar«, sage ich, und es ist mein voller Ernst. »Denn wenn man darüber nachdenkt, ist so ein Tritt doch gar nichts gegen das, was wir am Samstag geschafft haben.«

Ich bin mir sicher, dass sich etwas in mir verändert hat. Es ist, als ob ich jetzt viel stärker und weniger ängstlich wäre. Und obwohl ich vier Schläge einstecken musste, bin ich sehr zufrieden. Ich habe Puga, dem *Wichser*, die Stirn geboten, und das hätte ich mich vorher niemals getraut. Ich bin mutig!

Mein Hochgefühl verschwindet sofort, als ich den Klassenraum betrete und feststelle, dass mein Rucksack innen und außen komplett mit Schokolade beschmiert ist.

»Was ist denn da passiert? Hast du etwa in deinen Rucksack gekackt, du lahme Schildkröte?«, ruft Puga, damit ihn alle hören können und seinen grandiosen Einfall beklatschen.

Meine Augen füllen sich mit Tränen, und ich versuche, nicht zu blinzeln. Der Rucksack ist hinüber. Diego hat alles beschmiert, meine Hefte, die Bücher, mein Federmäppchen, die Flöte - und sogar den Brief, den Papa mir gegeben hat, als wir aus Madrid weggezogen sind ... Als ich das entdecke, kann ich mich nicht mehr beherrschen. Jetzt fließen die Tränen. Ich weine und weine und kann nicht mehr aufhören, weil Papa mir in diesem Brief wichtige Dinge geschrieben hat. So wichtige, dass ich ihn immer bei mir habe. Und jetzt ist er zerstört, und ich fühle einen furchtbaren Schmerz in der Brust. Es wäre mir lieber gewesen, wenn der blöde Puga mir ins Gesicht geschlagen hätte. Mir einen Kuli in den Hals gerammt hätte. Aber nicht Papas Brief! Ich weiß, dass der Englischlehrer jeden Moment reinkommen wird, wenn er mich so weinen sieht, wird er wissen wollen, was los ist. Und ich kann nicht aufhören zu weinen.

»Sebas, beruhige dich, der Rucksack kommt in die Waschmaschine, und dann ist er wieder wie neu«, versucht Noa mich zu trösten.

Aber sie weiß ja nichts von dem Brief. Niemand weiß davon, nicht mal Mama. Ich greife nach meinem Rucksack, und jetzt sind auch meine Hände voller Schokolade.

»Ooooch. Die lahme Schildkröte hat Kaka gemacht und alles vollgeschmiert.«

Ein paar Kinder lachen, aber die meisten schweigen und machen ernste Gesichter. Ich wünschte, sie würden laut herumschreien, damit man mich nicht schluchzen hört und mir diese Schande erspart bleibt. Und dann fallen mir wieder alle Beschimpfungen ein, die wir dem Schlächter zugerufen haben: Arschloch, Mistkerl, Dummbatz, Sackgesicht, Blödmann, ich scheiße auf dein Nekroschwert und werde dich töten.

Ich hole tief Luft, starre Puga wutentbrannt an und schreie:

»Ich scheiße auf dich und werde dich töten! Mit meinem Nekroschwert.«

Es ist der unglaublichste Schrei, den ich je in meinem ganzen Leben ausgestoßen habe. Und genau in diesem Moment betritt der Englischlehrer die Klasse.

»Was ist denn hier los?«, fragt er, als er mich mit dem Rucksack in der Hand und mit tränenüberströmtem Gesicht dastehen sieht. Ich schluchze weiter, und jetzt bekomme ich auch noch einen Schluckauf.

Der Lehrer legt mir tröstend einen Arm um die Schultern und führt mich aus dem Klassenzimmer.

»Und von euch will ich jetzt keinen Mucks mehr hören, ist das klar«, warnt er die anderen, bevor er die Tür schließt.

Im Gang ist es kalt und still. Es ist, als wären wir in einer anderen Welt, weit weg von Diego Puga und seinen gemeinen Beleidigungen.

»Ja, weine ruhig, Sebas, wein dich aus«, sagt der Lehrer und drückt mir mitfühlend die Schulter. »Das tut manchmal gut.«

Ich blicke erstaunt auf. Ich habe gedacht, dass er genau das Gegenteil sagen würde. Ich dachte, er würde sagen: »Nun beruhige dich mal, Sebas, und hör auf zu weinen.« Denn das sagen Lehrer normalerweise. Als ob es einen Schalter gäbe, den man einfach nur umlegen muss, um die Tränen abzustellen. Aber dieser hier sagt es nicht.

»Möchtest du in den Waschraum?«

Ich nicke und weine immer noch.

»Komm, wir gehen zusammen«, sagt er und legt mir wieder den Arm um die Schultern, während wir zu den Toiletten gehen.

Ich spritze mir kaltes Wasser ins Gesicht, bis ich keine Tränen mehr habe. Der Lehrer bleibt die ganze Zeit bei mir. Als ich mich endlich beruhigt habe, beugt er sich zu mir runter und sieht mir in die Augen.

»Da hast du es diesem Diego Puga aber gegeben. Wolltest du ihn wirklich töten? Mit einem Nekroschwert?«

Seine Frage bringt mich zum Lachen, obwohl ich immer noch total geknickt bin.

»Was ist mit deinem Rucksack passiert?«

»Der Rucksack ist mir egal. Es geht um etwas von meinem Papa, was darin war und jetzt ganz verschmiert ist.«

»Wir werden bestimmt eine Lösung finden.«

Ich schüttele den Kopf.

»Es war ein Brief, und den kann man jetzt nicht mehr lesen.«

»Aber dein Papa kann dir den Brief doch sicher noch mal schreiben, oder?«

Ich sehe ihn verdutzt an. Ich bin gar nicht auf den Gedanken gekommen, dass ich mit Papa reden und ihn bitten könnte, mir den Brief neu zu schreiben. Das ist dann zwar vielleicht nicht ganz genau derselbe Brief, aber auch da werden ja Dinge drinstehen, die ich mir mehrmals am Tag durchlesen mag. Dinge wie *Ich liebe dich, du bist der wichtigste Mensch in meinem Leben. In zwei verschiedenen Städten zu wohnen bedeutet nicht, dass wir uns nicht mehr sehen. Ich werde immer für dich da sein, wenn du mich brauchst. Wir werden in den Ferien zusammen sein, an vielen Wochenenden, und ich werde mit dir Hamburger essen gehen, ins Kino und zum Angeln.* Papa war seit sieben Wochen nicht da. Die Oma in Madrid ist krank, und er muss bei ihr sein. Er hat mir versprochen, in ein paar Tagen zu kommen, aber ich weiß nicht, in wie vielen Tagen das genau sein wird.

»Danke«, sage ich zu dem Lehrer.

»Geht es dir jetzt besser?«

»Ja.«

»Das mit dem Rucksack war Diego Puga, oder?«

Ich nicke. »Puga ist wirklich schlimm. Ein richtiger Schuft.«

Aber das weiß der Lehrer schon. Es gibt niemanden, der das nicht weiß. Als ich in die Klasse zurückkomme und mich alle ansehen, schaue ich nicht hin. Das muss ich auch nicht, um zu wissen, dass mich vierundvierzig Augen anstarren. Wobei die einzigen Augen, die mir wichtig sind, die von Guerrero und Noa sind. Vor allem die von Noa. Ich setze mich auf meinen Platz und starre auf meinen Rucksack. Ich möchte mal wissen, wo Diego die ganze Schokolade herhat. Die kann unmöglich aus nur einem Schokobrötchen stammen, so viel ist da gar nicht drin. Wahrscheinlich werde ich nie erfahren, wo die ganze Schokolade hergekommen ist. In der vierten Stunde erscheint der Schulleiter und ruft Diego zu sich.

»Jetzt kriegt er den Kopf gewaschen, dass ihm die Haare ausgehen«, meint Noa.

»Wie hässlich der erst mit Glatze aussehen wird«, fügt Guerrero hinzu.

Sie bringen mich zum Lachen. Sie haben recht, und ich wünsche mir, dass dem blöden Diego alle Haare ausfallen und sie nie, nie, nie mehr nachwachsen.

Im Büro des Schulleiters muss es ziemlich zur Sache gegangen sein sein, denn als Diego wiederkommt, ist sein Gesicht knallrot. Er sieht aus, als wäre er kurz vorm Platzen. PENG! Er stößt gegen Noas Tisch, keine Ahnung, ob absichtlich oder aus Versehen.

»Du bist jetzt so gut und nimmst dich zusammen, Puga«, sagt der Lehrer.

Wir warten auf eine freche Widerrede, aber Puga sagt kein Wort. Er macht seinen blöden Mund für den Rest des Schultages nicht mehr auf.

JULIA

Ich habe keine Ahnung, wie man mich in der Bar Seco empfangen wird. Unter normalen Umständen, wenn ich nicht die Tochter meines Vaters wäre und dort hineingehen und verkünden würde, dass ich an einer Reportage über den Drogenhandel arbeite, würde ich vermutlich hochkant rausfliegen. Die Bar war eines der Lokale, die die Mütter in ihrem Kampf gegen Drogen damals sofort auf die Liste gesetzt haben, weil dort Drogen verkauft wurden wie Knabberzeug. Ich denke nicht, dass jemand Lust haben wird, über das Thema zu reden. Aber ich hoffe, dass die Tatsache, dass ich Martín Novoas Tochter bin, mir einen kleinen Vorteil verschafft. Vielleicht kann ich ihnen doch ein paar Informationen entlocken. Ich habe Mama gefragt, und sie hat mir erzählt, dass inzwischen einer der Söhne das Lokal führt, die alte Mutter aber immer noch in der Küche steht. Die Bar liegt nicht weit von der Redaktion, also nutze ich die Gelegenheit zu einem Spaziergang. Es tut mir gut, ein bisschen frische Luft zu schnappen. Sebas ist in der Schule, und bei Mama ist Joana, die neue Pflegerin. Ich mag sie, sie hat Erfahrung und ist frölilich und sympathisch. Aber vor allem merkt man gleich, dass sie weiß, was sie tut. Sie hat es sofort geschafft, meine Mutter, so schwierig sie ist, abzulenken und in ein Gespräch über Blumen zu verwickeln, die zu dieser Jahreszeit am besten gedeihen. Es war ein ganz ungewohntes Gefühl, das Haus zu verlassen in dem Bewusstsein, dass Mama betreut ist. Zum ersten Mal seit langer Zeit, habe ich nicht diesen Druck gespürt, diese innere Unruhe, die mich überallhin begleitet und wie ein unsichtbarer Parasit an mir klebt. Es gibt Dinge, die kann man sich einfach nicht vorstellen, bevor man sie nicht selbst erlebt. Und für einen älteren Menschen verantwortlich zu sein, der komplett abhängig von dir ist und es manchmal zu genießen scheint, dir das Leben schwer zu machen, ist eines davon.

Die Bar Seco liegt in einer gewöhnlichen Straße in einem gewöhnlichen Viertel. Es gibt dort nichts Besonderes: ein kleines Elektrogeschäft, einen Friseursalon mit ausgeblichenen Reklameplakaten für Shampoo im Schaufenster, einen Zeitungskiosk, einen Ein-Euro-Laden ... Die Bar hat noch dasselbe Namensschild wie früher, mit dem Logo von Pepsi Cola und schwarzen Buchstaben, von denen einige nicht mehr lesbar sind. Die Zeit ist auch hier nicht spurlos vorübergegangen, der Rollladen ist verrostet, die hölzernen Fensterrahmen haben auch schon bessere Zeiten gesehen. Alles wirkt etwas heruntergekommen. Drei Typen stehen zum Rauchen vor der Tür, zwei müssen Mitte fünfzig sein und der dritte etwas älter. Ansonsten könnten sie Drillinge sein: die gleichen Gesten, der gleiche glasige Blick, die gleichen Jeans. Einer trinkt ein Glas Kaffeelikör, die beiden anderen Bier. Es ist zehn Uhr vormittags.

»Guten Tag«, sage ich, damit sie zur Seite treten und mich vorbeilassen.

Sie bewegen sich schwerfällig. Als wäre es ihnen lästig, dass jemand in das Lokal will, der nicht zu ihrer Sippe gehört. Drinnen riecht es nach Desinfektionsmittel und gebratenen Zwiebeln. Auf der Theke steht noch immer die alte Waage für Obst und Gemüse, weil hier früher nicht nur Getränke ausgeschenkt, sondern auch Lebensmittel verkauft wurden. Vier Schinken hängen von der Decke, und die Wände sind bedeckt mit Fotos, auf denen die Wirtsleute mit allen möglichen Leuten posieren, irgendwelchen Sängern, die mal ihre Stammgäste waren. Auch die Vitrine mit den Pokalen der Fußballmannschaft, die hier vor ewigen Zeiten verkehrte, ist noch da, und in einer Ecke steht ein leerer Topf, wahrscheinlich, um die Tropfen aufzufangen, wenn es reinregnet. Es riecht muffig und ein bisschen feucht. Hinter der Theke steht der Mann, der den Laden jetzt betreibt. Er heißt Óscar. Das weiß ich, weil ich als Kind manchmal mit ihm ein paar Worte gewechselt habe. Aber Óscar interessiert mich nicht, ich will mit seiner Mutter sprechen. Und das Geklapper aus der Küche weist darauf hin, dass sie da ist.

»Was darf's sein?«, fragt mich Óscar mit gleichgültigem Blick.

»Einen Milchkaffee bitte.«

Während er an der Kaffeemaschine herumhantiert, versuche ich, sein Vertrauen zu gewinnen.

»Du erinnerst dich nicht an mich, oder?«

Er heftet den Blick auf mich, als wollte er irgendwelche Hieroglyphen entziffern. Mir fällt seine schiefe Nase auf und eines seiner Augen, das etwas milchig ist, und ich frage mich, wie viel Prügel er wohl im Laufe der Zeit hat einstecken müssen. Erst als der Kaffee fertig ist, weiß er wieder, wer ich bin.

»Ich werd verrückt, die Tochter vom *Rápido*.«

»Ich freue mich auch, dich zu sehen«, lüge ich und ringe mir ein Lächeln ab.

»Was verschlägt dich in diese Spelunke?«

Er grinst, und ich wundere mich, dass er seinen eigenen Laden so bezeichnet. Immerhin verdient er mit der

Bar sein Geld. Vielleicht ist ihm auch selbst klar, wie heruntergekommen alles ist oder dass ich nicht hierher passe.

»Ich arbeite in der Nähe und dachte, ich schaue mal vorbei, um deiner Mutter Hallo zu sagen.«

»Schon klar, dass du nicht wegen mir hier bist. Mama!«, ruft er über die Schulter. »Du hast Besuch!«

Señora Lola kommt aus der Küche und trocknet sich die Hände an der Schürze ab. Sie ist viel dicker als das letzte Mal, als ich sie gesehen habe, und duftet nach warmen Empanadas, nach Tortilla, nach leckerem Essen, so wie früher.

»Was kann ich für dich tun?«, fragt sie mich.

Sie hat keine Ahnung, wer ich bin.

»Das ist doch Julia, die Tochter vom *Rápido*«, klärt ihr Sohn sie auf.

Sie sieht mich stumm an, mit dem Blick von jemandem, der sich auf eine Zeitreise begibt und eigentlich keine Lust dazu hat, und ich fühle mich genötigt, etwas zu sagen, das ihr Vertrauen weckt und mich sympathisch erscheinen lässt.

»Es ist lange her, dass ich diesen Spitznamen gehört habe«, erkläre ich lächelnd. »*Rápido*. Ich habe keine Ahnung, warum sie meinen Vater so genannt haben, denn er war nie besonders schnell. Meine Mutter nennt ihn immer nur den Argentinier.«

»Wie geht es Luz?«, fragt sie mich, diesmal scheint ihr Interesse echt. »Ich habe gehört, dass sie verschwunden ist, und auch, dass ihr sie wiedergefunden habt.«

»Ja, Gott sein Dank! Mein kleiner Sohn und seine Freunde haben sie gefunden. Sie hat uns einen ganz schönen Schrecken eingejagt. Schließlich ist sie nicht mehr die Jüngste und manchmal etwas verwirrt. Sie war zu lange allein, das kostet Kraft«, erzähle ich, um das Gespräch in die richtige Richtung zu lenken.

Lola nimmt sich einen Barhocker und setzt sich neben mich.

»Das Beste, was deinem Vater einfallen konnte, war, sich aus dem Staub zu machen, Mädchen. Du siehst ja, wo mein Mann gelandet ist.«

Tatsächlich habe ich keine Ahnung, wo ihr Mann gelandet ist, und sie scheint es zu merken, denn sie fügt hinzu:

»Auf dem Friedhof. Dabei hatte dieser Kolumbianer ihn mehrfach gewarnt: ›Wenn du mich verarschst, bring ich dich um die Ecke‹, hat er gesagt.«

»Mama, lass doch die alten Geschichten!«, sagt Óscar, der unserem Gespräch aufmerksam folgt.

»Nach allem, was ich durchgemacht habe, habe ich vor nichts und niemandem mehr Angst. Außerdem ist es die Wahrheit.«

Das Bedürfnis der Leute, sich auszusprechen, ist immer wieder überraschend. Wie lange habe ich Señora Lola nicht mehr gesehen? Zwanzig Jahre? Fünfundzwanzig? Und jetzt sitzt sie hier auf diesem Barhocker, der für die Ausmaße ihres gewaltigen Hinterns viel zu klein ist, und ihr ist deutlich anzumerken, dass sie nichts nötiger braucht als jemanden, der ihr zuhört. Auch wenn ihr Sohn damit nicht einverstanden ist.

»Sind Sie sich da ganz sicher, Señora Lola?«

»So sicher, dass ich es am Grab meines Mannes schwören würde, möge er in Frieden ruhen«, sagt sie und greift instinktiv nach dem goldenen Kreuz, das sie um den Hals trägt. »Lucifers Killer sind mitten in der Nacht gekommen, als wir geschlafen haben. Sie haben ihn aus dem

Bett gezerrt und mitgenommen. Das hat mir niemand erzählt, ich war dabei, verstehst du? Vier Tage später wurde er dann tot auf dem Berg gefunden. Ihm haben drei Finger an der rechten Hand gefehlt, und er hatte Verbrennungen an den Füßen und an anderen Körperteilen.«

Ich schweige, weil ich nicht weiß, was ich sagen soll.

»Seine Kronjuwelen. Seine Hoden«, fügt sie leise hinzu. »Die haben sie mit Säure verätzt. Und die Brandwunden an den Füßen. Das war der Stil des Hauses, Mädchen.«

Auf einmal ist mir eiskalt. Ich ziehe den Mantel enger um mich und versuche ruhig zu bleiben, was mir kaum gelingt. Ich denke an die Worte meiner Mutter, als sie von Lucifer gesprochen hat, und weiß, dass ich, wenn ich weiter herumgrabe, auf Dinge stoßen werde, die schwer zu schlucken sind.

»Dieser Mistkerl sitzt seit zwanzig Jahren im Gefängnis, aber nicht, weil er meinen Mann ermordet hat. Obwohl er es war. Wir alle wissen, dass er es war. Auch die Polizei. Aber die hat nichts unternommen damals. Wer interessiert sich schon für den Wirt einer miesen kleinen Kneipe? Mein ganzes Leben habe ich mich abgerackert, um so zu enden.«

»Señora Lola, wissen Sie noch, wann genau das war?«, frage ich.

»Und ob ich das noch weiß! Das war 1988. Sie haben ihn am fünften Februar mitgenommen, am Tag der heiligen Agatha von Catania. Und sie haben ihn drei Tage lang gefoltert. Das ist bei der Autopsie herausgekommen.«

Die Einzelheiten will ich gar nicht wissen. Allmählich wird mir schlecht. An diese Sache kann ich mich nicht erinnern, aber 1988 war ich ja auch erst acht Jahre alt. Und natürlich hat meine Mutter mir nie davon erzählt.

»Da drin haben sie immer zusammengesessen, hinter verschlossenen Türen, stundenlang«, fährt Señora Lola fort und zeigt auf ein Hinterzimmer.

»Wer?«

»Lucifer, dein Vater und El Santo. Manchmal war auch mein Mann dabei. Sie haben Whisky getrunken und eine Zigarette nach der anderen gequalmt, Winston, die wir stangenweise versteckt hatten. Und dabei haben sie alles geplant. Mir hat es überhaupt nicht gefallen, dass mein Mann bei diesen Geschäften mitgemischt hat. Und damit meine ich nicht den Zigarettenschmuggel. Sondern die Drogen«, fügt sie leise hinzu, »Rauschgift war eine üble Sache.«

»Mama!«, mahnt Óscar sie.

»Du hältst lieber den Mund, Junge, sonst holen sie dich auch noch.«

»Warum bist du hergekommen, Julia?«, fragt Óscar sichtlich genervt.

Ich kann es ihm nicht verübeln. Wer hat es schon gern, wenn man in alten Wunden bohrt? Sie versuchen hier, ihr bescheidenes Leben zu führen, und dann tauche ich auf und stochere in der Vergangenheit herum. In diesem Moment wird mir klar, dass ich ihnen die Wahrheit sagen muss. Nur so kann ich vielleicht etwas herausfinden.

»Ich habe dieses Foto gefunden, als ich über den Heroinhandel in Galicien recherchiert habe«, sage ich und lege das Bild von Rincón auf die Theke. »Sein Gesicht kam mir bekannt vor, und ich erinnerte mich, diesen Mann manchmal zusammen mit meinem Vater hier gesehen zu haben.«

»Manchmal ist untertrieben, Mädchen. Sie hatten hier ihr Hauptquartier. Verdammt sei der Tag, an dem wir Lucifer die Tür geöffnet haben. Ich habe immer gewusst, dass dieser Kerl Dreck am Stecken hat. Wir haben uns den Teufel ins Haus geholt. Dein Vater war nicht so. Jedenfalls nicht zu Anfang. Er hat sich erst verändert, als er angefangen hatte, mit Lucifer gemeinsame Sache zu machen.«

»Ich weiß nur, dass mein Vater vor mehr als fünfunddreißig Jahren verschwunden ist und wir nie wieder etwas von ihm gehört haben. Er war wie vom Erdboden verschluckt. Meine Mutter weigert sich, darüber zu sprechen. Ich kriege kein Wort aus ihr heraus. Sie sagt, dass er nach Argentinien ausgewandert ist, um dort eine bessere Arbeit zu finden. Aber mir kommen immer mehr Zweifel. Als ich das Foto von Rincón gesehen habe, habe ich eins und eins zusammengezählt und beschlossen, herzukommen und nachzufragen. Ich habe kaum eine andere Möglichkeit, sonst etwas über meinen Vater zu erfahren. Jede Information würde mir weiterhelfen. Ich muss herausfinden, warum er uns einfach so verlassen hat. Das frage ich mich, seit ich ein kleines Mädchen war. In Madrid war es etwas anderes, aber jetzt, da ich wieder hier bin, möchte ich alles tun, um die Wahrheit herauszufinden. Immerhin war er mein Vater ... Und es ist schwer, mit dieser ganzen Ungewissheit zu leben.«

»Dein Vater war kein schlechter Mensch«, sagt Óscar, nun etwas freundlicher. »Er hat sich in illegale Geschäfte hineinziehen lassen, die eine Nummer zu groß für ihn waren, genau wie mein Vater. Aber dein Vater war schlauer. Er ist von hier verschwunden und hat seinen Arsch gerettet. Aber vorher hat er Lucifer noch übers Ohr gehauen. Er ist nicht mit leeren Händen gegangen, sondern mit sehr viel Geld.«

Diese letzte Aussage verwirrt mich. Das Haus meiner Eltern ist eher bescheiden. Nachdem mein Vater weg war, sind wir gerade so über die Runden gekommen. Meine Mutter musste sogar auf das Erbe ihrer Mutter zurückgreifen, damit ich in Madrid studieren konnte. Oder zumindest war das die Version, die sie mir immer erzählt hat.

»Willst du damit sagen, dass er den Kolumbianer bestohlen hat?«

»Das wurde jedenfalls damals gemunkelt. Dass er sich einen Koffer voller Geld, für das er eine Ladung Heroin in Portugal abholen sollte, unter den Nagel gerissen hat und damit verschwunden ist. Deshalb konnte er auch nie mehr zurückkommen. Diese Leute verzeihen dir nichts. Davon können wir ein Lied singen!«

Ich kann den Blick nicht von seinem milchigen Auge wenden. Er ist einer aus dem Milieu. Er weiß, wovon er spricht. Und er scheint Gedanken lesen zu können.

»Bevor sie meinen Vater mitgenommen haben, haben die Türken mir eine Abreibung verpasst und aus meinem Auge dieses Spiegelei gemacht. Halb blind für mein ganzes Scheißleben. Na ja, immerhin lebe ich noch. Das Glück haben andere nicht.«

Ich möchte ihn fragen, was der Grund für diese Abreibung war und warum sie seinen Vater ermordet haben, aber ich traue mich nicht. Ich habe das Gefühl, damit eine rote Linie zu überschreiten.

»Türken? Ich dachte, das waren Kolumbianer?«, frage ich stattdessen.

»Das Heroin kam aus der Türkei. Die Türken haben Geschäfte mit den Kolumbianern gemacht, die den Kokainhandel kontrolliert haben. Keine Ahnung, wer da alles mitgemischt hat. Türken, Kolumbianer, Galicier. Eine exquisite Mischung. Das Heroin war die Droge der armen Leute. Deshalb hat es niemanden interessiert, dass alle meine Kumpel ins Gras gebissen haben.«

Erst jetzt wird mir klar, dass Óscars Vater in der Bar das Heroin verkauft hat, an dem die Freunde seines Sohnes zugrunde gegangen sind. Wie kommt man mit so etwas zurecht? Und er selbst? Wie hat er es geschafft, diese Zeit in der heroinverseuchten Bar zu überleben?

»Ich habe das Zeug einmal geraucht«, erzählt er von sich aus. »Ich bin zugedröhnt nach Hause gekommen, und mein Vater hat mir eine Tracht Prügel verabreicht, wie ich sie noch nie erlebt habe. Er hat mich neun Tage im Dunkeln eingesperrt. Und das hat mir das Leben gerettet.«

»Ich bin jedenfalls froh, dass du noch lebst«, sage ich und meine es ganz ehrlich.

Er lächelt bitter.

»Wisst ihr, ob ein argentinischer Drogenhändler dabei war? Jemand, der vielleicht Kontakte nach Buenos Aires hatte? Lola hat vorhin einen gewissen Santo erwähnt.«

»Der war aus Cambados, hier in Galicien. Eher ein kleines Licht. Der hat später wegen Heroinhandel gesessen, als das mit deinem und meinem Vater schon Jahre her war. Aber mit Argentinien hatte der nichts zu tun, soweit ich weiß.«

Ich bin schon wieder in einer Sackgasse gelandet. Als ob mir jeglicher Zugang zu den Informationen, die ich brauche, verwehrt wäre. Ironischerweise ist die einzige Person auf der Welt, die alles weiß, genau diejenige, die sich stur weigert, den Mund aufzumachen: meine Mutter.

»Alle, die mit dringesteckt haben, hatten so ein Heft, in das sie alles eingetragen haben. Sie hatten es immer bei sich«, erzählt Lola da. »Ich habe das von meinem Mann aufbewahrt. Ich kann mal reinschauen, ob da was über Argentinien steht. Sieh du dich mal bei euch zu Hause um.«

Aber ich habe ja schon das ganze Haus durchwühlt und nur ein paar alte Röntgenaufnahmen und Gebrauchsanleitungen von Elektrogeräten gefunden, die es längst nicht mehr gibt. Vielleicht finde ich etwas auf dem Speicher, da war ich seit Jahrzehnten nicht mehr. Was weiß ich. Ich hatte mir von diesem Gespräch mehr erhofft. Wahrscheinlich war ich zu naiv.

»Na, jedenfalls, vielen Dank für alles«, sage ich.

»Willst du den Kaffee nicht trinken?«, fragt Óscar mich, der auf einmal erstaunlich redselig wird.

Ich will ihn nicht beleidigen, indem ich den Kaffee einfach auf der Theke stehen lasse.

»Warte, der muss ja inzwischen eiskalt sein.«

Er schüttet ihn weg und macht mir einen neuen. Ich glaube, dass es ihm letztendlich genauso geht wie seiner Mutter. Vielleicht ist es ihm selbst nicht bewusst, aber er braucht jemanden, der ihm zuhört.

»Eine letzte Frage noch: Nach allem, was ihr mir jetzt erzählt habt, hat sich mein Vater also mit dem Geld für eine Lieferung verdrückt, die er nie abgeholt hat. Ist die Polizei mal hier gewesen und hat nach ihm gefragt?«

»Mehrmals«, sagt Lola. »Aber sie war auch aus anderen Gründen hier. Seit diese Mütter unsere Bar auf ihre Liste gesetzt hatten. Die Polizei hat meistens ein Auge zugedrückt, aber gekommen sind die schon. Tja. Schlimm, all diese Kinder.« Sie fasst sich an den Kopf. »Einige haben sich gleich auf der Toilette den Schuss gesetzt und kamen mit leerem Blick wieder raus. Diese Frauen hatten vollkommen recht. So viel Leid! Wenn ich daran denke, dass unser Sohn auch so hätte enden können ...«

Ihre Augen werden dunkel, und mir wird klar, dass ich das Gespräch an dieser Stelle abbrechen muss. Warum weiter in dieser Wunde bohren? Der Kaffee ist ziemlich heiß, aber ich kippe ihn mit einem Schluck hinunter. Ich muss hier raus. Ich kann es keine Sekunde länger aushalten in dieser Bar mit all dem Schmerz, der den Wänden und der Decke ebenso anhaftet wie dieser Mutter und ihrem Sohn. Ich habe das Gefühl, gleich zu ersticken.

»Vielen Dank für den Kaffee. Ich schau in den nächsten Tagen wieder rein«, lüge ich.

Lola küsst mich zum Abschied auf die Wangen.

»Richte deiner Mutter viele Grüße von mir aus. Sag ihr, dass ich oft an sie denke.«

»Das mach ich.«

Ich zwinge mich zu einem Lächeln und verlasse diesen trostlosen Ort. Die drei Männer vor der Tür haben ihre Gläser ausgetrunken und überlegen, sich eine zweite Runde zu holen. Diesmal muss ich sie nicht bitten, mich durchzulassen. Sie treten schweigend zur Seite. Ich gehe fort, um alles, was ich gerade gehört habe, hinter mir zu lassen. Aber es gelingt mir nicht.

LUZ

An sonnigen Tagen sitze ich gern draußen im Garten und warte dort auf Sebas, wobei man meinen Garten kaum noch als solchen bezeichnen kann, er ist der reinste Urwald geworden. Eine Schande! So ungepflegt hat er in meinem ganzen Leben nicht ausgesehen. Alles erstickt im Unkraut, und ich kann mich nicht dazu aufraffen, es rauszureißen. Seit ich im Krankenhaus war, tut mir alles weh und ich kann mich kaum noch bücken. Und so sitze ich hier wie jeden Tag und warte auf den Kleinen. Wenn er aus der Schule kommt und durchs Gartentor tritt, hält er schon nach mir Ausschau. Und dann rennt er wie der Blitz auf mich zu. Meistens ist er gut gelaunt, und dann sprudelt gleich alles aus ihm raus, und er erzählt mir haarklein, was in der Schule passiert ist. Ich liebe diese Momente. Doch wenn er nicht so gut drauf ist, sieht das anders aus. Dann muss man ihm jedes Wort aus der Nase ziehen, und er gibt nur einsilbige Antworten: ja, nein, gut, okay, morgen. Heute ist er niedergeschlagen, das sieht man sofort. Er schleicht langsam und mit gesenktem Blick durch den Garten, als hätte er etwas auf dem Boden verloren. Seinen Rucksack trägt er nicht auf dem Rücken, sondern schleift ihn hinter sich her.

»Dieses Kind ist schon wieder so trübselig«, sagt meine Mutter. »Der Junge ist depressiv.«

»Red keinen Blödsinn!«

»Er ist wie du und deine Schwester Claudia. So was ist erblich. Das liegt im Blut und geht wie die Farbe von Augen und Haaren von einer Generation auf die andere über.

Schau dir bloß mal diese Leichenbittermiene an. Er hat nah am Wasser gebaut. Er könnte gut auf Beerdigungen weinen. Das meine ich ernst, das ist ein Talent, dazu taugt nicht jeder. Damit kann man Geld verdienen.«

»Du bist wirklich von gestern, Mama. Es gibt keine Klageweiber mehr bei Beerdigungen. Und jetzt sei mal ruhig, ich will mit dem Jungen reden, und du machst mich noch ganz kirre mit deinem Geschwätz.«

»Sebas«, sage ich, »was ist los?«

Er zeigt auf den Rucksack, der total verdreckt ist.

»Was ist passiert?«, frage ich. »Nun red schon, mein Junge! Wenn du nichts sagst, können wir das Problem nicht lösen.«

»Diego Puga hat meinen ganzen Rucksack mit Schokolade beschmiert, auch das, was drin war«, murmelt er, und ich sehe, dass er geweint hat.

»Was für ein Arschloch!«, zischt meine Mutter. »Diesem Puga muss man mal die Ohren langziehen. Damit er lernt, was sich gehört.«

Ich tue so, als ob ich sie nicht höre, und versuche mich auf meinen Enkel zu konzentrieren, was ziemlich schwierig ist, wenn ständig jemand dazwischenquasselt.

»Lass mal sehen, mein Schätzchen. Komm, gib mir mal den Rucksack.«

Das Ding sieht wirklich erbärmlich aus.

»Ich habe einen Fleckenentferner. Das reinste Wundermittel. Damit weicht man den Rucksack ein, und dann kommt er in die Waschmaschine. Der wird wieder wie neu, du wirst schon sehen.«

»Aber er hat auch meine Bücher und meine Hefte beschmiert«, sagt er, »und andere wichtige Sachen.« Er wirkt ziemlich geknickt.

»Weiß der Lehrer davon?«

Er nickt.

»Ja. Diego musste zum Direktor. Er war genau dreiunddreißig Minuten und zweiundvierzig Sekunden in seinem Büro.«

»Mehr als genug Zeit, um ihm gründlich den Kopf zu waschen. Wurde er bestraft?«

Sebas zuckt schweigend mit den Schultern.

»Setz dich zu mir«, sage ich und zeige auf den Stuhl, auf dem bis vor ein paar Minuten Joana gesessen hat.

Das ist die Pflegerin, die sich um mich kümmert, wenn Julia nicht da ist. Sie ist kurz ins Haus gegangen, um meiner Medikamente zu holen. Sie ist nett, ich mag sie ganz gern. Ein bisschen herrisch vielleicht, aber das werde ich ihr schon noch austreiben, bevor sie mir zu sehr auf der Nase herumtanzt.

»Schau mal, wie schlimm mein Garten aussieht. Dagegen müssen wir dringend etwas tun.«

»Ein richtiger Dschungel.« Er nickt. »Da sind bestimmt Schlangen drin.«

»Du hast meine Schwester Claudia nicht mehr kennengelernt«, sage ich. »Die Ärmste ist früh gestorben. Sie ist nicht mal zwanzig Jahre alt geworden.«

»Sie ist nicht gestorben, sie wurde umgebracht«, zischt meine Mutter wieder.

»Sie ist von einem Auto überfahren worden«, erzähle ich, an meinen Enkel gerichtet, weiter. »Der Fahrer war betrunken. Das war so schlimm für mich, dass ich Jahre gebraucht habe, um es zu verkraften. Aber das ist nicht das, was ich dir eigentlich erzählen wollte, sondern etwas aus unserer Schulzeit. Da gab es zwei Jungs, die ihr das Leben zur Hölle gemacht haben. Richtige Arschlöcher waren das.«

Sebas muss lachen. Das tut er immer, wenn ich fluche. Wenn Julia dabei ist, muss ich mich zusammenreißen, aber jetzt nutze ich die Gelegenheit.

»Diese Scheißkerle haben sie immer wieder malträtiert und einfach nicht in Ruhe gelassen. Sie haben sie geschubst und an den Haaren gezogen und ihr den Arm verdreht. Und einmal haben sie sogar einen Stein nach ihr geworfen, und sie hat am Kopf geblutet wie verrückt. Wer die Kinder von heute für wild hält, hätte mal die von damals erleben sollen. Diese beiden waren jedenfalls richtige Terroristen, weißt du?«

»Diego Puga ist auch ein Terrorist«, fällt Sebas ein, der seine Sprache wiedergefunden zu haben scheint. »Er sticht anderen Kindern Kulis in den Hals, Oma.«

»Boxt er den anderen Kindern auch ins Gesicht?«

»Das weiß ich nicht.«

»Wenn nicht, ist er als Terrorist höchstens ein Anfänger. Meiner Schwester haben sie mal ein blaues Auge verpasst.«

Das Schlimmste verschweige ich lieber, das kann ich nicht einfach so erzählen.

»Und haben die Lehrer nichts dagegen gemacht?«, will Sebas wissen.

»Die Lehrer haben noch härter zugeschlagen als die beiden Halunken. Das waren eben andere Zeiten. Und weißt du, wie ich das Problem schließlich gelöst habe?«

»Du bist vielleicht dreist!«, schimpft meine Mutter. »Die Lorbeeren stehen dir gar nicht zu. Ich war es, die die Idee hatte!«

»Ich habe es ihnen mit gleicher Münze heimgezahlt«, fahre ich fort, ohne auf meine Mutter zu achten, aber ich erzähle ihm nur einen Teil der Geschichte. »Ich habe sie mit einem Rohrstock vertrimmt. Danach haben sie sich nie mehr an meine Schwester rangetraut. Genauso wie ich es mit dem Schlächter gemacht habe.«

»Hast du ihn mit dem Hammer geschlagen?«, fragt mich Sebas, und seine Augen werden so groß, dass sie ihm fast aus den Höhlen fallen.

»Das war nicht nötig. Aber ich hätte es getan«, versichere ich und hebe den Hammer vom Boden auf, um meinen Worten Nachdruck zu verleihen. »Dieser Mistkerl hat mich seit Jahren auf dem Kieker. Er ist ein wenig nachtragend. Aber er wird dir und deinen Freunden nie wieder etwas tun. Das ist jetzt geklärt.«

»Das Nekroschwert gibt ihm diese Macht. Ohne sein Schwert ist er verloren. Hast du es ihm weggenommen?«

»Das was?«

»Das Nekroschwert!«, wiederholt er.

»Ich verstehe nicht, was du meinst, mein Junge«, sage ich. »Aber was ich ihm genommen habe, ist der Mut, euch zu nahe zu kommen. Von jetzt an könnt ihr zum Stausee gehen, ohne Angst vor diesem Schwachkopf zu haben. Das versichere ich dir, so wahr ich das kleine Biest bin.«

Sebas seufzt.

»Oma, darf ich dich was fragen?«

»Was du willst. Nur raus mit der Sprache.«

»Wie hast du denn nun eigentlich Opa kennengelernt? Du hast mir mal gesagt, dass das in dem Kleidergeschäft war, wo du gearbeitet hast. Aber dann hast du wieder was ganz anderes erzählt. Deshalb weiß ich nicht, was jetzt stimmt. Warum erzählst du immer was anderes, Oma?«

»Na toll! Bist du jetzt zufrieden?«, zischt meine Mutter. »Jetzt hast du das Kind völlig durcheinandergebracht mit all deinem Blödsinn.«

»Manchmal habe ich das Gefühl, dass ich dich gar nicht richtig kenne, Oma«, murmelt Sebas.

Es bricht mir das Herz, das zu hören. Aber ich kann es ihm nicht vorwerfen. Er hat recht, und es gefällt mir, dass er aufrichtig ist.

»Ich kenne mich manchmal selbst nicht, mein Junge. Ich weiß nicht, wie ich dir das erklären soll, ich habe diese Anwandlungen. Weißt du, was das ist?«

Er nickt und sagt: »Eine Anwandlung ist, wenn man dem Nachbarn einen abgegessenen Fisch aufs Grundstück schmeißt.«

Ich muss lachen. Tatsächlich war das eine meiner besten Ideen. Abgesehen davon, dass dem Fisch Flügel gewachsen sind und er tagelang von einem Grundstück zum anderen geflogen ist. Ich setze noch einen drauf.

»Eine Anwandlung ist, wenn man jede Nacht auf die Gladiolen desselben blöden Nachbarn pinkelt, bis sie verwelkt sind.«

Sebas macht große Augen, aber dann geht er auf das Spiel ein.

»Eine Anwandlung ist, heimlich zu rauchen und die Zigarettenstummel dann in den Blumentöpfen zu verstecken.«

Oha, er weiß also, dass ich rauche und die Kippen einpflanze. Und wenn sie angehen und Blüten treiben und zu Tabakblättern werden, mache ich einen Kiosk auf. Aber das ist noch gar nichts.

»Eine Anwandlung ist, eine Wasserpistole mit Bleichlauge zu laden und dem Nachbarn die aufgehängte Wäsche damit zu beschießen«, trumpfe ich auf. »Schau mich nicht so an. Die Pistole gibt's im Ein-Euro-Laden, und der Nachbar ist wirklich ein Ekel.«

»Eine Anwandlung ist, wenn Diego Puga meinen Rucksack mit Schokolade beschmiert«, ruft er.

»Das ist keine Anwandlung, das ist bösartig.«

»Das mit der Bleichlauge aber auch.«

»Ja, du hast recht«, gebe ich zu. »Aber der Nachbar hat es verdient und du nicht. Wie ist es damit: Eine Anwandlung ist, mit dem Hammer diesen Staubsauger, der von allein durchs Haus fährt, kaputt zu hauen, die Einzelteile im Garten zu vergraben und ein Kreuz draufzustellen.«

»Den Saugroboter?« Sebas traut seinen Ohren nicht. »Aber Oma, den suchen wir seit Wochen!«

»Er wollte meine Füße aufsaugen. Ich musste mich zur Wehr setzen. Dieses Ding hat fast meine Pantoffeln gefressen!«

Sebas fängt an zu lachen, er kann gar nicht mehr damit aufhören, sein silberhelles Lachen steckt mich schließlich an, und ich stimme mit ein. Sein Lachen macht mich lebendig. Wir lachen zusammen, und ich freue mich, dass ich ihn aufgeheitert habe. Anscheinend ist er jetzt nicht mehr so traurig. Ich zeige ihm das Kreuz auf dem Grab des Staubsaugers, das hinter den Büschen steht. Ich habe zwei Äste mit einer Schnur zusammengebunden und in die Erde gesteckt. Es sieht aus wie ein richtiges Grab. Es ist ein richtiges Grab.

»Du bist echt klasse, Oma. Aber es wäre besser, wenn Mama das mit dem Staubsauger nicht erfährt. Ich werde nichts sagen.«

»Gibst du mir dein Wort darauf?«, frage ich.

»Ich gebe dir mein Wort.«

Ich umarme ihn, aber ganz vorsichtig, weil ich weiß, dass es den Kindern nicht gefällt, wenn man sie zu fest drückt. Das ist, wie wenn man ein Vögelchen in der

Hand hält. Man muss behutsam sein, sonst könnte man es ungewollt zerdrücken.

Sebas geht ins Haus, und ich bleibe noch ein Weilchen im Garten sitzen, bis Joana kommt und mir beim Aufstehen hilft. Ich blicke noch einmal auf das Kreuz in den Büschen und denke an den Staubsauger und an vieles von früher.

Eine Anwandlung ist, seine Tochter davon zu überzeugen, zum Studium nach Madrid zu gehen, damit sie weit weg ist und man sie dadurch schützt. Sie zu überreden, dass sie geht, obwohl man weiß, was es bedeutet, in einem so großen Haus voll düsterer Erinnerungen allein zurückzubleiben. Am Ende wird man zu einem lebenden Gespenst, das mit sich selbst spricht und durch die Räume des Hauses streift wie durch einen verlassenen Tempel. Eine Anwandlung ist, sich den Mistkerlen entgegenzustellen, die Claudia in der Schule gequält haben und ihr Leben zerstören wollten. Sie haben sie auf dem Weg nach Hause gegen eine Mauer gedrängt, da waren sie sechzehn oder siebzehn, und zum Glück bin ich rechtzeitig aufgetaucht. Ich musste noch etwas für meine Mutter erledigen. Sie hat mich immer zu einer Kellerei geschickt, um Wein zu kaufen. Als ich sie erwischte, haben sie meine Schwester begrabscht und ihr den Rock hochgeschoben, und die Ärmste hat sich gewehrt und gewunden, um das Schlimmste zu verhindern. Da hab ich rot gesehen und nicht eine Sekunde gezögert. Ich habe eine der Weinflaschen gepackt und sie dem einen über den Kopf gezogen, dass sie zersplitterte. Und dem anderen hab ich den abgebrochenen Flaschenhals an die Kehle gehalten und gesagt: »Wenn ihr meiner Schwester noch einmal zu nahe kommt, töte ich euch.« Und ich war wirklich bereit, es zu tun. Die Feiglinge sind weggerannt, so schnell sie konnten. Meine arme Schwester hat Rotz und Wasser geheult. Ich will gar nicht daran denken, was passiert wäre, wenn ich nicht zufällig vorbeigekommen wäre. Und wenn sie vorher schon schüchtern und zurückhaltend war, wurde es von da an noch schlimmer. Ich habe versucht, mit ihr zu reden, um rauszukriegen, was sie so gequält hat, aber sie blieb verschlossen. Sie hatte den Kopf voller dunkler Gedanken, die sie umflatterten wie schwarze Raben.

»Du bist eine Schwarzseherin«, höre ich meine Mutter schimpfen.

Ich bin keine Schwarzseherin, aber ich habe Augen im Kopf, und Claudia war von da an nicht mehr dieselbe. Sie ist verkümmert. Das arme Ding ist wie eine Kerze langsam erloschen. Ich habe mit ihr in einem Zimmer geschlafen und konnte sie nachts weinen hören. Meine Schwester war krank. Im Kopf und im Herzen. Und ich glaube, dass nicht dieses Auto sie überfahren hat. Ich glaube, sie hat sich selbst davorgeworfen, weil sie nicht mehr leben wollte. Sie war so unglücklich.

»Der Teufel soll dich holen!«

Ich ignoriere meine Mutter. Ihr Gezeter gleitet an mir ab wie Seife. Mama erträgt die Vorstellung nicht, dass Claudia sich umgebracht hat, aber dafür kann ich ja nichts. Ich glaube, dass es so war, und kein Mensch, ob tot oder lebendig, bringt mich davon ab. Natürlich werde ich nie die Wahrheit erfahren. Ich kann es nicht beweisen. Niemand kann das. Und vermutlich ist es diese Ungewissheit, die uns am meisten quält.

»Dieser Betrunkene hat sie umgebracht!«, beharrt meine Mutter. Ihre Stimme wird so laut, dass ich das Gefühl habe, sie steht leibhaftig vor mir.

»Also gut, wenn du es sagst. Dieser Betrunkene hat sie umgebracht. Aber wie kannst du dir so sicher sein?«

»Das bin ich gar nicht, aber alles ist besser als die Vorstellung, dass sie ihm absichtlich vors Auto gelaufen ist. Keine Mutter sollte ihre Kinder überleben. Dass sie es selbst getan hat, kann ich nicht ertragen ... Das ist zu furchtbar ...«

»Ist ja gut, Mama«, murmele ich.

»Luz, geht es Ihnen gut?«, fragt Joana mich da.

Wie hübsch sie ist mit ihrem blonden Haar, das in der Sonne glänzt. Sie sieht aus wie ein Engel.

»Es geht mir ausgezeichnet. Ich habe gerade ein bisschen mit meiner Mutter geplaudert.«

»Und worüber, wenn ich fragen darf?«

»Über meine Schwester Claudia. Sie ist sehr jung gestorben. Ein furchtbares Unglück.«

»Vermissen Sie sie?«

»Sehr.«

Und da wird mir plötzlich eine Sache bewusst, die mir bisher noch nie aufgefallen ist. Meine Mutter redet fast jeden Tag mit mir. Tatsächlich weiß ich manchmal nicht, was ich tun soll, damit sie endlich den Mund hält. Warum spricht Claudia nie zu mir? Ich habe mich immer bemüht, für sie da zu sein und sie zu beschützen! Zu verstehen, woher diese tiefe Traurigkeit kam. Gelungen ist es mir nicht. Wie sehr ich meine Schwester geliebt habe! Aber sie ist mit dieser Traurigkeit geboren worden, und sie hat die Traurigkeit mit ins Grab genommen. Und jetzt bin ich diejenige, der es nicht gut geht. Ich friere. Ich friere von innen.

»Ich möchte ins Haus«, sage ich zu Joana.

Genau in diesem Moment kommt meine Tochter von der Arbeit. Ihre Begrüßung ist fast überschwänglich. Sie wirkt fröhlich. Das ist gut. Fröhlich ist sie mir lieber, als wenn sie den Kopf hängen lässt. Es gibt schon genug Leid in meinem Leben, als dass ich mir auch noch tagein, tagaus den Kummer meiner Tochter ansehen will.

»Weißt du, von wem ich dich grüßen soll? Von Lola.«

Ich greife mir an den Kopf. Er tut nicht weh, aber ich habe Angst vor meinen eigenen Gedanken.

»Mama, ist alles in Ordnung?«, fragt Julia.

»Ja, ja. Ich muss rein. Drinnen bin ich besser aufgehoben. Könnt ihr mir bitte beim Aufstehen helfen?«

Ich mache mich extra schwer, damit sie sich ein bisschen anstrengen müssen. Sie sollen ruhig wissen, wie schwer achtzig Jahre wiegen. Ich gehe langsam, als müsste ich mit jedem Bein eine Tonne bewegen, auch wenn das nicht stimmt. Jedes Bein wiegt höchstens fünfzehn Kilo. Aber mir hat man das Leben auch nicht leicht gemacht. Außerdem sind sie zu zweit, und ich bin allein.

Ich blicke auf das Kreuz im Gebüsch. Ein Staubsauger, der selbstständig seine Arbeit macht. Möge er in Frieden ruhen. Ich habe ihn würdig beerdigt. Auch er spricht nicht mehr mit mir. Es gibt Tote, deren Lippen für immer versiegelt sind.

Besser so.

JULIA

Ich stehe immer noch unter dem Eindruck meines Besuchs in der Bar Seco. Dort drinnen hat sich fast nichts verändert. Dieselben Möbel, an die ich mich aus meiner Kindheit erinnere, dieselben Fotos an den Wänden, dieselben Gläser, dasselbe Besteck wie vor vierzig Jahren ... Aber mein Unbehagen hat eine andere Ursache. Dinge sind nur, was sie sind, weiter nichts. Was mir an die Nieren geht, sind diese Mutter und ihr Sohn. Es ist, als säßen sie in jener schrecklichen Zeit fest und könnten nicht mehr heraus. Sie sind Gefangene in einer Zeitschleife. Und es ist egal, dass seitdem Jahre vergangen sind, dass in ihrer Bar längst kein Heroin mehr verkauft wird und sie mit den Geschäften des Vaters nichts zu tun haben. Sie tragen ein unsichtbares Mal auf der Stirn, und das wissen sie. Wir alle wissen es. Das Heroin hat ihr Leben zerfressen, und nun braten sie mechanisch die Zwiebeln für die Tortilla und schäumen die Milch für den Kaffee auf. Sie schaufeln all den Schmerz in sich hinein, und vor lauter Kummer werden sie dicker und dicker.

»Wie geht es Lola?«, will meine Mutter wissen.

Wir sitzen nebeneinander auf dem Sofa und sehen fern. Das machen wir jeden Abend. Eigentlich interessiert mich keine von den Sendungen, die Mama sich immer anschaut, aber auf diese Weise kann ich ihr Gesellschaft leisten.

»Sie hat ganz schön zugelegt«, antworte ich. »Echt beeindruckend, wie dick sie geworden ist. Ich hatte sie ewig nicht gesehen. Sie und ihr Sohn haben wohl nie verwunden, was passiert ist.«

»Wie soll man auch einen Mord verwinden. Noch dazu einen so bestialischen.«

»Du hast mir nie davon erzählt.«

»Was hätte ich dir denn erzählen sollen? Du warst noch ein Kind, da schien es mir nicht angebracht, mit dir über so etwas zu reden. Sie haben ihren Mann mitten in der Nacht aus dem Bett gezerrt und drei Tage lang die grässlichsten Dinge mit ihm angestellt. Ein Mann hat seine Leiche irgendwo auf dem Berg gefunden. Übel zugerichtet, hieß es. Ihm hätten Finger gefehlt und Zähne und ich weiß nicht mehr, was noch alles.«

»Sie haben ihm die Füße verbrannt und die Hoden verätzt.«

»Das glaube ich gern. Lucifer war der Teufel in Person.«

»Aber eins verstehe ich nicht. Wenn Rincón so gefährlich war, warum hat Lolas Mann dann versucht, ihn zu betrügen?«

»Was weiß ich, mein Kind. Aus Gier wahrscheinlich, weil er dachte, dass er nicht erwischt wird, weil die Männer sich immer einbilden, schlauer zu sein als alle anderen ... Geredet worden ist viel. Die Wahrheit hat er mit ins Grab genommen.«

»Und denselben Fehler hat auch Papa gemacht, richtig?«

Ich sehe ihr in die Augen und flehe sie stumm an, endlich mit mir zu reden, mir etwas zu sagen, so wenig es auch sein mag. Heute wirkt sie bereitwilliger oder zumindest nicht ganz so verschlossen wie sonst.

»Ich weiß alles, Mama. Lola und ihr Sohn haben es mir erzählt. Sie haben mir erzählt, dass auch Papa in den Drogenhandel verwickelt war und diesen Lucifer ebenfalls hintergangen hat. Deshalb musste er nach Argentinien fliehen. Wenn du so jemanden bestiehlst, gibt er keine Ruhe, bis er dich gefunden hat. Endlich habe ich alles verstanden. Oder zumindest einen wesentlichen Teil.«

»Dein Vater hat für Lucifer gearbeitet. Er hat viel für ihn erledigt.«

»Dann hast du gewusst, was er gemacht hat?«

»Wie hätte ich es denn nicht wissen sollen? Ich bin doch nicht blöd! Was nicht heißt, dass ich damit einverstanden war. Immer wieder habe ich ihm gesagt: ›Steig aus diesem schmutzigen Geschäft aus, du wirst mich und das Kind noch mit reinziehen.‹ Ich hatte Angst um dich, verstehst du? Diese Kolumbianer waren Tiere. Du ahnst nicht, was sie Leuten angetan haben, die ihnen Geld schuldeten.«

Ich nicke nachdenklich.

»Und Papa geht her und beklaut diese Leute? Das ist der Teil, den ich nicht verstehe. Warum hat er überhaupt bei diesen schmutzigen Geschäften mitgemacht? Jeden Tag sind junge Menschen gestorben. Kinder. Ihnen dieses Zeug zu verkaufen hieß, sie zu töten.«

»Das musst du mir nicht erzählen. Am Ende habe ich mich gefühlt wie die Frau eines Mörders. Anfangs war es Unbedarftheit. Das Schmugglergewerbe war hier das Normalste von der Welt, schon immer. Schon zu Zeiten meiner Mutter. Aber als die Jungen anfingen, sich an jeder Straßenecke Heroin zu spritzen, habe ich begriffen, dass das nichts Gutes ist. Erinnerst du dich noch, wie sie überall herumgelegen haben?«

»Ich war ja noch ein Kind, ich kann mich nur noch an die weggeworfenen Spritzen und die ausgequetschten Zitronen erinnern. Und an Gerardo, diesen Jungen, den sie tot in der Bar gefunden haben. Hast du eigentlich gewusst, dass Papa Rincón über den Tisch ziehen wollte?«

»Natürlich nicht. Dein Vater hat mich nie in seine Geschäfte eingeweiht. Ich weiß nur, dass er eines Abends mit einer Sporttasche voller Geld hier aufgetaucht ist. Und im Auto hatte er angeblich eine noch größere. Dann hat er gesagt, dass er noch was erledigen muss, ist in dein Zimmer gegangen, hat dir einen Kuss gegeben, und das war's.«

Sie schweigt eine Weile und scheint mit sich zu kämpfen. Dann sagt sie:

»Komm mal mit.«

Ich helfe ihr, vom Sofa aufzustehen, und wir gehen zu der Treppe, die zum Speicher führt.

»Wir müssen da hoch«, sagt sie. »Geh in der Küche die Taschenlampe holen, da oben funktioniert das Licht nicht.«

Mein Herz rast. Ich habe so lange auf diesen Augenblick gewartet, dass er mir auf einmal ganz irreal erscheint. Hoffentlich kommt Sebas nicht ausgerechnet jetzt aus seinem Zimmer. Ich will nicht, dass er uns hört oder sieht, was immer sie mir zeigen will. Ich nehme die Taschenlampe in die eine Hand und halte Mama den anderen Arm hin, damit sie sich daran festhalten kann.

»Los!«, befiehlt sie und steigt mühsam die Stufen hinauf.

Es dauert ewig, bis wir oben sind. Sie nimmt den Schlüssel aus der Tasche ihres Kittels und öffnet die Tür. Ein staubiger Geruch schlägt uns entgegen. Hier steht jede Menge altes Zeug rum, einiges mit Laken bedeckt: Fernseher, Sofas, Koffer, Kisten, Bücher, Papierkram, Stühle, Werkzeug ... Im Dach ist eine Luke, durch die

Licht hereinfällt. Wie lange ist es her, dass ich zuletzt hier oben war? Als Kind bin ich oft auf den Dachboden gegangen. Ich habe es geliebt, in diesen alten Sachen zu kramen. Und manchmal habe ich etwas gefunden, was mich stundenlang beschäftigt hat.

»Hier sind Mäuse«, sagt meine Mutter. »Wir müssen Gift auslegen.«

»Dieser Hocker hier stand im Badezimmer, stimmt's? Die Sitzfläche ist ein Deckel«, erinnere ich mich. »Du hast irgendwas da drin aufbewahrt. Ein Glas mit irgendwelchen rötlichen Dingern.«

»Die Gallensteine deines Vaters«, erklärt Mama gut gelaunt. »Was schaust du mich so an! Mach den Deckel auf, bestimmt sind sie noch drin.«

Ich denke an die Faszination, die ich früher empfunden habe, wenn ich den Deckel abgenommen habe, um die rötlichen Bröckchen in dem Glas zu betrachten. Aber in diesem Moment erscheinen sie mir als das Ekligste, was ich je gesehen habe.

»Aber warum hast du so was aufbewahrt?«, frage ich sie mit dem Glas in der Hand.

»Na, zur Erinnerung«, antwortet sie ganz selbstverständlich. »Früher hat man alles aufbewahrt. Sogar Gallensteine. Aber das ist es nicht, was ich dir zeigen wollte.«

Sie hebt ein Laken nach dem anderen an und sieht nach, was sich darunter verbirgt. Die meisten Sachen sind nicht mehr zu gebrauchen: Möbel voller Holzwurmlöcher, verrostete Metallgegenstände, von Mäusen angenagte Teppiche ... Aber das alles interessiert meine Mutter nicht. Sie sucht etwas ganz Bestimmtes. Sie wirkt klarer als sonst, munterer, als strotze sie plötzlich vor Energie. Welche Überraschung mich wohl erwartet?

»Hier!«, sagt sie und weist auf eine schwarze Truhe mit Lederriemen.

»Hast du den Schlüssel?«

Sie antwortet nicht und wirkt leicht beunruhigt. Schnurstracks geht sie zu einer Kommode, die sie kurz vorher abgedeckt hat. Sie zieht eine Schublade nach der anderen auf, findet aber nicht, was sie sucht.

»Mist, wo habe ich den hin? Ich bin mir sicher, ihn hier reingetan zu haben.«

Sie öffnet die Schubladen eines anderen Möbelstücks, wird aber auch dort nicht fündig. Jetzt fängt sie an, nervös zu werden.

»Mama, keine Sorge. Wenn wir ihn nicht finden ...«

»Wir müssen ihn finden!«, fällt sie mir ins Wort. »Dinge verschwinden nicht einfach so.«

Ich versuche ihr zu helfen, schaue in Schubladen und öffne Türen. Dabei finde ich Dinge, an die ich mich von früher erinnere, aber auch solche, die ich in meinem Leben noch nicht gesehen habe. Aber keine Spur von dem Schlüssel.

»Jetzt weiß ich, wo er ist!«, sagt sie plötzlich. »Unter meiner Matratze. Wir müssen runter ins Schlafzimmer.«

»Aber Mama«, sage ich, weil ich denke, dass das wieder eines ihrer Hirngespinste ist. »Wieso unter deiner Matratze?«

»Tu, was ich dir sage. Wir müssen unter der Matratze nachsehen.«

Allmählich glaube ich, dass es doch keine so gute Idee war, auf sie einzugehen.

»Bist du taub, oder was? Los!«, drängt sie.

Zähneknirschend gehorche ich. Wir gehen wieder nach unten, und Sebas steckt den Kopf aus der Tür und fragt, ob er eine Runde mit der Videokonsole spielen darf. Ich erlaube es ihm, besser, wenn er beschäftigt ist. Das Zimmer meiner Mutter ist unaufgeräumt und das Bett nicht gemacht, was ungewöhnlich ist, weil sie darauf sonst immer großen Wert legt.

»Hilf mir mal, allein schaffe ich es nicht«, sagt sie.

Ich will schon fragen, ob sie wirklich glaubt, dass der Schlüssel unter der Matratze liegt, aber wozu? Das wäre vertane Zeit, und ihr ab und zu mal entgegenzukommen ist ja nicht zu viel verlangt. Die Matratze ist tonnenschwer. Ich kann nicht fassen, was sie alles darunter aufbewahrt, Dokumente, Hefte, Pässe, Fotoalben ...

»Aber, Mama, was macht das ganze Zeug denn hier? Wäre es nicht besser, diese Sachen in Schubladen aufzuheben?«

»Ja, klar. Damit der nächste Einbrecher auch alles schön griffbereit hat. Du spinnst wohl.«

»Im Gegensatz zu dir.«

»Zumindest tue ich nicht so oberschlau wie du, die sich für eine Intellektuelle hältst.«

Sie greift nach einem gelben Umschlag, der zwischen einem Haufen Papieren steckt, öffnet ihn und nimmt einen Schlüssel heraus.

»Was habe ich dir gesagt! In meinem Haus geht nichts verloren! Komm, wir gehen wieder rauf.«

Diesmal brauchen wir nur halb so lange bis zum Dachboden. Mama ist so ungeduldig, dass sie vergisst, so zu tun, als könnte sie keine Treppen steigen. Es fällt mir schwer zu unterscheiden, wann sie wirklich etwas hat und wann sie mir was vorspielt. Sie geht zu der Truhe, steckt den Schlüssel ins Schloss und öffnet sie. Wie von Zauberhand taucht vor meinen Augen eine Unmenge Geld auf,

Fünf- und Zehntausend-Peseten-Scheine, mit Gummis ge-
bündelt.

»Schau mal, wie gut der König da noch aussieht!«,
ruft meine Mutter und nimmt einen Stapel blauer Zehn-
tausender in die Hand, auf denen das Porträt von Juan
Carlos I. zu sehen ist.

Mir bricht der kalte Schweiß aus, und ich spüre, wie
mir die Kleidung am Körper klebt. Es ist mir unmöglich
zu schätzen, wie viele Millionen Peseten in dieser Truhe
sind. Meine Beine fühlen sich an wie aus Gummi. Ich
lasse mich vor der Truhe auf den Boden sinken und versuche, mich zu beruhigen. Ich kann nicht glauben, was
ich sehe. Ich kann es einfach nicht fassen.

»Hast du deine Zunge verschluckt, oder was? Hast du
noch nie siebenundneunzig Millionen Peseten gesehen?«

Siebenundneunzig Millionen Peseten? Mir schwirrt
der Kopf. Heroingeld. Das Geld, das Papa Lucio Rincón
gestohlen hat.

»Es waren mal hundert, aber ich habe mir etwas davon
genommen, um dein Studium zu bezahlen, das hübsche
Kleid, das ich bei deiner Hochzeit anhatte, und ein paar
Reparaturen am Dach, aber das ist Jahre her. Den Rest
habe ich nicht angefasst. War nie nötig. Freust du dich?
Wir sind Millionärinnen!«

»Nein, Mama«, murmele ich mit trockenem Mund. In
diesem Moment würde ich für ein Glas Wasser alles tun.
»Wir sind keine Millionärinnen. Diese Scheine sind wert-
los. Das ist nur noch bedrucktes Papier.«

»Aber was redest du denn da? Bist du noch ganz dicht?
Du siehst es doch vor dir! Hast du keine Augen im Kopf?«

»Das ist nur noch Papier, Mama«, beharre ich. »Peseten
sind nicht mehr gültig.«

»Wie meinst du das? Ich verstehe dich nicht.«

Mir ist zum Heulen. Aus Wut, aus Frust, aus Hilflosigkeit.

»Was verstehst du denn daran nicht? Wenn du zum Bäcker gehst, womit bezahlst du dann? Mit Euro, oder? So einfach ist das.«

»Aber wenn man damit zur Bank geht, können sie es doch umtauschen.«

»Nein, Mama, das kann man nicht mehr umtauschen. Und selbst wenn es so wäre, würde das auch nichts bringen, weil es illegales Geld ist. Verstehst du das?«

»Ehrlich gesagt, nein.«

»Du verstehst nur, was du verstehen willst, oder?«

»Jetzt tu nicht wieder so schlau, sonst setzt es was«, droht sie mir.

Ich nehme es ihr nicht übel, weil es nicht das erste Mal ist, dass sie mir so etwas an den Kopf wirft, und weil ich weiß, sie meint es nicht so. Jedenfalls möchte ich das glauben.

»Ganz ruhig, ich erkläre es dir. Du hast doch selbst gesagt, du hättest es nicht ertragen können, dass Papa in diese komischen Geschäfte verwickelt war. Das ist schmutziges Geld.«

»Vielleicht ist es ein bisschen eingestaubt, weil es so lange da drin gelegen hat, aber sonst ist es noch in einwandfreiem Zustand.«

Sie will mich austricksen. Ich weiß es, und sie weiß, dass ich es weiß. Ich muss intelligenter sein als sie. Ich überlege fieberhaft und versuche, die noch losen Puzzleteilchen einzufügen.

»Hör mal«, beginne ich, »die Pistole in der Schublade im Wohnzimmer, hat die Papa gehört?«

»Wie kommst du dazu, in meinen Sachen zu wühlen? Natürlich war das seine, aber er ist ja nicht mehr hier. Du hast sie genommen, stimmt's? Hab ich's doch gewusst ...«

Ich nicke stumm.

»Ich versuche, es dir anders zu erklären. Mama, das ist Drogengeld und genauso illegal wie die Waffe. Und du bist ein grundanständiger Mensch. Deshalb hast du ja auch nur ganz wenig von dem Geld genommen. Weil du genau weißt, dass alles andere moralisch nicht in Ordnung wäre und du danach nicht mehr ruhig schlafen könntest.«

»Ach, Kind ...«, sagt sie seufzend und mit brüchiger Stimme.

Jetzt habe ich sie. Ich nutze den Moment der Schwäche.

»Hör gut zu, was ich dich jetzt frage: Papa hat für dieses Geld sein Leben riskiert. Seines und unseres. Warum hat er es nicht mitgenommen?«

»Den gleichen Batzen hat er nach Argentinien mitgenommen. Das hier hat er für uns dagelassen.«

»Aber damit hat er unser Leben aufs Spiel gesetzt. War Rincón nie hier und hat nach dem Geld gesucht?«

»Seine Killer haben dieses Haus von oben bis unten durchforstet, aber das Geld war gut versteckt. Am Ende haben sie gedacht, dass dein Vater alles mitgenommen hat, und auf diese Weise waren wir die Kerle los.«

Irgendwie nehme ich ihr die Geschichte nicht ab. Ich kann mir einfach nicht vorstellen, dass mein Vater einen Kerl wie Rincón bestiehlt, sich mit der Hälfte des Geldes davonmacht und uns hier zurücklässt. Es sei denn ... Es sei denn, sie haben ihn doch erwischt, und er hat die Reise nach Argentinien nie angetreten. Ich fasse meine Mutter am Arm, damit sie mir genau zuhört.

»Ich stelle dir jetzt eine Frage, Mama, und ich möchte, dass du mir die Wahrheit sagst. Bist du sicher, dass Papa jemals in Argentinien angekommen ist?«

Sie sieht mich mit ihren transparenten Augen an. Ihr Kinn zittert. Sie blinzelt, und ihr rollt eine Träne über die Wange, die meine Befürchtungen bestätigt.

»Sie haben ihn ermordet wie Lolas Mann, richtig?«

Sie antwortet nicht. Vielleicht weiß sie die Antwort auch gar nicht. Mit einem Mal wirkt sie vollkommen hilflos. So habe ich sie noch nie gesehen. Ich nehme sie in die Arme, weil ich mir sicher bin, dass sie genau das jetzt braucht.

»Ach, was weiß ich«, sagt sie schluchzend.

Zum ersten Mal seit langer Zeit habe ich das Gefühl, dass sie aufrichtig ist. Und das weckt in mir eigenartigerweise ein angenehmes Gefühl des Friedens.

Mit klopfendem Herzen betrete ich die Polizeidienststelle und versuche, das Zittern meiner Hände zu kontrollieren. Ich wollte die Sache nicht aufschieben.

In meiner Tasche habe ich ein Bündel Zehntausend-Peseten-Scheine. Die habe ich zum Beweis mitgebracht. Ich habe sie genommen, ohne dass meine Mutter es gemerkt hat.

Ich wollte auch, dass sie mir den Schlüssel für die Truhe gibt, aber dazu war sie nicht zu überreden. Sie hat sich vehement geweigert und gesagt, diesen Schlüssel dürfe niemand anrühren, nicht einmal ich, sodass ich nachgeben musste, um Streit zu vermeiden. Sie weiß nicht, dass ich hier bin. Es hätte sie nur aufgeregt. Unter dem Vorwand, etwas Dringendes in der Redaktion erledigen zu müssen, habe ich das Haus verlassen und versprochen, so schnell wie möglich wieder da zu sein. Ich habe ihre Freundin Aurora gebeten, ihr solange Gesellschaft zu leisten, aber viel Zeit habe ich nicht.

»Ich möchte anzeigen, dass ich in meinem Haus Geld illegaler Herkunft gefunden habe«, sage ich zu dem Polizisten hinter der Empfangstheke, der mich anstarrt, als wäre ich eine Außerirdische.

»Was meinen Sie mit ›gefunden‹?«, fragt er in lässigem Ton und blättert wieder in seiner Zeitung.

Ich nehme das Geldbündel aus der Tasche und knalle es auf die Theke.

»Hier! Es gibt Hunderte davon. Siebenundneunzig Millionen Peseten, um genau zu sein.«

Sein Gesichtsausdruck wechselt binnen Sekunden von arrogant zu fassungslos.

»Warten Sie hier«, murmelt er.

Fünf Minuten später kommt er mit einem Mann wieder, der sich als Subinspector Fontes vorstellt und mich bittet, ihm zu folgen.

Er führt mich in sein Büro, einen nüchternen, ordentlichen Raum. Auf dem Schreibtisch steht ein Familienfoto, auf dem er und wahrscheinlich seine Frau und zwei Töchter zu sehen sind. Er bietet mir einen Stuhl an und fragt nach meinem Namen. Nachdem er meine Daten aufgenommen hat, fangen wir an.

»Also. Was kann ich für Sie tun?«

Ich lege ihm das Geldbündel auf den Tisch wie zuvor schon seinem Kollegen, nur etwas ruhiger diesmal.

»Im Haus meiner Mutter liegen siebenundneunzig Millionen Peseten in einer Truhe auf dem Dachboden. Das Bündel hier habe ich mitgebracht. Ich schätze, dass das Geld seit etwa fünfunddreißig Jahren dort ist.«

»Wann haben Sie davon erfahren?«

»Heute Nachmittag. Meine Mutter hat darauf bestanden, dass ich mit ihr auf den Speicher gehe. Und dort hatte sie dann diese Überraschung für mich.«

»Sie haben zu meinem Kollegen gesagt, dass das Geld aus illegaler Quelle stammt. Wie kommen Sie darauf?«

»Mein Vater, Martín Novoa, ist im Jahr 1987 auf mysteriöse Weise verschwunden. Meine Mutter hat mir mein Leben lang erzählt, dass er nach Argentinien ausgewandert ist, um sich dort Arbeit zu suchen. Aber ich habe das nie geglaubt.«

»Warum nicht?«

»Weil es nie ein Lebenszeichen gab. Kein Anruf, kein Brief, nichts. Meine Mutter behauptet zwar, dass er Briefe geschrieben hat, aber die habe ich nie gesehen. Und ich kann Ihnen versichern, dass ich jeden Winkel danach abgesucht habe. Mein Vater war von einem Tag auf den anderen wie vom Erdboden verschluckt. Und dafür kann es nur zwei Gründe geben: Entweder er wollte verschwinden – oder man hat ihn verschwinden lassen.«

»Ich weiß nicht, worauf Sie hinauswollen ...«

»Lucio Rincón. Ich bin mir sicher, dass dieser Name Ihnen etwas sagt. Mein Vater hat Geschäfte mit ihm gemacht.«

Der Subinspector rutscht unbehaglich auf seinem Stuhl hin und her. Er wirkt mit einem Mal angespannt und macht sich Notizen.

»Ich verstehe«, sagt er dann. »Wie alt ist Ihre Mutter?«

»Neunundsiebzig. Und sie hat Probleme mit dem Gedächtnis. Deshalb weiß man nie, woran sie sich nicht mehr erinnert und was sie absichtlich verschweigt. Also, falls Sie vorhaben, mit ihr zu reden, stellen Sie sich darauf ein, dass das nicht ganz einfach wird. Sie ist das Opfer in dieser ganzen Geschichte.«

»Sind Sie sicher, dass Ihr Vater mit Rincón zu tun hatte?«

»Ja. Ich erinnere mich, dass Rincón bei uns zu Hause war, als ich noch ein Kind war.«

Mein Gespräch mit Lola und ihrem Sohn klammere ich zunächst aus. Im Moment möchte ich sie nicht in die Sache mit hineinziehen. Vorerst.

»Gut. Ich werde eine Streife zu Ihnen nach Hause schicken, um das Geld abzuholen und zu beschlagnahmen. Verstehe ich das richtig, dass Sie Ihren Vater offiziell als vermisst melden möchten? Oder ist das bereits geschehen?«

»Nein. Wie gesagt, hat mir meine Mutter immer erzählt, dass er nach Argentinien ausgewandert ist. Ich hatte keinen Grund, irgendetwas zu melden. Bis jetzt.«

»Was, glauben Sie, könnte Ihrem Vater passiert sein?«, fragt er und sieht mir in die Augen.

»Vielleicht ein Racheakt. Wie beim Wirt der Bar Seco. So viel verstecktes Geld gibt mir zu denken.«

»Ich erinnere mich nicht an den Vorfall, den Sie erwähnen, allerdings arbeite ich auch erst seit dem Jahr 2000 hier. Aber wer damit sicher mehr anfangen kann, das ist der Comisario, der die Dienststelle damals leitete. Er ist vor ein paar Jahren in Pension gegangen. Aber wir können ihn anrufen und fragen.«

»Da ist noch etwas«, sage ich. »Ich wüsste gern, ob seinerzeit gegen meinen Vater wegen Drogenhandels ermittelt wurde. Ich bin Journalistin«, füge ich hinzu, als ich seinen verwunderten Blick sehe. »Ich habe die Verbindung zwischen meinem Vater und Rincón bei der Recherche für eine Reportage über den Drogenhandel in Galicien entdeckt. Und es lässt mir einfach keine Ruhe.«

»Da gibt es zwei Möglichkeiten: Wir könnten im Archiv nach der Akte suchen, oder ich bringe Sie mit unserem ehemaligen Comisario Señor Melchor in Kontakt.«

»Warum nicht beides?«

Zum ersten Mal lächelt der Subinspector. Wie es aussieht, bin ich ihm sympathisch. Er mir auch.

»Bitte sagen Sie mir noch eins: Warum hat Ihre Mutter dieses Geld so lange aufbewahrt?«

»Ich habe nicht die geringste Ahnung. Wahrscheinlich hatte sie Angst, es anzutasten, aber ich bin mir nicht sicher. Ich versuche schon zeit meines Lebens, mir eine halbwegs vernünftige Geschichte zusammenzureimen, fast ohne Informationen zu haben. Was ich weiß, habe ich Ihnen gesagt. Alle anderen Antworten hoffe ich von Ihnen zu bekommen.«

»Sie sind sich aber darüber im Klaren, dass es sehr schwierig sein wird, jemanden zu finden, der vor so vielen Jahren verschwunden ist, nicht wahr?«

»Natürlich.«

Er greift nach seinem Handy und tippt eine Nummer ein. Ich verstehe sofort, dass es sich um den ehemaligen Comisario handelt.

»Ich habe hier eine Frau in meinem Büro, die gern mal mit dir reden würde. Sie ist Journalistin. Ihr Vater ist 1987 spurlos verschwunden, und er hatte mit Lucio Rincón zu tun. Martín ...« Er zögert ein paar Sekunden und ergänzt dann: »Martín Novoa.«

Als er auflegt, ist mir bewusst, dass er für mich eine Ausnahme gemacht hat. Das braucht er mir nicht zu sagen, ich weiß, dass es unüblich ist, wenn dir ein Subinspector den persönlichen Kontakt zu einem pensionierten Comisario ermöglicht. Aber es ist auch nicht üblich, dass jemand in der Polizeidienststelle auftaucht, um einen Fund von hundert Millionen Peseten zu melden. Der Subinspector gefällt mir. Er gehört zu den Menschen, die die Fähigkeit haben, Ruhe zu verbreiten. Ich weiß nicht, ob es an seiner korrekten, bedächtigen Redeweise liegt oder an dieser Art, seinem Gegenüber direkt in die Augen zu schauen.

»In Kürze wird sich eine Einheit der Kriminalpolizei auf den Weg zu Ihnen machen«, erklärt er. »Dann sollten Sie zu Hause sein, um den Beamten zu zeigen, wo das Geld ist.«

Er streckt mir die Hand hin, und ich drücke sie.

»Vielen Dank. Das ist sehr nett von Ihnen«, sage ich.

Ganz anders als das Verhalten seines Kollegen. Aber das sage ich lieber nicht laut.

»Wir werden uns sicher schon bald wiedersehen.«

Ich verlasse sein Büro mit einem Gefühl der Ruhe und des Triumphs, und darüber bin ich selbst erstaunt. Schon beim bloßen Gedanken an eine Polizeidienststelle und all die Bürokratie, die die Anzeige eines solchen Falles mit sich bringt, hatte ich mich überfordert gesehen. Vielleicht habe ich einfach das Glück gehabt, auf einen kompetenten Beamten zu treffen. Oder es liegt an den Umständen: hundert Millionen Peseten, ein seit Jahrzehnten verschollener Vater, Lucio Rincón ... Das alles lässt sich wohl nicht so leicht ignorieren.

Bevor ich ins Auto steige, greife ich nach meinem Handy, um meiner Mutter zu sagen, dass ich gleich wieder da bin. Dabei sehe ich, dass Pablo angerufen hat. Allerdings habe ich gerade wenig Lust, mit ihm zu reden. Nur wird das heute Abend, morgen oder übermorgen nicht anders sein. Also sollte ich besser gleich zurückrufen und es hinter mich bringen.

Als er rangeht, klingt er ziemlich hektisch, zumindest kommt es mir so vor. Er sagt, seine Mutter sei gerade aus dem Krankenhaus entlassen worden und dass er am nächsten Wochenende Sebas besuchen möchte, wenn mir das recht ist. Zugegebenermaßen gerate ich bei der Vorstellung, ihn wiederzusehen, ein bisschen aus dem Tritt, aber ich weiß, dass es unvermeidlich ist.

»Er ist dein Sohn, du musst mich nicht um Erlaubnis bitten«, sage ich. »Du kannst kommen, wann du willst. Tatsache ist, dass er dich braucht.«

»Von jetzt an werde ich öfter kommen. Auch wenn eine Entfernung von fünfhundert Kilometern mir den regelmäßigen Kontakt zu meinem Sohn nicht gerade erleichtert.«

»Pablo, diesen Kommentar verstehe ich jetzt nicht.«

»Ich habe dich x-mal gebeten, in Madrid zu bleiben. Unsere Trennung und dein Entschluss, mit Sebas nach Galicien zu ziehen, sind zwei Paar Schuhe.«

»Damals hatte ich nicht das Gefühl, dass es eine allzu große Bedeutung für dich hat, ob wir in Madrid bleiben oder nicht. Außerdem wirst du ja wohl verstehen, dass ich an erster Stelle an mich und Sebas denken musste.«

»An dich, nicht an Sebas«, korrigiert er mich. »Wenn du an Sebas gedacht hättest, hättest du ihn mir nicht weggenommen.«

»Ich habe ihn dir nicht weggenommen, vielmehr hast du dich entschieden, dich von mir zu trennen, Pablo.«

»Von dir, nicht von meinem Sohn! Bist du dir eigentlich bewusst, wie ungerecht das mir gegenüber ist? Es ist mir schwer begreiflich, dass ausgerechnet du so etwas tust.«

Jetzt verstehe ich gar nichts mehr. Wie kann er die Sache so verdrehen? Er fängt etwas mit einer anderen Frau an, streitet es mir gegenüber immer wieder ab, sagt, er will sich von mir trennen, weil unsere Ehe am Ende ist, und jetzt bin ich im Unrecht, weil ich mich gezwungen sehe, mir ein neues Leben aufzubauen?

»Meine Mutter kann nicht mehr allein leben, verstehst du das?«, sage ich. »Ich bin ihr einziges Kind, also bin ich für sie verantwortlich.«

»Es hätte Alternativen gegeben, die du nicht in Erwägung ziehen wolltest, obwohl ich dich immer wieder gebeten habe, es dir noch mal zu überlegen. Ich habe jedenfalls viel darüber nachgedacht, und ich weiß, dass du Madrid verlassen hast, um mich abzustrafen. Du verabscheust dieses Haus und alles, was darin ist. Vorher wolltest du nicht mal zu Besuch hin, Julia. Du konntest es nicht ertragen, auch nur einen Fuß nach Galicien zu setzen. Und auf einmal triffst du die Entscheidung, für immer dorthin zu ziehen. Entschuldige, aber das ist ja wohl eindeutig.«

Das hat gesessen. Ich zögere. Seine Bemerkung hat mich unvorbereitet getroffen, und ich weiß nicht, wie ich darauf reagieren soll.

»Ich komme am Freitag kurz nach Mittag.« Gut, dass er das Thema wechselt und mir die Möglichkeit gibt durchzuatmen. »Ich werde im Haus meiner Eltern wohnen. Es steht seit fünf Jahren leer, aber ich habe Raúl, den Wirt des Strandrestaurants, wo wir früher immer gegessen haben, gebeten, es putzen zu lassen und nach dem Rechten zu sehen. Es wäre schön, wenn Sebas dann das Wochenende bei mir verbringt.«

»Natürlich«, antworte ich. »Er freut sich auf dich.«

»Ich mich auch auf ihn.«

Als ich mich von Pablo verabschiede, bin ich völlig frustriert und mein Selbstwertgefühl ist am Boden. Das Letzte, woran ich gedacht habe, ist, dass ich die Böse in dieser

Geschichte bin. Und doch bin ich es jetzt. Ich weiß nicht, wie er das hinbekommen hat, aber er hat es geschafft, dass ich mich ganz schlecht fühle. Ich denke an Ana_Chicapájaro, und mich packt der Zorn. Was soll das auf einmal? Ob sie nicht mehr zusammen sind? Denn danach hört es sich an. Dass das Ganze in die Hose gegangen ist und er auf einmal Sebas braucht. Ich steige in den Wagen und lasse den Motor an. Mal sehen, wie meine Mutter reagieren wird, wenn die Polizei kommt und die Truhe mitnimmt. Ich betrachte mich im Rückspiegel. Ich habe dunkle Augenringe und sehe ziemlich mitgenommen aus.

»Los, Julia«, sage ich energisch. »Du musst die Sache jetzt zu Ende bringen.«

Mit diesem Gedanken mache ich mich auf den Weg nach Hause.

SEBAS

Heute hat mich zum ersten Mal die Schulpsychologin zu sich beordert. Wir Kinder wissen alle, dass sie das nur tut, wenn man irgendwas ausgefressen hat. Diego Puga ist regelmäßig bei der Schulpsychologin. Guerrero war auch schon ein paarmal bei ihr wegen seiner Fresssucht. Noa noch nie.

Jetzt bin ich also an der Reihe, und auf dem Weg zu ihrem Büro bekomme ich Bauchschmerzen. Das passiert immer, wenn ich nervös bin. Ich gehe noch schnell auf die Toilette, denn wenn sie mir unangenehme Fragen stellt, muss ich bestimmt ganz dringend. So wie an dem Tag, als der Schlächter hinter uns her war und ich an dem Baum anhalten musste, um zu pinkeln. Stress drückt mir auf die Blase. Das ist einfach so. Ich gehe superlangsam, damit ich möglichst spät ankomme und nicht mehr so viel Zeit für das Gespräch bleibt. Nicht dass ich etwas gegen die Psychologin hätte. Ich kenne sie nur von Guerreros Erzählungen. Aber ich habe Angst, dass sie mir Fragen stellt, die schwer zu beantworten sind, und weiß, genau das wird passieren. Ich klopfe an die Tür und trete mit gesenktem Blick ein. Ich schäme mich, hier zu sein. Am liebsten würde ich gleich wieder zurück in die Klasse gehen. Oder zu Mama und Oma.

»Hallo, Sebas. Bitte setz dich.«

Der Sessel ist gelb und voller Sterne. Wie Noas Strumpfhosen. An den Wänden hängen Zeichnungen, und auf dem Schreibtisch stehen ein Telefon in Form eines Hamburgers und ein Rahmen aus Muscheln mit dem Foto eines kleinen Jungen, der das Schild von Captain America vor sich trägt.

»Das ist mein Sohn«, sagt sie. »Er heißt Teo und ist fünf Jahre alt. Er ist ganz verrückt nach Captain America. Vor Kurzem hat er sich ein Ding geleistet! Ich habe ihn nur eine Viertelstunde in seinem Zimmer allein gelassen, und als ich wieder nach ihm gesehen habe, hatte er sich die Haare mit blauer Fingerfarbe beschmiert und meinte: ›Jetzt sehe ich aus wie der Captain, oder?‹«

Dann greift sie nach ihrem Handy und zeigt mir ein Foto von Teo mit den blauen Haaren, der mit den Fingern das Victory-Zeichen macht. Ich muss lachen. Dieses Kind ist genial.

»Jetzt sag mir bitte, dass du nicht auch ein Fan von Captain America bist ...«

»Ich bin ein Fan von Thor.«

»Ah, das ist der Donnergott mit dem Hammer, richtig?«

»Genau.«

Wahrscheinlich wäre es nicht so clever zu sagen, dass meine Oma Thor ist. Aber ich habe große Lust dazu. Guerrero hat gar nicht erzählt, dass die Psychologin so nett ist. Ich habe sie mir ganz anders vorgestellt. Trotzdem bin ich etwas beunruhigt, weil ich immer noch nicht weiß, was sie von mir will.

»Thor sieht toll aus«, sagt sie. »Aber ich mag seinen Bruder lieber. Er ist ein Superschurke, doch man hält trotzdem irgendwie zu ihm.«

Das stimmt. Loki ist unglaublich. Er verrät Thor andauernd, und trotzdem will man, dass er weiterlebt, und wissen, was er als Nächstes macht.

»Sebas, ich will schon seit Längerem mal mit dir reden, um dich zu fragen, wie es dir geht. Ich weiß, dass wir uns noch nie unterhalten haben, und du wunderst dich vielleicht über diese Frage. Aber meine Arbeit besteht nun einmal darin, mich zu vergewissern, dass es den Kindern an dieser Schule gut geht.«

»Mir geht es prima«, antworte ich erstaunt.

»Sicher? Einige deine Lehrer haben mich angesprochen. Sie sagen, dass du in letzter Zeit ein wenig bedrückt wirkst. So wie Thor, wenn sein Vater wütend auf ihn ist. Ist irgendetwas vorgefallen?«

Wenn ich nicht auf dem Klo gewesen wäre, müsste ich jetzt. Was ist das für eine Frage, ob irgendetwas vorgefallen ist. Die ganze Schule weiß, was Diego Puga mit meinem Rucksack gemacht hat.

»Ich weiß, dass es nicht immer leicht ist, wenn man neu an eine Schule kommt. Das weiß ich, weil ich es selbst erlebt habe, als ich noch etwas jünger war als du. Meine Eltern sind in eine andere Stadt gezogen, als ich sieben war, und ich musste auf eine andere Schule, wo ich niemanden kannte. Aber ich hatte keine Probleme, neue Freunde zu finden, obwohl ich ein bisschen schüchtern war. Hast du viele Freunde?«

»Hier in der Schule habe ich zwei. Guerrero und Noa. Guerrero ist einer von Ihren Kunden.«

Die Psychologin lächelt, und ich fürchte schon, etwas Falsches gesagt zu haben, bin aber gleich beruhigt, als sie sagt:

»Guerrero ist sehr nett. Und er weiß eine ganze Menge über Superhelden.«

»Guerrero weiß ALLES über Superhelden. Das ist sein Spezialgebiet.«

»Was macht ihr denn so zusammen?«

»Oh, wir gehen gern an den Stausee und angeln Forellen und spielen, dass wir in Asgard sind, und wir bauen mit Lego, machen Videospiele und reden viel über meine Oma.«

»Das mit deiner Oma habe ich gehört. Es kam im Fernsehen, und überall war davon die Rede. Ich bin froh, dass sie am Ende wieder aufgetaucht ist und es ihr gut geht.«

»Sie ist nicht einfach so wieder aufgetaucht, wir haben sie gerettet«, erkläre ich stolz. »Sie hatte schon ganz blaue Lippen und hat mit ihrem Hammer gegen einen Stein geschlagen, um sich bemerkbar zu machen. Auf diese Weise haben wir sie auch gefunden.«

»Sie hat einen Hammer? Wie der Gott Thor?«

Ich halte die Luft an. Guerrero hat mir gar nicht erzählt, dass die Psychologin so clever ist. Ich habe es also mit einer Hochbegabten zu tun, die zwei und zwei zusammenzählen kann und ahnt, was mit Oma los ist. Aber ich glaube nicht, dass sie intelligenter ist als Noa, sie wird mir nicht auf die Schliche kommen.

»Ja«, sage ich möglichst unschuldig. »Sie ist ganz verrückt nach diesem Hammer und hat ihn immer bei sich. Das ist so ein Tick von ihr. Aber sie macht noch andere komische Sachen.«

»Was denn noch?«

»Na ja ... Sie schimpft mit den Leuten im Fernsehen, sie pflanzt Zigarettenkippen in Blumentöpfe, sie bewahrt Ensaïmadas in Strümpfen auf ...«

Bei meinen letzten Worten bekommt die Psychologin große Augen, sodass ich es ihr etwas genauer erkläre:

»Sie trägt so lange Strümpfe, die bis zum Knie gehen, und benutzt sie als Mini-Rucksäcke, um die Ensaïmadas immer dabeizuhaben, falls sie Lust darauf hat. Manchmal geht sie ins Bad, und man kann das Einwickelpapier rascheln hören. Dann muss sie nicht Pipi, sondern nascht.«

»Ich habe den Eindruck, dass du dich ganz gut mit deiner Oma verstehst.«

»Ja, sehr gut. Ich habe Oma sehr lieb. Sie ist einer meiner Lieblingsmenschen. Sie ist sehr lustig und cool, wissen Sie, auch wenn sie manchmal verrückte Sachen macht. Sie wird bald achtzig Jahre alt, und ich möchte ihr gern einen neuen Garten schenken, denn Omas Garten war immer ihr ganzer Stolz, und jetzt ist er ziemlich verwildert, und das ist echt schade. Meine Oma kennt sich nämlich super aus mit Blumen und Pflanzen. Sie hat mir sogar gezeigt, wie man Pflanzen kreuzen kann. Mama sagt, wir können einen Gärtner kommen lassen, der alles wieder in Ordnung bringt. Und das will ich ihr dann zum Geburtstag schenken.«

»Ich denke, dass sie sich über dieses Geschenk sehr freuen wird. Da hast du eine gute Idee gehabt, Sebas. Welche Lieblingsmenschen hast du denn sonst noch?«

»Noa, Guerrero, Mama und Papa.«

»Und was machst du so, wenn du keine Schule hast, Sebas?«

»Samstags esse ich Pizza, die meine Oma dann immer macht. Das ist überhaupt der beste Tag der Woche, weil sonntags keine Schule ist und ich abends mit Mama einen Film gucken und den ganzen Tag mit meinen Freunden spielen kann.«

Die Psychologin lächelt, aber es ist kein richtiges Lächeln. Ich kann nicht sagen, warum. Es ist nur so ein Gefühl.

»Und wie würde für dich ein perfektes Wochenende aussehen, Sebas? Mit wem wärst du gern zusammen?«

Das ist eine schwierige Frage, weil manche Leute nicht zusammen sein können.

»Mein Vater wohnt in Madrid«, sage ich.

»Wäre ein perfektes Wochenende eines, das du mit deinem Vater verbringst?«

»Nein.«

Die Psychologin lächelt nicht mehr.

»Ein perfektes Wochenende ist unmöglich wegen der Scheidung«, erkläre ich. »Vorher war es möglich, aber jetzt nicht mehr. Was ich mir wünsche, ist, dass Mama und Oma aufhören zu streiten. Sie schreien sich oft an. Früher, in unserer Wohnung in Madrid, haben sich Mama und Papa angeschrien. Wo ich wohne, ist immer Schreierei.«

»Dafür gibt es sicher eine Lösung. Manchmal tun Menschen Dinge, ohne zu merken, dass sie anderen schaden.«

Sie schreibt etwas in ihr Heft, und dann schaut sie wieder auf.

»Ich bitte dich jetzt, dir eine bestimmte Situation vorzustellen. Nimm mal an, du willst eine Party machen. Wen würdest du auf keinen Fall einladen?«

»Diego Puga«, sage ich wie aus der Pistole geschossen.

»Warum?«

»Weil er gemein ist und Sachen mit mir macht, die ich nicht mag.«

»Hast du Angst vor ihm?«

»Ja«, gebe ich zu. »Ziemlich. Puga kann einem Angst machen wie ein Terrorist.«

»Wie fühlst du dich, wenn du mit ihm zusammen bist?«

»Sehr schlecht, wie alle anderen Kinder in der Schule auch. Einige tun so, als wären sie seine Freunde, damit er sie nicht beschimpft oder verprügelt. Er sagt ständig schlimme Sachen zu einem.«

»Was hat er denn zu dir gesagt?«

»Weichei, Schnösel aus Madrid, lahme Schildkröte, Schmutzfink, du hast Läuse, du hast Kacke an den Händen, so was halt. Und einmal hat er versucht, mir die Nase abzuschneiden.«

Das Lächeln der Psychologin ist nun ganz verschwunden, und sie sieht mich ernst an.

»Erzähl mir das mit der Nase, Sebas.«

»Das war vor ein paar Monaten, als wir einen Ausflug in die Weinberge gemacht haben. Der Winzer hat uns erklärt, wie die Weinlese funktioniert, und hat eine Schere rumgehen lassen. Diego sollte mir die Schere weitergeben, aber er hat sie einfach hinter seinem Rücken versteckt, um mich zu ärgern. Ich wollte sie ihm abnehmen, und da hat er versucht, mir die Nase abzuschneiden. Er hat mich nicht erwischt, weil ich zurückgezuckt bin. Ich habe gute Reflexe.«

»Ich kann mir vorstellen, dass es nicht leicht ist, mit Diego Puga auszukommen. Er ist ein Kind, das viel Unterstützung braucht, um zu lernen, wie man sich richtig verhält. Wir versuchen, ihm dabei zu helfen, sich zu ändern.«

»Na, dann viel Glück.«

Was sie da sagt, finde ich völlig daneben. Wenn jemand Hilfe braucht, dann sind wir das, die Kinder, die unter Diego Puga leiden müssen, und nicht Diego Puga.

»Stört es dich, dass wir ihm helfen wollen?«

Sie schaut mich aufmerksam an.

»Diego Puga ist böse.«

»Manchmal geht es nicht darum, gut oder böse zu sein. Menschen tun manchmal Dinge, die nicht gut sind, um Aufmerksamkeit zu erregen. Es ist eine Art Hilferuf.«

»Aha.« Ich glaube, dass Diego die Erwachsenen ganz schön verarscht. Und ich hab gedacht, dass diese Psychologin hochbegabt ist, dabei ist sie hochdämlich. Wenn sie glaubt, sie kann mir einreden, dass Diego Puga gut ist, ist sie auf dem Holzweg.

»Versteh mich nicht falsch, Sebas. Es ist nicht in Ordnung, dass Diego dich beleidigt, beschimpft und versucht, dich zu erniedrigen. Das dürfen wir ihm auf keinen Fall durchgehen lassen, und wir werden dafür sorgen, dass er damit aufhört.«

Was denn jetzt? Diese Frau macht mich ganz kirre. Zuerst ja, dann nein. Mein Gehirn brodelt schon.

»Wenn er sich noch einmal mit dir anlegt, dich verhöhnt oder etwas tut, das dir irgendwie nicht behagt, bitte ich dich, zu mir zu kommen und es mir zu erzählen. Mir oder einem anderen Lehrer. Sie wissen alle Bescheid, okay?«

Ich nicke, weiß aber nicht genau, was sie mit *irgendwie nicht behagt* sagen will. Wenn Puga mich einen Wichser nennt, ist das dann etwas, was mir *irgendwie nicht behagt*? Wenn er mich die Treppe runterschubst oder mir einen Hieb in den Nacken versetzt, ist das dann etwas, was mir *irgendwie nicht behagt*? Ich hab keine Ahnung, was mit *irgendwie nicht behagt* gemeint ist.

»Ich weiß nicht, was mit *irgendwie nicht behagt* gemeint ist«, rutscht es mir heraus. Ich glaube, ich habe laut gedacht.

»Na ja, etwas, das dir wehtut. Und nicht nur körperlich, auch wenn es dir hier wehtut«, sagt sie und klopft sich mit der Hand an die Brust.

Okay, das verstehe ich.

»Heute in einer Woche sehen wir uns wieder, ja? Es kann übrigens sein, dass ich auch noch mal mit deiner Mutter rede. Mach dir deswegen keine Gedanken, das ist ganz normal. Ich habe auch mit Guerreros Eltern geredet und mit den Eltern all meiner anderen *Kunden*«, sagt sie und betont das letzte Wort, wobei sie wieder lächelt. »Hier, nimm dir ein paar Süßigkeiten.« Sie hält mir ein Glas voller Bonbons hin.

Ich nehme drei.

»Ich wünsche dir eine schöne Woche, Sebas.«

Ich verlasse ihr Büro, ohne wirklich zu verstehen, weshalb sie mich eigentlich hergebeten hat. Wegen Diego Puga? Wegen meiner Oma? Weil ich neu in der Schule bin? Oder wegen allem? Guerrero und Noa sitzen draußen auf einer Bank und warten auf mich. Ich gebe jedem von ihnen ein Bonbon, obwohl ich weiß, dass Guerrero es nicht essen sollte, aber er kann es ja für den Notfall aufheben. Dann klatschen wir uns mit den Händen ab.

»Wie war's?«, fragt Guerrero mich. »Ist sie dir auch mit dem Superhelden-Trick gekommen?«

»Wieso Trick?«

»Sie tut so, als hätte sie schwer Ahnung von den Marvel-Comics, um sich bei uns beliebt zu machen. Ich habe drei Wochen gebraucht, um zu kapieren, dass das mit den Superhelden nur eine Taktik ist.«

»Wie denn das? Hast du sie abgefragt, und sie ist durchgefallen?«, will Noa wissen.

»Nein. Ich habe im Internet nachgeschaut und gesehen, dass es bei Psychologen üblich ist, mit uns Kindern über Dinge zu reden, die uns Spaß machen, damit es so aussieht, als hätten wir etwas mit ihnen gemeinsam. Aber diese Psychologin ist ja trotzdem ziemlich nett. Eigentlich braucht sie solche Tricks gar nicht.«

»Sie ist also eine Hochstaplerin«, stellt Noa fest. »Aber was wollte sie denn nun von dir?«

»Ich bin mir nicht ganz sicher. Es ging vor allem um Diego Puga. Sie sagt, er hat Probleme.«

»Mentale?«, fragt Guerrero.

»Keine Ahnung. Vermutlich. Um mit einem Kuli auf andere loszugehen und einen Rucksack mit Schokolade zu beschmieren, muss man schon ziemlich krank im Kopf sein.«

»Ein Jammer, so jung und schon für immer verloren«, sagt Guerrero feierlich, und Noa und ich lachen uns kaputt.

»Du redest schon wie meine Oma«, sage ich.

Sie begleiten mich nach Hause, weil heute Mittwoch ist. Mittwoch ist der einzige Tag in der Woche, an dem wir in der Schule zu Mittag essen, denn am Nachmittag haben wir Musikunterricht. Und danach essen wir immer zusammen bei mir zu Abend, das ist zur Tradition geworden. Oma macht uns immer etwas Leckeres.

»Findet ihr auch, dass es hier irgendwie verbrannt riecht?«, meint Noa, als wir die Straße entlanggehen.

Aber wir achten nicht weiter darauf. Manchmal verbrennen die Leute etwas in ihren Gärten, auch wenn das verboten ist. Bis wir entdecken, dass der Rauch von unserem Grundstück kommt. Wir rennen los, um schneller da zu sein, und finden meine Oma, die im Garten mit zufriedener Miene vor einem brennenden Scheiterhaufen steht. Es qualmt gewaltig und riecht sehr intensiv, ohne dass ich sagen könnte, wonach.

»Jetzt ist sie auch noch Pyromanin«, sagt Guerrero.

»Hallo Oma, was ist denn das für ein Feuer? Wo ist Mama?«, frage ich.

»Hallo, Kinder! Da kommen ja meine drei kleinen Retter. Wie schön, euch zu sehen. Deine Mutter ist im Büro, und ich verbrenne altes Papier und diese Truhe. Aber das Mistding will nicht richtig brennen, obwohl ich es schon dreimal angezündet habe. Na ja, jetzt habe ich Benzin drübergeschüttet. Das habe ich mir aus dem Rasentraktor des Nachbarn geklaut«, fügt sie mit einem verschwörerischen Grinsen hinzu.

Noa stößt mich mit dem Ellbogen an.

»Ja, was denn? Habt ihr noch nie Benzin geklaut?«, fragt Oma. »Das macht man mit einem Rohr. Man steckt es in den Tank und saugt daran wie an einem Trinkhalm.«

»Oma, das gibt Ärger.«

Aber das scheint sie nicht zu beunruhigen. Sie wirkt ausgesprochen gut gelaunt neben ihrem lodernden Feuer.

»Da kommt die Polizei!«, ruft Guerrero aus.

Wir schauen zur Straße hinüber und sehen Mamas Auto, das aufs Grundstück fährt, dicht gefolgt von einem Streifenwagen, und ich weiß nicht, ob die Polizei Mama verfolgt oder ob der Nachbar, dem Oma das Benzin geklaut hat, die Polizei gerufen hat, damit sie sie festnehmen. Noa fasst nach meiner Hand und nach der von Guerrero. Ihre Hände schwitzen. Oder bin ich das? Schon wieder tut mir der Bauch weh vor Aufregung. Wie auf dem Weg zur Psychologin, nur stärker.

»Mama!«, ruft meine Mutter und stürzt aus dem Auto. »Was ist das für ein Feuer? Was tust du da? Mein Gott, was hast du mit den Geldscheinen gemacht?«

Oma sieht Mama mit diesem Gesichtsausdruck an, den sie immer hat, wenn sie etwas gemacht hat und drauf und dran ist, eine ihrer frechen Bemerkungen von sich zu geben.

»Wie, was habe ich mit den Scheinen gemacht? Verbrannt habe ich die! Hast du keine Augen im Kopf, Mädchen? Wenn sie eh nichts mehr wert sind, ins Feuer damit!«

»Señora, ist Ihnen klar, dass Sie da gerade Beweismaterial verbrennen?«, fragt einer der Polizisten.

»Beweismaterial wofür?«, fragt Oma eingeschnappt. »Dass Peseten nichts mehr wert sind?«

Mama sagt uns, dass wir ins Haus gehen sollen. Wir gehorchen, verfolgen das Geschehen aber weiter durchs Küchenfenster, denn so etwas passiert nicht alle Tage, und außerdem fühlen wir uns für Oma verantwortlich. Wir kennen sie besser als die Erwachsenen. Das hat man ja gesehen. Von drinnen bekommen wir das Gespräch nur noch zur Hälfte mit. Es fallen Worte wie *illegal*, *Banknoten*, *Ehemann*, *Gesetzwidrigkeiten*, *Maßnahmen*, *Anzeige* und *Verschwinden*. Irgendwann bricht Oma in lautes Gelächter aus, so als hätte jemand etwas unglaublich Witziges gesagt.

»Deine Oma ist echt der Knaller, Sebas«, murmelt Noa.

»Ja, das ist sie«, entgegne ich. »Hoffentlich bleibt sie so.«

LUZ

Julia ist sauer auf mich wegen der Geldscheine. Das versstehe, wer will. Ständig beschwert sie sich, dass ich alles aufbewahre, und wenn ich mich einmal entscheide aufzuräumen, kommt sie mir so. Sie war es doch, die mir klipp und klar gesagt hat, dass Peseten nichts mehr wert sind und man sie nicht mehr umtauschen kann. Warum also regt sie sich jetzt so auf? Konnte ich wissen, dass sie wegen der Geschichte mit dem Geldkoffer direkt zur Polizei rennt? Was sollte das? Meine Tochter muss wirklich einen an der Waffel haben, ich weiß auch nicht, von wem sie das hat.

»Der Apfel fällt nicht weit vom Stamm«, höhnt meine Mutter.

»Halt den Mund und sei nicht so gemein.«

Ich mag keine Polizei. Polizei bedeutet immer Ärger. Ärger, den man selbst hat oder in den einen die anderen bringen. Um die Polizei macht man am besten einen ganz großen Bogen. Das habe ich vom Argentinier gelernt. Er hat mir beigebracht, mich wegzuducken, wann immer wir einem Polizisten begegnet sind. »Schau ihnen nicht in die Augen, verhalte dich unauffällig, und tu ganz gelassen«, hat er mir gepredigt. Und ich hatte ständig Angst, dass sie ihn eines Tages verhaften. Was habe ich gelitten!

»Lüg doch nicht so rum!« Meine Mutter lässt mich nicht in Frieden. Heute ist sie auf Krawall aus.

»Was weißt du schon?«

»Du lügst wie gedruckt.«

»Und wieder die alte Leier. Mama, du gehst mir auf den Geist.«

»Du betrügst dich selbst, Luz. Du und ich, wir beide wissen genau, wie sehr du dir gewünscht hast, dass sie deinen Mann einlochen. Mit dem hattest du nichts als Schlamassel, einen nach dem anderen. Du hast selbst oft daran gedacht, ihn anzuzeigen. Für dich wäre es eine Erleichterung gewesen, wenn sie ihn eingesperrt hätten.«

»Und eine Schande.«

»Na ja, schändlich waren auch andere Dinge, die du gemacht hast, und da hat es dich nicht so gestört.«

Kann dieses Weib nicht mal den Mund halten? Geht ihr denn niemals die Puste aus? Ich kann dieses Gequatsche nicht mehr ertragen. Ich brauche Ruhe in meinem Kopf, sie soll endlich verschwinden.

»Das hättest du wohl gern«, sagt sie. »Aber ich habe nicht vor, von hier wegzugehen.«

Ich werde sie einfach ignorieren. Wenn sie nur noch Selbstgespräche führen kann, hat sie vielleicht irgendwann die Nase voll und lässt mich endlich in Frieden.

»Es ist mein Recht, meine Meinung zu sagen, wann es mir passt«, fährt sie fort. »Ich lasse mir von dir nicht den Mund verbieten. Schließlich bin ich deine Mutter.«

Ja, aber du bist tot, denke ich.

»Das spielt keine Rolle«, sagt sie frech.

Mein Kopf gehört mir, und sie besetzt ihn ohne meine Erlaubnis. Dabei gibt es Tage, an denen ich ganz gern mit ihr rede. Wie damals, bevor Julia und Sebas hier eingezogen sind. Da habe ich mich einsam gefühlt, und ihre Gesellschaft hat mir gutgetan. Aber jetzt ist sie außer Rand und Band, und ich brauche Ruhe, weil ich Probleme habe und eine Stimme, die mir ständig widerspricht, nicht hilfreich ist. Das macht mich nervös.

»Probleme? Du übertreibst. Früher hattest du vielleicht Probleme. Dagegen ist das jetzt der reinste Spaziergang. Wenn du glaubst, dass ich dir bei allem recht gebe, bist du auf dem Holzweg.«

Ich lasse sie zetern und beachte sie gar nicht. Am besten konzentriere ich mich auf etwas anderes, um mich abzulenken. In meinem Zimmer gibt es außer dem Versteck unter der Matratze noch ein anderes, wo ich wichtige Dinge aufbewahre. Am Boden sind zwei lose Bretter. Darunter ist ein Hohlraum, in dem ich Geld, Schmuck und das Notizbuch versteckt habe, in dem der Argentinier in seinen Glanzzeiten alles Mögliche aufgeschrieben hat. Julia hat danach gefragt, nachdem sie sich mit Lola von der Bar Seco unterhalten hatte, aber ich habe mich dumm gestellt. Ich habe so getan, als wüsste ich nicht, wovon sie spricht. Im Theaterspielen bin ich gar nicht so schlecht. Ich weiß, wie gern Julia diese Notizen hätte. Tatsächlich habe ich kurz darüber nachgedacht, sie ihr zu geben. Aber dann habe ich beschlossen, sie zusammen mit den alten Geldscheinen zu verbrennen. Und das war gut so. Da war ich mal schlau. Was mein nichtsnutziger Mann da nicht alles reingeschrieben hat, all die Daten, Orte, Namen und Mengen. Ich muss heute noch lachen, wenn ich an die albernen Namen denke, die sie den Drogen gegeben haben. Das Heroin haben sie *Ferkel* genannt. Das Kokain *Muscheln*. Das Zeug, das man raucht, *Krabben*. Sie haben es wohl so genannt, weil das Heroin in Autos aus Madrid hergeschafft wurde und die anderen Drogen über das Meer kamen wie Fisch: fünfhundert Kilo Muscheln in Vilagarcía angeliefert. Tausend Kilo Krabben in Vilanova. Eine Ladung Ferkel in Portugal abholen. Wenn ich jemanden von Meeresfrüchten sprechen höre, denke ich noch heute, dass es um Drogen geht. Der Name Lucifer tauchte auf etlichen Seiten in dem Notizbuch auf. Und noch andere Namen. Dutzende. Einige davon wurden im Fernsehen erwähnt, als wären diese Leute Berühmtheiten. Aber das ist lange her. Ich weiß nicht, wen das heute noch interessieren soll, aber wenn Julia mich nach dem Notizbuch fragt, hat das seinen Grund. Darum habe ich es verbrannt. Sie ist ja wie besessen davon, die Vergangenheit auszugraben. Seit sie hier ist, löchert sie mich mit Fragen nach ihrem Vater. Das wird kein gutes Ende nehmen.

»Bist du etwa nervös?«, fragt meine Mutter.

Ich beachte sie nicht und stelle mich taub. Am liebsten würde ich auch all die Bilder anhalten, die mir ununterbrochen in den Sinn kommen. Wenn ich daran denke, wie mein ganzes Leben durcheinandergebracht wurde, wird mir eiskalt. Im Grunde habe ich nur einen großen Fehler gemacht: den Argentinier zu heiraten. Er war nicht mein einziger Verehrer. Da war noch dieser andere, der so förmlich war, ein Bäcker. Und der, der ein bisschen dümmlich wirkte und schließlich Avelina geheiratet hat, die mit den krummen Beinen. Ich habe keine gute Wahl getroffen.

»Du wolltest es ja so, sag nicht, ich hätte dich nicht gewarnt. Der Argentinier kam mir gleich verdächtig vor. Männern, die Ringe am kleinen Finger tragen, ist nicht zu trauen.«

Da hat Mama ausnahmsweise mal recht, denn nach der Hochzeit nahm das Unglück seinen Lauf. Er hat mit diesen schmutzigen Geschäften angefangen, und ein Desaster folgte dem anderen. Unser Hund, den sie getötet und mit einer Plastiktüte über dem Kopf vor die Haustür gelegt haben, der Mann, der mich auf der Straße bedroht hat … Er war ein Riese, bestimmt zwei Meter groß und mit einem ungeheuren Wanst. Ich kam gerade vom Einkaufen und hatte Julia an der Hand, die nicht älter als fünf Jahre gewesen sein kann. Gut, dass sie sich nicht mehr daran erinnert. Sie hat es jedenfalls nie erwähnt, also wird sie auch nichts darüber wissen. Dieser Mistkerl hat mich am Genick gepackt, gegen eine Wand gestoßen und sein Messer gezogen. Er hat geschwitzt wie ein Schwein und gesagt, wenn der *Rápido* seine Schulden nicht bezahlt, bekämen die Kleine und ich die Konsequenzen zu spüren. Zwei Tage später hat man die Leiche des Riesen gefunden, mit verbrannten Händen und zugenähtem Mund. Ich habe nicht mal erfahren, wie viel Geld mein Mann ihm schuldig war. Das hat er mir nie gesagt. Ich weiß nur, dass er es mit sehr gefährlichen Leuten zu tun hatte, die Verräter und Abtrünnige brutal bestraften.

»Na, was die wohl mit dir machen würden, wenn sie wüssten, was du getan hast?«

Du kannst sagen, was du willst, tralala. Deine Predigten gehen mir zum einen Ohr rein und zum anderen wieder raus. Mein Mann hat mir so einiges erzählt. Von dem Mann, dem sie mit einer Heckenschere die Zunge rausgeschnitten haben, weil er zu viel geredet hat. Ein anderer war gelähmt, nachdem sie ihn zusammengeschlagen hatten. Und einer baumelte im Kühlraum am Haken wie ein Stück Vieh. Ich glaube, er hat mir das alles erzählt, um mir Angst zu machen, damit ich nichts Falsches sage oder ihn verlasse. Und das hat er auch geschafft. Ich habe es nie gewagt, ihm zu widersprechen, niemals.

»Du lügst schon wieder.«

Ich muss mir das nicht gefallen lassen. Eine Tote darf nicht eine solche Macht haben. Der Pfarrer, der früher in der Nachbargemeinde die Messe gehalten hat, ist jetzt auch Exorzist. Und wenn meine Mutter so weitermacht, gehe ich zu ihm, so wahr ich kleines Biest heiße, damit er sie mir aus dem Leib reißt wie meinem Mann die Steine aus der Galle. Aha, jetzt sagst du nichts mehr! Das hat dir wohl Angst gemacht, was? Oh, diese Stille hat mir so gefehlt! Ein bisschen Frieden, um an gar nichts zu denken.

»Frieden kannst du haben, wenn du im Grab liegst. Das heißt, wenn du Glück hast. Schau mich an. Nicht mal tot kann ich mich ausruhen.«

Ich will, dass das aufhört. Jemand soll den Schalter in meinem Kopf umlegen. Sonst explodiert mir noch der Schädel.

»Sag Bescheid, wenn es so weit ist. Nicht, dass ich noch mit explodiere.«

»Jetzt halt endlich den Mund!«

»Keine Lust.«

»Wenn du nicht sofort ruhig bist, Mama, kannst du was erleben!«

»Ach ja? Und was hast du vor? Ich bin nichts, was man einfach so abschüttelt, du kannst mich nicht ausziehen wie eine Jacke, eine Hose, eine Bluse, einen Pullover, Strümpfe, Unterhosen, Pantoffeln, Alltagsschuhe, Ausgehschuhe, Hochzeitsschuhe, Lackschuhe, Regenschuhe ...«

Ich werde mir das nicht eine Minute länger anhören. Ich stehe aus dem Bett auf und gehe in die Küche, um der Sache ein Ende zu setzen. Diese Kopfschmerzen kann ich nicht mehr aushalten. Meine Mutter gibt sich einfach nicht geschlagen. Während ich die Treppe hinuntergehe, hält ihr Schandmaul nicht still.

»Du bist eine Lügnerin, eine miese Lügnerin, deinem Enkel schwirrt der Kopf von all dem Blödsinn, den du erzählst, und deine verlassene Tochter wird so enden wie du, weil Dinge erblich sind und von der Mutter auf die Tochter übergehen, die Boshaftigkeit und das Pech im Leben auch, der Blitz soll dich treffen! Du hast alles verdient, geschieht dir nur recht.«

»Du bist ein Miststück. Ich wollte nur, dass Julia ein normales Leben führen kann. Deshalb habe ich sie weggeschickt, damit sie weit weg ist von all dem Gift um uns herum, oder was glaubst du? Ich musste sie allein durchbringen. Ohne Vater. Weißt du, was das bedeutet?«

»Es war besser, dass dein Mann gegangen ist, Luz.«

»Das weiß ich auch.«

Wahrscheinlich denkt sie, dass ich jetzt weich werde, nur weil sie nach all dem Mist mal einen vernünftigen Satz gesagt hat. Aber nichts da! Ich kenne ihre Tricks und weiß, dass sie, wenn sie ihren biestigen Tag hat, nicht lockerlässt, bis sie mich fertiggemacht hat. Sie will mich zum Weinen bringen und dass ich die Nerven verliere. Es wäre nicht das erste Mal. In der Küche nehme ich einen Lappen und halte ihn unter den Wasserhahn, bis er ganz nass ist. Dann wringe ich ihn zu einem Ring, den ich mir auf den Kopf setze. Anschließend stülpe ich einen Topf darüber. Ich nehme den Hammer aus meiner Schürzentasche und schlage damit auf den Topf.

»Jetzt kannst du reden!«, schreie ich, um die Schläge zu übertönen. »Rede nur, ich höre dich sowieso nicht.«

Bamm, bamm, bamm! Der Hammer macht einen höllischen Lärm. Lauter als das Feuerwerk am Tag des heiligen Cristo de la Victoria. Bamm, bamm, bamm! Schau an, jetzt ist sie baff. Stumm wie eine Tote. Das ist eine

Warnung! Beim nächsten Mal rede ich mit dem Exorzisten, und dann ist sowieso Schluss. Bamm, bamm, bamm! Ich schlage mit voller Kraft zu und schaffe es, dass sie endlich den Mund hält.

»Mama!«, schreit Julia, die in die Küche gestürmt kommt.

Ich nehme an, dass sie *Mama* sagt, denn das ist bei diesem Radau nicht zu hören. Aber ich kann es von ihren Lippen ablesen. Trotzdem mache ich weiter: Bamm, bamm, bamm! Julia schreit irgendwas, aber ich höre nicht auf. Ich will nur Ruhe. Frieden. Ist das denn so schwer zu verstehen? Ich brauche Frieden, Frieden, Frieden! Sebas kommt in die Küche. Er sieht erschrocken aus. Bamm, bamm, bamm! Julia reißt mir den Hammer aus der Hand. Beide, Mutter und Sohn, sehen mich mit aufgerissenen Augen an. Mir kommen die Tränen, wenn ich sie so sehe, mit diesen fassungslosen Mienen.

»Du bist ja wahnsinnig!«, schimpft meine Mutter.

Meine Tochter nicht. Meine Tochter sagt nichts, aber ihre Augen sagen alles, und manchmal tut Schweigen besonders weh. Ich spüre die Tränen über meine Wangen rollen wie damals, als ich klein war und der Lehrer mir die Eselskappe aufgesetzt hat. Oder in der Zeit mit dem Argentinier, als eine schlimme Sache nach der anderen passierte. Die Katastrophen waren nicht aufzuhalten. Vielleicht hat meine Mutter recht, und es ist die gerechte Strafe, weil ich das Unglück in mir trage. Wie Claudia. Wie sehr ich sie vermisse. Warum sprichst du nie mit mir, Claudia? Ich lausche, aber sie antwortet nicht.

JULIA

Heute Nachmittag kommt Pablo aus Madrid. Der Gedanke an unser Wiedersehen macht mich nervös. Keiner von uns hat angesprochen, dass wir miteinander reden müssen. Er wird Sebas zu Hause abholen, und die beiden werden das Wochenende zusammen verbringen. Eigentlich gibt es auch gar nichts zu bereden. Als ich eine Erklärung von ihm gebraucht hätte, hat er mir keine gegeben. Alles, was er jetzt sagen könnte, käme zu spät, und ich weiß nicht, was es gegenwärtig noch bringen soll, ihm Vorwürfe zu machen, nachdem ohnehin alles kaputt ist. In den letzten Wochen ist so viel passiert, dass es sich anfühlt, als wären seit der Trennung Jahre vergangen. Es geht mir besser. Ich breche nicht mehr ständig in Tränen aus, weil ich mit so vielen anderen Dingen beschäftigt bin, dass ich kaum noch Zeit habe, über unsere Beziehung nachzugrübeln. Die Sache mit meinem Vater kommt mir im Grunde fast gelegen. Ich möchte alles über ihn herausfinden, auch wenn es schmerzhaft ist. Ich will die ganze Wahrheit wissen.

Ich habe mich mit dem ehemaligen Comisario und Subinspector Fontes in einer Bodega verabredet, die für gewöhnlich sehr gut besucht ist. Sie liegt gegenüber der Polizeidienststelle. Der Subinspector hat mir durch die Blume zu verstehen gegeben, dass es sich um ein eher informelles Gespräch handelt. Ich bin von der Redaktion aus zu Fuß gekommen. Das Laufen hat mir gutgetan und mich ruhiger gemacht. Gehen hilft mir immer, meine Gedanken zu ordnen.

Als ich die Tür des Lokals öffne, schlägt mir der Geruch nach Frittiertem entgegen. Ich mag den Geruch, diese Mischung aus Churros, Tortilla und Kaffee mit dem Stimmengewirr im Hintergrund. Weil es genau das ist, was einen solchen Ort ausmacht: Türen, die aufgestoßen werden, Leute, die rein- und rausgehen, jemand, der ungeduldig mit einem Geldstück auf die Theke klopft, ein Glas, das umfällt, das Geklapper von Tellern und Tassen.

Die beiden Herren erwarten mich in einer Art Separée weiter hinten im Raum. Ich bestelle einen Kaffee an der Theke, bevor ich zu ihnen gehe. Melchor, der ehemalige Comisario, steht auf und reicht mir die Hand. Er hat weißes Haar, und man sieht, dass er sich mit dem Subinspector gut versteht.

»Ich freue mich, Sie kennenzulernen, Julia. Sie sind mir als Journalistin nicht ganz unbekannt.«

Ich weiß nicht, ob das ernst gemeint ist oder nur eine Höflichkeitsfloskel, um für gute Stimmung zu sorgen, aber ich bin dankbar für seine Freundlichkeit.

»Ich habe Señor Melchor alles gesagt, was Sie mir über Ihren Vater erzählt haben«, kommt der Subinspector gleich zum Thema. »Ich habe ihn auch darüber informiert, was mit den siebenundneunzig Millionen passiert ist.«

»Ihre Mutter scheint keine Frau zu sein, die lange fackelt«, meint der Comisario lächelnd. »Eine ziemlich resolute alte Dame. Einfach so das ganze Geld zu verbrennen.«

»Ich hatte ihr gesagt, dass die Peseten nichts mehr wert sind. Das war vielleicht ein Fehler. Wenn ich nicht das eine Geldbündel aus der Truhe gerettet hätte, gäbe es jetzt überhaupt keinen Beweis mehr. Meine Mutter ist eine energische und sehr impulsive Person. Und dazu kommt noch ein psychisches Leiden.«

»Was hat sie denn?«, fragt der Subinspector.

»Das weiß keiner so genau. Vor Jahren wurde bei ihr mal eine schizophrene Störung festgestellt, aber das war wohl eine falsche Diagnose. Ich habe oft versucht, sie zu einem neuen Anlauf zu bewegen, um herauszufinden, was ihr fehlt, aber sie weigert sich strikt.«

»Das kann ich verstehen«, meint der Subinspector.

»Vor ein paar Wochen hatte sie einen Schlaganfall, aber das konnte zum Glück rechtzeitig behandelt werden. Einer der Ärzte hat einen baldigen Termin in der Geriatrie empfohlen, um neurologisch noch mal alles abklären zu lassen. Aber ich fürchte, mittlerweile kommen auch noch die üblichen Altersleiden hinzu.«

»Seit wann verhält sich Ihre Mutter denn so ungewöhnlich?«, fragt der Comisario.

Ich versuche mich zu erinnern. Tatsächlich habe ich mir diese Frage nie gestellt, die nun auf der Hand zu liegen scheint.

»Schon immer, nehme ich an. Mein Vater ist verschwunden, als ich noch ein Kind war. Als Jugendliche habe ich immer gedacht, dass meine Mutter depressiv ist.«

»Das würde mich nicht wundern«, sagt Melchor. »Man darf nicht vergessen, dass sie mit der rechten Hand eines Drogenhändlers verheiratet war. Sie hatte kein leichtes Leben.«

»Das stimmt. Die krummen Geschäfte meines Vaters sind sicher nicht spurlos an ihr vorübergegangen und haben sie viel Kraft gekostet. Aber ob es nun eine Depression war oder nicht, jedenfalls wurde es schlimmer, als ich zum Studium nach Madrid ging. Jedes Mal, wenn ich sie besucht habe, erschien sie mir geistesabwesender, jähzorniger und verschlossener. Es gab ein paar beunruhigende Vorfälle. Einmal hat mich eine Freundin von ihr angerufen und mir mitgeteilt, dass sie sich vor ein Auto geworfen hat.«

»Ein Selbstmordversuch?«, fragte der Subinspector.

»Das klingt jetzt vielleicht seltsam, aber ich bin mir nicht sicher. Sie war danach fünf Tage in der Psychiatrie, und sie haben nicht ein Wort aus ihr herausbekommen. Sie hat nie gesagt, dass sie sich absichtlich vor das Auto geworfen hat, aber der Fahrer des Wagens und einige Zeugen haben versichert, dass es so war. Sie hatte eine jüngere Schwester, an der sie wohl sehr hing, der ist vor vielen Jahren etwas Ähnliches passiert. Sie ist überfahren worden, und es konnte nie geklärt werden, ob es ein Unfall war oder Selbstmord. Ich habe schon überlegt, ob meine Mutter diesen Unfall vielleicht wiederholen wollte.«

»Unter diesen Umständen erscheint es mir schwierig, Ihre Mutter zu befragen«, sagt der Subinspector.

»Sie können es probieren, aber ich kann Ihnen sagen, dass ich schon mein ganzes Leben lang versucht habe, sie zu befragen. Aber da beißt man auf Granit. Sie will nicht darüber sprechen. Ich weiß auch nicht mehr, als dass mein Vater 1987 verschwunden ist, irgendwelche Geschäfte mit Rincón alias Lucifer gemacht hat und hundert Millionen Peseten im Haus zurückgeblieben sind. Die Version, dass er in Argentinien ein neues Leben begonnen haben soll, erscheint mir immer unglaubwürdiger. Mein Vater wurde wegen des Geldes, das meine Mutter jetzt verbrannt hat, ermordet.«

»Angesichts der wenigen Beweise, die Sie haben, wirken Sie sehr überzeugt«, wendet der Comisario ein.

Er sagt es nicht unfreundlich, aber bei mir klingeln die Alarmglocken. Vielleicht denkt er, dass ich mehr weiß, als ich sage. Eigentlich würde ich mein Gespräch mit

Lola und ihrem Sohn in der Bar Seco gern aussparen. Ich möchte sie nicht in die Sache hineinziehen, aber ich weiß nicht, ob das möglich ist.

»Dafür muss man nicht besonders schlau sein, sondern nur eins und eins zusammenzählen. Dieses Geld muss ja irgendwo hergekommen sein. Meine Mutter behauptet, dass mein Vater eine Tasche mit weiteren hundert Millionen im Auto hatte. Dass er die Hälfte des Geldes zu Hause deponiert hat, um sich dann in Luft aufzulösen. Die einzige logische Erklärung, die mir dazu einfällt, ist, dass er das Geld gestohlen hat.«

»Damit haben Sie wohl recht«, bestätigt der frühere Comisario. »Wir wissen, dass Ihr Vater Rincón hintergangen hat. In diese Richtung haben wir damals ermittelt.«

»Und was denken Sie über sein Verschwinden?«, frage ich ihn.

»Die Kolumbianer waren Experten darin, Leichen verschwinden zu lassen. Vor etwa zehn Jahren wurde bei Grabungsarbeiten auf dem Berg das Skelett eines Mannes gefunden, der mehr als ein Jahrzehnt dort verscharrt war. Zwei Männer, die für Rincón gearbeitet haben, wurden wegen Mordes verurteilt, aber ihm selbst konnte keine direkte Beteiligung nachgewiesen werden. Es gibt noch fünf weitere Männer, die zu der Zeit Geschäfte mit Rincón laufen hatten und die alle spurlos verschwunden sind. Ihre Familien haben sie als vermisst gemeldet. Es ist uns nie gelungen, sie zu finden, und ich kann Ihnen versichern, dass wir alle Hebel in Bewegung gesetzt haben.«

Der Comisario trinkt einen Schluck Kaffee, als brauche er eine Pause, und fährt dann fort:

»Mit Carlos Gil, dem Wirt der Bar Seco, war es anders. Drei Tage hatte man nichts von ihm gehört. Am

vierten Tag hat ein Mann seine Leiche auf dem Berg ge-
funden, und das war nun wirklich kein schöner Anblick.
Sein Körper wies deutliche Anzeichen von Folter auf. Die
Details erspare ich Ihnen. Es war ihr *modus operandi* für
Verräter. Diese Morde waren als Warnung an die restli-
chen Komplizen gedacht und eine Art, sich bei anderen
Drogenhändlern Respekt zu verschaffen.«

»Wollen Sie damit sagen, dass die Leiche meines Vaters
auch hätte gefunden werden müssen?«

»Der Logik nach, ja. Diese Leute haben ihre Verbrechen gern zur Schau gestellt. Aber sie sind völlig irratio-
nal, vergessen Sie das nicht. Der Einzige, der Ihre Fragen
beantworten könnte, ist wahrscheinlich Rincón selbst,
und der sitzt im Gefängnis.«

»Glauben Sie, dass es eine gute Idee wäre, ihm einen
Besuch abzustatten?«, frage ich, ohne nachzudenken.

»Nein, das wäre es nicht«, antwortet der Subinspector,
der eine ganze Weile geschwiegen und Melchor zugehört
hat. »Er ist nach wie vor ein gefährlicher Mann, der auch
außerhalb der Haftanstalt seine Kontakte hat. Es gibt Ver-
mutungen, dass er vom Gefängnis aus heute noch Dro-
genlieferungen dirigiert. Und er steht derzeit unter Verdacht, einen Mitgefangenen umgebracht zu haben. Daher
ist es nicht zu empfehlen, ihn aufzusuchen, und schon gar
nicht, ihm unbequeme Fragen zu stellen.«

»Außerdem ist er keiner, der Informationen einfach so
herausrückt«, fügt der Comisario hinzu.

»Das hängt vom Ego dieses Mannes ab«, entgegne ich.
»Es gibt Leute, die töten würden, um eine Bühne zu bekommen. Könnten wir es nicht so versuchen? Ihn damit
ködern, dass er Gelegenheit bekommt, frei vor der Kamera zu sprechen? In meiner Zeitung ist das Interview eine

der erfolgreichsten Sparten. Manche Interviews werden zehntausendmal heruntergeladen. Die Liste der Interviewpartner ist beeindruckend – Politiker, Richter, Unternehmer. Denken Sie mal darüber nach. Vielleicht kommen wir so an eine Information, die aufzuklären hilft, was mit meinem Vater passiert ist.«

Die beiden Männer schweigen.

»Natürlich würde er nicht erfahren, wer ich bin«, führe ich weiter aus. »Ich würde mich in meiner Eigenschaft als Journalistin an ihn wenden. Sie könnten mir helfen, die richtigen Fragen zu stellen. Ich müsste das noch mit meinem Chef besprechen, aber ich bin mir sicher, dass er es für eine gute Idee halten wird. Dieses Interview wäre ein Knaller. Die Zeitungen reißen sich um solches Material.«

»Ich glaube, Sie haben noch nicht verstanden, wer dieser Rincón ist«, sagt der Comisario. »Er wird nicht umsonst Lucifer genannt. Er hat Häuser, Autos, Menschen in Brand gesteckt.«

»Ich weiß, mit wem wir es zu tun haben und was für Gräueltaten dieser Mann begangen hat, aber ich frage mich seit fünfunddreißig Jahren, was aus meinem Vater geworden ist, und mag nicht mehr spekulieren. Ich muss wissen, was ihm passiert ist. Wenn es auch nur eine winzige Chance auf eine Antwort gibt, werde ich die nicht ungenutzt lassen. Außerdem geht es nicht um eine Konfrontation mit Rincón. Ich würde ihn weder attackieren noch herausfordern, so verrückt bin ich nicht. Es wäre ein entspanntes Gespräch, in freundlichem Ton, das ich in eine bestimmte Richtung zu lenken versuchen würde. Ob mir das gelingen wird, steht auf einem anderen Blatt.«

»Man müsste mit dem Gefängnisdirektor reden«, sagt der Subinspector und blickt den Comisario an.

»Nicht nur das. Man müsste an mehreren Fäden ziehen: bei der Zeitung, im Gefängnis und im Kommissariat. Und Rincón müsste einverstanden sein. Aber das ist nicht der springende Punkt. Die Frage ist vielmehr: Wäre dieses Interview sinnvoll? Würden wir damit etwas in Erfahrung bringen?«

»Das werden wir erst wissen, wenn wir es ausprobiert haben«, wende ich ein. »Überlegen Sie es sich, das ist eine einmalige Gelegenheit. Wegen welcher Verbrechen ist er denn damals eigentlich verurteilt worden?«

»Besitz und Verkauf von Drogen sowie Geldwäsche«, antwortet Melchor. »Er muss noch sieben Jahre absitzen. Abgesehen von den laufenden Ermittlungen in dem Mordfall in der Haftanstalt. Wenn er deswegen erneut verurteilt wird, bleibt er noch ein paar Jährchen länger drin.«

»Aber wie alt ist denn dieser Mann?«, frage ich.

»Fünfundsiebzig. Allerdings scheint das Alter für die Herren Drogenbosse kein Problem zu sein. Einige sind fast neunzig und noch aktiv. Sie kennen keine andere Art zu leben. Sobald sie aus dem Gefängnis kommen, machen sie weiter. Entweder handeln sie wieder mit Drogen, oder sie versuchen, das Geld zu waschen, das sie über Jahrzehnte illegal verdient haben. Das sind feste Strukturen – wie bei Clans, in denen das Gewerbe von Generation zu Generation weitergegeben wird.«

»Und Sie waren ein Leben lang hinter diesen Leuten her«, sage ich.

»Mehr oder weniger, ja«, entgegnet Melchor. »Wenn man so viel Zeit darauf verwendet hat, die Schlinge um sie herum immer enger zu ziehen, ist es unvermeidlich, dass man das Ganze irgendwann zu seiner persönlichen

Sache macht. Man lernt sie sehr genau kennen. Ihr Privatleben. Ich habe so viele Telefongespräche abgehört, dass ich sie irgendwann als Teil meines Lebens empfunden habe. Und was mich am meisten beeindruckt hat, das waren nicht die Verbrechen oder ihre Risikobereitschaft, sondern die Erkenntnis, dass sie innerlich keineswegs leer oder abgestumpft sind.«

Der Subinspector und ich sagen nichts darauf und warten, dass Melchor fortfährt. Ich verstehe nicht, worauf er hinauswill.

»Sie lieben ihre Familien. Einige vergöttern ihre Frauen und Kinder regelrecht. Es ist mir sehr schwergefallen, das zu begreifen. Vermutlich, weil es leichter ist, einen absoluten Unmenschen ins Gefängnis zu schicken. Was diese Leute tun, ist verwerflich. Sie foltern oder töten bedenkenlos. Aber sie haben Gefühle. Sie lieben und leiden. So wie jeder andere auch.«

Der Comisario trinkt seinen Kaffee aus und starrt ein paar Sekunden in die leere Tasse, als suchte er darin nach etwas. Ich nehme an, während seiner Dienstzeit ist ihm nichts erspart geblieben. Der Umgang mit solchen Menschen fordert seinen Tribut. Das übersteht man nicht unbeschadet.

»Wir werden Ihr Angebot, in die Haftanstalt zu gehen und dieses Interview zu führen, in Erwägung ziehen«, sagt der Subinspector. »Und vielleicht stellen wir auch Ihrer Mutter noch ein paar Fragen. Auch wenn nicht damit zu rechnen ist, dass ihre Kooperationsbereitschaft besonders groß sein wird.«

»Das ist eine nette Art, es auszudrücken«, antworte ich. »Vielen Dank für alles. Mir ist klar, dass es schwierig, wenn nicht gar unmöglich ist, jetzt noch die Wahrheit

über meinen Vater herauszufinden. Über sein Verschwinden. Aber zumindest werde ich mich damit trösten können, alles versucht zu haben, was in meiner Macht steht.«

»Entschuldigen Sie die persönliche Frage«, sagt Melchor, »Sie müssen auch nicht antworten, wenn Sie nicht
möchten. Aber der Gedanke ist mir während unseres
Gesprächs gekommen und hat mich neugierig gemacht:
Haben Sie mal darüber nachgedacht, was Sie tun würden,
wenn Ihr Vater noch lebt?«

Ich erschaudere. Ehrlich gesagt, nein. Das habe ich
mich noch nie gefragt. Ich nehme an, ich gehe viel zu fest
davon aus, dass er tot ist, als dass ich weitere Überlegun-
gen anstellen würde. Ich bin so besessen davon, alles herauszufinden, dass ich die Möglichkeit, dass er noch leben
könnte, völlig außer Acht gelassen habe. Und in diesem
Moment kommt mir noch eine ganz andere Frage: Will
ich denn, dass er lebt?

»Ich habe keine Ahnung«, sage ich.

Für eine Sekunde geht mir der Gedanke durch den
Kopf, dass es vielleicht doch keine so gute Idee ist, ihn
finden zu wollen, aber ich verbanne diesen Gedanken.
Ich bin hartnäckig. Wenn ich mir etwas in den Kopf gesetzt habe, lasse ich nicht locker, bis ich mein Ziel erreicht
habe. Ich verabschiede mich und stehe auf. Als ich ein
paar Schritte gegangen bin, ruft der alte Comisario noch
mal nach mir. Ich drehe mich um und blicke ihm in die
Augen.

»Sie haben echt Mut«, sagt er.

Da ich nicht weiß, was ich darauf sagen soll, beschrän-
ke ich mich auf ein Lächeln. Er lächelt auch, und es wirkt
aufrichtig.

LUZ

Ich brauche dringend eine Zigarette. Ich habe nichts mehr zu rauchen und finde nicht mal mehr einen Stummel, an dem noch was dran ist. Ich suche überall nach den blöden Dingern, ich habe ein paar Verstecke für den Notfall. Aber ich finde keine einzige, weder im Kissenbezug noch in den Strümpfen und auch nicht im Waschmittelbehälter. Keine einzige Zigarette. Nichts. Was für ein Trauerspiel.

Und wenn ich mir meinen Garten ansehe, brauche ich noch dringender eine Zigarette. Vor lauter Unkraut sind die Pflanzen kaum noch zu erkennen. Alles geht ein. Die Blumen, die Kräuter. Es macht mich ganz krank. Meine Tochter sagt, das sind Schädlinge, aber ich weiß, dass es der Nachbar ist. Er hat heimlich was über meine Pflanzen geschüttet, wahrscheinlich Benzin. Ich höre Julia, die in ihrem Zimmer sitzt und auf der Tastatur ihres Computers herumhackt - klack, klack, klack -, und Sebas ist hier im Garten und redet mit seinen Freunden über Dinge, von denen ich nichts verstehe. Ich habe vorhin mal versucht zuzuhören, aber ich habe keine Ahnung, wovon sie sprechen. Sie erwähnen seltsame Namen, sicherlich von diesen Zeichentrickfiguren im Fernsehen. Ich habe das Gefühl, der Junge ist ein bisschen nervös, weil heute Nachmittag sein Vater kommt, um ihn abzuholen. Julia hat ihm einen kleinen Koffer gepackt. Ich finde es gut, wenn er ein paar Tage mit Pablo verbringt, weil ich weiß, dass Sebas sich sehr nach ihm sehnt, und es ist nicht gut, ohne Vater aufzuwachsen wie meine Tochter. Das ist nicht einfach für ein Kind. Mir muss das keiner sagen, ich habe es ja selbst mit Julia erlebt. Ich finde es gut, dass der Junge ein paar Tage bei seinem Vater ist, aber ich werde ihn sehr vermissen. Ohne ihn ist dieses Haus ein Kühlschrank. Ich sehe zu Sebas und seinen Freunden hinüber, die im Gras sitzen und angeregt reden.

»Kinder«, rufe ich, denn mir ist gerade eine phänomenale Idee gekommen.

»Wag es ja nicht, die Kinder dazu anzustiften, du mieses Stück!«, warnt mich meine Mutter.

»Und wer hat dich nach deiner Meinung gefragt?«, schnauze ich zurück. »Du hältst jetzt mal schön den Mund!«

Seit unserer letzten Auseinandersetzung lasse ich ihr nichts mehr durchgehen. Sie ist wie eine von denen, die einfach in eine leere Wohnung ziehen, aus der man sie dann nicht mehr rauskriegt. Wie nennt man die noch? Hausbesetzer. Genau das ist meine Mutter, eine Hausbesetzerin. Nur dass diese Wohnung mein Kopf ist.

Sebas und seine Freunde rennen auf mich zu. Dieser Guerrero wird auch immer dicker. Wenn das so weitergeht, wird er eines Tages platzen.

»Hallo, Oma Luz. Zeigst du uns deinen Hammer?«, fragt er schnaufend und lacht. Ich mag ihn gern, den kleinen Fettklops.

»In Ordnung, aber nicht anfassen«, warne ich und nehme meine Waffe aus der Kitteltasche. »Du hast abgenommen, stimmt's?« Ich zwinkere ihm zu.

»Schön wär's, ich wiege fast so viel wie Thanos.«

»Und wer ist das?«

»Einer deiner Feinde, Oma«, sagt Sebas.

»Hör nicht auf sie«, mischt sich das Mädchen ein, die scheint mir die Vernünftigste von den dreien. »Die spinnen.«

»Wir spinnen überhaupt nicht«, protestiert Guerrero. »Thanos ist sogar noch gefährlicher als der Schlächter. Er hat einen Handschuh, in dem er die Infinity-Steine sammelt.«

»Ich habe auch einen Handschuh, damit ich mich nicht an meinen Töpfen verbrenne, wenn ich die in den Ofen stelle.«

»Aber der Gauntlet von Thanos ist ein Handschuh, der Superkräfte hat.«

»Ah, so wie mein Hammer!«

Sie antworten nicht und sehen sich nur schweigend an.

»Da ihr so gern von Feinden redet, ich hab da einen Kandidaten gleich nebenan, der mir ziemlich auf den Wecker geht«, sage ich mit gesenkter Stimme, falls jemand zuhört, und zeige auf das Haus des Nachbarn.

»Warum streitet ihr euch immer?«, fragt Sebas.

»Weil er schon als Vollidiot auf die Welt gekommen ist.«

»So wie Diego Puga«, meint Noa.

»Genau. So wie Diego Puga.« Die drei sehen mich interessiert an. »Vollidiotie ist nicht heilbar, wisst ihr?«, fahre ich fort. »Der Nachbar ist nicht gefährlich, er reißt nur gewaltig das Maul auf. Aber er hat etwas, das ich brauche, und ich weiß nicht, wie ich drankommen soll.«

»Was denn?«, fragt Guerrero.

»Zigaretten.« Ich schweige einen Moment, bevor ich mit meinem Plan herausrücke. »Seht ihr den grünen Schuppen? Da drin macht der Blödmann seine Schreinerarbeiten und raucht dabei wie ein Schlot. Er bunkert die

Zigaretten dort stangenweise. Und ich hätte so gern ein Päckchen! Ich muss jetzt eine rauchen. Ganz dringend, sonst geht's mir schlecht.«

»Mama sagt, du sollst nicht rauchen, weil das ungesund ist«, erinnert mich Sebas.

»Sie sagt auch, dass du keine Schokolade essen sollst, und ich gebe sie dir trotzdem. Und nicht irgendeine Schokolade, sondern Schweizer Schokolade, die es in dem teuren Laden an der Plaza das Palmeiras gibt.«

»Wie tief muss man sinken, um ein Kind auf diese Art zu manipulieren«, blafft mich die Tote in meinem Kopf an.

Ich beachte sie nicht.

»Ich brauche so dringend eine Schachtel Zigaretten wie du ein Stück Kuchen, wenn du vier Tage nur Brokkoli und Mangold gegessen hast«, fahre ich fort und hefte meinen Blick auf Guerrero.

»Aber wir können nicht zum Kiosk gehen«, sagt der Dicke. »An Kinder verkaufen sie keine Zigaretten. Das ist verboten.«

»Das verlangt ja auch keiner. Aber ihr seid gelenkig genug, um da rüberzuklettern«, sage ich und deute mit dem Hammer auf die Mauer, die mein Grundstück von dem des Vollidioten trennt. »Ich musste als Kind alles Mögliche tun, um zu überleben: Ich hab mich in die Nachbargärten geschlichen und bin auf die Bäume geklettert, um an Obst zu kommen. Entweder das, oder wir wären verhungert. Dafür musste ich viel Prügel einstecken, und das hat mich stark gemacht.«

»Aber das geht nicht, Oma. Wenn Mama dahinterkommt, bringt sie mich um«, murmelt Sebas. »Außerdem wissen wir ja gar nicht, wo der Nachbar die Zigaretten aufbewahrt.«

»Der Schuppen ist winzig, es kann nicht schwer sein, die Dinger zu finden«, beschwöre ich ihn. »Ich dachte, ihr hättet mehr Mumm.«

»Das wäre schon ein spannendes Abenteuer«, überlegt das Mädchen. »Aber wenn wir erwischt werden, gibt das einen Riesenärger.«

»Ihr werdet nicht erwischt«, sage ich. »Und wenn, dann nehme ich alles auf meine Kappe. Ihr seid doch schließlich meine kleinen Retter, und ich stehe mein Leben lang in eurer Schuld. Außerdem seid ihr Kinder von heute ein bisschen verhätschelt. Ihr werdet zu sehr in Watte gepackt. Wenn ich als Kind zum Weinholen geschickt wurde, habe ich auf dem Heimweg ein Viertel selbst getrunken und die Karaffe zu Hause dann mit Wasser aufgefüllt. Und mit der Fischerin habe ich am Bootssteg immer eine Zigarette gepafft, und manchmal haben wir uns noch einen Schnaps dazu genehmigt. So war das damals.«

»Mit wie vielen Jahren hast du eigentlich angefangen zu rauchen, Oma?«, will Sebas wissen.

»Was weiß ich? Mit acht oder neun. Ich rauche schon mein Leben lang. Deine Mutter hat gut reden, wenn sie sagt, dass ich damit aufhören soll und dass der Tabak mir schadet. Aber ganz so schlimm kann es ja nicht sein, immerhin werde ich bald achtzig, oder?«

Die drei sehen mich treuherzig an.

»Also? Wird das heute noch was? So schwierig ist das doch gar nicht. Ihr steigt über die Mauer, und, zack, seid ihr auf dem Grundstück von diesem Blödmann. Dann flitzt ihr in die Hütte, schnappt euch ein Päckchen Zigaretten, seid im Handumdrehen wieder hier und macht eine arme alte Frau glücklich, ehe sie hier verschmachtet.«

»Und wenn er uns erwischt?«, fragt Sebas.

»Er kann euch nicht erwischen, weil er nicht zu Hause ist«, lüge ich. »Ich habe ihn eben weggehen sehen, ihr habt also freie Bahn. Ich stehe Schmiere, und wenn er sich blicken lässt, pfeife ich. Kommt schon, los geht's!«

Die Kinder haben keine Wahl, ich habe sie überzeugt.

»Weil du ein Miststück bist«, keift meine Mutter.

»Deine Schuld, hättest mich eben nicht auf die Welt bringen sollen«, gebe ich vergnügt zurück.

Die Kinder klettern so flink über die Mauer, dass es eine Freude ist, ihnen zuzusehen. Ich wünschte, ich hätte noch so junge Beine und wäre noch so schnell. Seit dem Sturz auf dem Berg habe ich ziemlich abgebaut. Aber jetzt freue ich mich erst mal auf eine schöne Zigarette.

»Ersticken sollst du daran!«, zetert meine boshafte Mutter.

Ich ignoriere sie wie den Pfarrer bei der Predigt, wenn er aus diesen Korintherbriefen liest, die kein Mensch versteht. Die Kinder laufen über das Grundstück des Nachbarn auf den Schuppen zu. Sie sind gut erzogen. Wahre Engelchen. Ich schließe die Augen und halte mein Gesicht in die Sonne. Wie gut es tut, hier zu sitzen. Was für ein herrlicher Nachmittag. Dieser Garten ist ein Segen, auch wenn ich dringend mal Hand anlegen müsste. Schon bald kommt der Frühling, und ich sollte langsam anfangen, alles Vertrocknete rauszureißen und Frühlingsblumen zu setzen. Petunien, Hyazinthen, Lilien, Geranien, Stiefmütterchen ... Ich werde Julia bitten, zur Gärtnerei zu fahren und mir von allem etwas mitzubringen. Ich liebe es, wenn der Garten im Frühling in allen Farben explodiert und die Sonne alles zum Leuchten bringt. Ich stelle mir gerade vor, wie schön das sein wird, als eine kreischende Stimme den glücklichen Moment ruiniert. Sie gehört meinem grässlichen Nachbarn. Ich gehe zur Mauer und sehe nach, was da drüben los ist. Oje, er macht meinen Enkel und seine Freunde zur Schnecke. Er hat sie auf frischer Tat ertappt. Jetzt zwingt er sie, durchs Tor rauszugehen, statt wieder über die Mauer zu klettern. Er marschiert hinter ihnen her wie ein Gardesoldat. Links, rechts, links, rechts ... Ich greife nach meinem Hammer. Wenn er mir dumm kommt, wird er mich kennenlernen. Julia stürzt erschrocken aus dem Haus. Kein Wunder bei dem Aufstand, den der Vollidiot macht. Der beschallt das ganze Viertel mit seinem Geschrei. Aber das Schlimme ist nicht Julia, sondern dass in diesem Moment mein Schwiegersohn vorfährt, der genau genommen nicht mehr mein Schwiegersohn ist, aber ich weiß nicht, wie ich ihn sonst nennen soll.

»Ist dir klar, dass hier gleich der Teufel los sein wird?«, fragt meine Mutter.

»Immerhin langweilen wir uns nicht.«

»Das stimmt nun auch wieder.«

Julia kommt auf mich zu, und ich tue so, als hätte ich keine Ahnung, was hier vor sich geht.

»Mama, was ist hier los?«, fragt sie. »Warum regt der Nachbar sich so auf?«

»Keine Ahnung, was den gebissen hat.«

Wir gehen zum Gartentor. Der Vollidiot ist schon dabei, Sebas' Vater zur Schnecke zu machen.

»Ihr Sohn und seine Freunde sind bei mir eingebrochen, um Zigaretten zu stehlen«, sagt er gerade. »Dass ich Raucher bin, lässt sich in meinem Alter nicht mehr ändern. Aber wenn Kinder in diesem Alter schon rauchen, ist das wirklich besorgniserregend. Was ist denn das für eine Erziehung?«

Mein Schwiegersohn weiß nicht, was er sagen soll. Der arme Kerl hat seinen Sohn seit Wochen nicht gesehen und platzt jetzt in dieses Chaos.

»Sebas, stimmt das?«, fragt Julia streng.

Sebas sieht mich hilfesuchend an. Es zerreißt mir das Herz, aber ich kann ihm nicht helfen.

»Du könntest schon«, sagt meine Mutter.

»Bist du verrückt? Um nichts in der Welt würde ich vor diesem Vollidioten zugeben, dass es meine Idee war.«

»Seit Monaten weiß ich, dass jemand Zigaretten aus meinem Schuppen stiehlt«, kreischt der Vollidiot. »Aber ich hätte nicht gedacht, dass die Diebe Kinder sind.«

»Du liebe Zeit! Rauchende Kinder, was für eine Schande!«, rufe ich und schlage die Hände vors Gesicht, als wäre ich den Tränen nah.

Die armen Kleinen sind stumm vor Schreck. Ein Glück für mich, denn wenn sie petzen, habe ich schlechte Karten.

Julia entschuldigt sich bei dem Nachbarn und verspricht, dass es nicht mehr vorkommen wird. Das wird es aber, weil ich entschlossen bin, mich weiterhin aus dieser Quelle zu versorgen. Die Zigaretten sind mein einziges Laster, ich kann sie nicht auch noch aufgeben. Mein ehemaliger Schwiegersohn nimmt Sebas in die Arme und gibt ihm einen Kuss auf die Stirn. Ich wende mich ab, weil ich keine Lust auf das ganze Familiendrama habe, und setze mich wieder in die Sonne. Von meinem verwilderten Garten aus beobachte ich das Ende der Szene. Julia geht ins Haus, um den Koffer des Jungen zu holen. Ich bin gespannt, ob Sebas mir zum Abschied einen Kuss gibt oder mir wenigstens zuwinkt, bevor er ins Auto seines Vaters steigt, aber er macht keins von beidem. Weder das eine noch das andere.

»Er ist sauer auf dich«, sagt meine Mutter, als hätte sie das Schießpulver erfunden.

»Das weiß ich selbst, du Klugscheißerin.«

Ich greife in meine Schürzentasche und finde eine Zigarette darin. Die hatte ich ganz vergessen und freue mich wie ein Schneekönig. Ich zünde sie an und blase Rauchkringel in die Luft, wie ich es als kleines Mädchen von der Frau gelernt habe, die am Bootssteg Dorsche gefangen hat. Das waren noch Zeiten! Was man heutzutage nicht alles anstellen muss, um an eine Zigarette zu kommen.

SEBAS

»Papa, ich rauche nicht.«

Mein Vater hat mir einen Kuss auf die Stirn gegeben und mich fest umarmt, bevor wir ins Auto gestiegen sind, und jetzt sitzen wir am Hafen, einem unserer Lieblingsplätze. Er hat neue Angelruten mitgebracht und einen Korb für die Fische. Vor uns liegt ein riesiges Schiff mit dem Namen *Mafalda IV*, und alles riecht nach Algen. Ich gehe wahnsinnig gern mit Papa angeln, fast genauso gern wie mit Guerrero und Noa, obwohl es mit denen noch ein bisschen lustiger ist. Heute aber bin ich lieber mit Papa zusammen, weil es schon so lange her ist, dass wir uns gesehen haben, und ich ihn so sehr vermisst habe, dass es mir innendrin manchmal ganz wehgetan hat.

»Also, wenn du nicht rauchst, warum seid ihr dann in den Garten des Nachbarn geschlichen, um Zigaretten zu klauen? Oder raucht einer deiner Freunde?«

Papa wirkt nicht besonders verärgert, als er mir die Fragen stellt. Er freut sich, mit mir zusammen zu sein. Ich freue mich auch, aber gleichzeitig bin ich ein bisschen traurig wegen der ganzen Geschichte. Im Auto habe ich geweint. Ich wollte nicht, aber die Tränen sind mir einfach so runtergelaufen, und ich konnte nichts dagegen machen.

»Wir Kinder rauchen nicht, Papa. Das ist verboten und nicht mehr so wie früher, denn da haben Kinder sehr wohl geraucht, wie Oma Luz uns erzählt hat. Sie hat gesagt, sie braucht so dringend eine Zigarette, wie Guerrero ein Stück Kuchen braucht, wenn er wegen seiner Diät tagelang nur Grünzeug gegessen hat. Mein Freund kämpft gegen sein Übergewicht, das habe ich dir ja schon mal erzählt.«

»Oma Luz raucht?«

»Ja, sie raucht jede Menge, und sie versteckt die Zigarettenstummel in den Blumentöpfen. Manchmal pflanzt sie auch ihre Medikamente in den Garten, weil sie denkt, dass man daraus Aspirin- und Blutdruckpflanzen züchten kann. Damit sie nicht mehr zur Apotheke muss. Oma hasst Apothekerinnen. Sie sagt immer, die sind hinterhältig und süffisant, wobei ich nicht weiß, was süffisant bedeutet, und sie wollte es mir nicht erklären. Jedenfalls hat sie uns gebeten, über die Mauer zu klettern und ein Päckchen Zigaretten aus dem Schuppen zu holen, wo der Nachbar seine Werkstatt hat.«

Ich bin mir nicht sicher, ob es in Ordnung ist, dass ich Oma verrate. Aber wenn ich nicht die Wahrheit sage, denken Mama und Papa, ich würde rauchen, und das wäre schließlich auch nicht in Ordnung. Außerdem sprudeln die Worte von ganz allein aus mir raus.

»Du weißt, dass es nicht richtig ist, ohne Erlaubnis das Grundstück anderer Leute zu betreten, oder?«

»Klar weiß ich das, Papa, ich bin zehn Jahre alt. Aber Oma musste dringend rauchen, und sie hat gesagt, das geht schon klar und dass sie eh in unserer Schuld steht, weil wir sie auf dem Berg gerettet haben. Jetzt steht sie doppelt in unserer Schuld – wegen der Sache mit dem Schlächter *und* wegen der Zigaretten, und außerdem hat sie ihr Versprechen nicht gehalten.«

»Was meinst du damit?«

»Sie hat versprochen, die Schuld auf sich zu nehmen, wenn wir erwischt werden, und das hat sie nicht getan.

Als der Nachbar aufgetaucht ist, hat sie die Überraschte gespielt, als ob sie von der ganzen Sache nichts wüsste.«

»Verstehe«, sagt Papa ernst. »Und jetzt bist du sauer auf Oma?«

»Ja. Immer lügt sie. Aber manchmal erinnert sie sich auch nicht an alles. Deshalb weiß ich nicht, ob ich sauer auf sie sein kann oder nicht.«

Papa holt eine Dose mit Würmern hervor. Wir haben sie in einem Laden gekauft, wo man alles bekommt, was man fürs Angeln braucht. Als ich klein war, hat es mir immer Spaß gemacht, selbst nach Würmern zu suchen, um sie später als Köder zu verwenden. Sie sind leicht zu fangen, man muss nur am Strand die kleinen Häufchen finden, die wie Spaghetti aus Sand aussehen. Darunter wohnen die Würmer. Man muss eine Schaufel mitnehmen und genau da, wo die Spaghetti sind, ein Loch graben. Einmal habe ich auf der Suche nach Ködern einen Stein angehoben, und darunter war eine dicke schwarze Schlange. Vor Schreck habe ich den Stein fallen lassen, und ich glaube, ich habe sie zerquetscht. Später hat Papa mir erklärt, dass das keine Schlange gewesen ist, sondern ein Aal, und es hat mir leidgetan, dass ich den auf diese Weise getötet habe.

»Hier, nimm, und gib ihm deinen Haken zu fressen«, sagt Papa und reicht mir einen von den Würmern.

Man muss warten, bis der Wurm das Maul aufmacht, und den Angelhaken reinstecken. Dann schiebt man den Wurm mit Zeigefinger und Daumen weiter, bis der ganze Haken damit bedeckt ist. Früher, als ich noch klein war, habe ich mich geekelt und Mitleid mit den Würmern gehabt, weil ich dachte, dass ihnen das wehtut, aber das stimmt nicht.

»Oma Luz war schon immer etwas eigenartig«, sagt Papa, aber da erzählt er mir nichts Neues. »Als ich deine Oma kennengelernt habe, hatte sie im Badezimmer ein Glas stehen, da waren Steine aus der Gallenblase ihres Mannes drin.«

»Was ist eine Gallenblase?«

»Ein Organ, das ungefähr hier sitzt.« Papa zeigt auf die untere Bauchseite.

»Und da bilden sich Steine?«

»Ja, und in den Nieren auch. Manchmal. Aber niemand bewahrt sie auf. Stell dir mal vor, dir würden die Mandeln rausgenommen. Würdest du dann zum Arzt sagen: ›Entschuldigen Sie, Herr Doktor, aber könnten Sie mir die Mandeln bitte zum Mitnehmen einpacken?‹«

»Wie die Pizza im Restaurant.«

Wir lachen.

»Genau. Wie eine Pizza.«

Dann hilft Papa mir, die Angel auszuwerfen. Ich mag es, wie die Schnur pfeift, wenn sie durch die Luft aufs Meer zufliegt. Dann muss man die Angel nach oben ziehen, mit der Spule die Schnur ein wenig einholen und abwarten. Manchmal nur wenige Minuten und manchmal eine ganze Weile. Das hängt davon ab, wie viel Hunger die Fische haben.

»Was war das mit dem Schlächter, von dem du vorhin erzählt hast?«, will Papa wissen.

»Das war, als wir ausgebüxt sind und Oma auf dem Berg gefunden haben und der Hubschrauber kam und sie ins Krankenhaus gebracht hat. Sie hatte den Schlächter besucht und ihn mit dem Hammer bedroht. Weil der uns vorher auf dem Berg Angst eingejagt hatte. Ich habe Mama gesagt, dass Oma zum Schlächter gegangen ist, weil sie und dieser Mann Erzfeinde sind, aber Mama hat mir nicht geglaubt. Jedenfalls hat sie nichts gemacht. Deshalb sind wir selbst zum Berg gegangen, um nach Oma zu suchen. Wir wussten ja, was sie vorhatte, und ich hatte eine Riesenangst, dass der Schlächter sie umbringt. Er ist sehr gefährlich, weißt du? Zum Glück hat Oma den Hammer. Sie hat ihn immer bei sich, sogar wenn sie schläft. Sie legt ihn unters Kissen, falls sie in der Nacht überfallen wird. Und tagsüber hat sie ihn in der Kittelschürze.«

»Aber was ist denn mit diesem Hammer, dass sie so daran hängt? Ist der aus Gold, oder was?«

Die Frage kann ich ihm nicht beantworten, denn wenn ich ihm erzähle, dass Oma Thor ist, wird er denken, ich spinne. Erwachsene glauben so etwas nicht.

»Weißt du, wer Thor ist?«, frage ich ihn zögernd.

»Natürlich, der Donnergott. Odins Sohn.«

Boah, ich fasse es nicht! Ich hätte nie gedacht, dass Papa so gut informiert ist.

»Als Kind habe ich diese Geschichten sehr gern gelesen«, erzählt er mir, während er anfängt, so schnell wie möglich die Schnur einzuholen.

»Hat einer angebissen?«, frage ich aufgeregt.

»Jawohl!«, antwortet er und zieht einen riesigen Dorsch aus dem Wasser.

Er greift nach dem Fisch und löst ihn vom Haken. Ein ganz schöner Brocken. Papa legt ihn in den Korb und steckt einen neuen Köder an den Angelhaken. Mal sehen, ob ich auch bald etwas fange.

»Oma geht es mit ihrem Hammer genau wie Thor«, versuche ich Papa zu erklären. »Sie kann nicht ohne ihn sein.«

»Aber wer ist dieser Schlächter, Sebas? Und warum denkst du, dass er Oma umbringen will?«

Okay, Papa weiß ein bisschen was über Thor, aber so viel nun auch wieder nicht. Wenn er wirklich Ahnung hätte, würde er nicht fragen, wer der Schlächter ist.

»Das ist ein sehr böser Mann. Er hat ganz lange Arme und Beine und eine Beule am Hals. Er hat uns auf dem Berg mit einer Sichel verfolgt, und wir mussten vor ihm wegrennen, damit er uns nicht den Hals aufschlitzt.«

Papa sieht mich besorgt an, sagt aber nichts.

»Darüber war Oma Luz so sauer, dass sie hingegangen ist, um ihm Bescheid zu stoßen. Sie hat ihm mit dem Hammer gedroht. Was, glaubst du, würde eher gewinnen? Die Sichel oder der Hammer?«

»Das kommt drauf an.« Er grinst. »Wenn deine Oma die Sichel hat, gewinnt die Sichel. Wenn sie den Hammer hat, gewinnt der Hammer.«

Das glaube ich auch. Oma Luz ist unbesiegbar.

»Lässt Mama dich denn allein auf den Berg, Sebas?«

»Ich gehe ja nicht allein, ich gehe mit meinen Freunden, mit Noa und Guerrero.«

»Und es ist kein Erwachsener dabei?«

»Nö, aber da passiert uns ja nichts. Wir haben super-viel Spaß auf dem Berg.«

»Schon klar. Da passiert nichts, außer dass euch ein Verrückter mit einer Sichel verfolgt, vor dem ihr euch in Sicherheit bringen müsst.«

Jetzt scheint er wütend zu sein, aber nicht auf mich.

»Was machst du sonst noch allein?«, fragt Papa.

»Videospiele, die Bücher lesen, die Guerrero mir ausleiht, Zeichentrickserien schauen und Hausaufgaben machen.«

»Und beim Nachbarn einbrechen, um ihn zu bestehlen«, fügt er hinzu.

»Das war nur heute.«

»Aber der Mann hat gesagt, dass ihm schon öfter Zigaretten weggekommen sind.«

»Ich glaube, das war Oma, obwohl ich nicht weiß, wie sie über die Mauer gekommen ist. Aber wenn sie ihm auf die Gladiolen pinkelt, muss sie es ja irgendwie rüberschaffen Vielleicht schleicht sie auch vorne rum. Sie hat ihre Tricks.«

Papa sieht mich entgeistert an. »Sie macht *was*?«

»Na ja, statt auf die Toilette zu gehen, pinkelt sie beim Nachbarn auf die Blumen, und aus Rache sorgt er jetzt dafür, dass in unserem Garten alles eingeht. Oma ist ganz geknickt, weil ihre Pflanzen alle hinüber sind. Mama meint, das war ein Schädling, aber Oma denkt, der Nachbarn hat sie mit Benzin übergossen, weil sie ihm doch das Benzin aus seinem Mähtraktor geklaut hat, um die Geldscheine zu verbrennen. Aber auch davor war der Garten schon wie ein Urwald. Das Unkraut hatte alles überwuchert, weil Oma nichts mehr machen konnte. Und jetzt ist es eben ein vertrockneter Urwald. Aber wir wollen Oma zum Geburtstag einen neuen Garten schenken. Das war meine Idee. Es soll eine Überraschung werden.«

»Sebas, ich verstehe kein Wort von dem, was du mir erzählst. Welches Benzin, welche Geldscheine?«

»Also, vor ein paar Tagen sind meine Freunde nach der Schule mit zu mir gekommen. Meine Freunde hatten noch auf mich gewartet, weil ich zur Schulpsychologin musste, und auf dem Weg nach Hause hat es auf einmal ganz verbrannt gerochen. Zuerst haben wir gedacht, dass irgendein Nachbar etwas in seinem Garten verbrennt, aber es war Oma. Sie hat mit einem Schlauch das Benzin aus dem Traktor vom Nachbarn gesaugt und es über eine Truhe gegossen, die voll war mit Geldscheinen, mit den alten, den Peseten. Und dann hat sie alles angezündet. Mama kam mit der Polizei und hat uns ins Haus geschickt. Wir haben schon gedacht, sie würden Oma in Handschellen abführen, aber es ist nichts weiter passiert, und nach einer Weile sind die Polizisten wieder abgezogen.«

»Und seit wann gehst du zur Schulpsychologin? Warum erzählt mir das keiner?«

»Ich war nur einmal da, Papa, aber sie sagt, ich soll wiederkommen.«

»Sebas, geht es dir gut hier mit Mama und Oma? Weil mich das, was du mir so schilderst, doch ein wenig beunruhigt. Vor allem, weil wir jeden Tag telefonieren und du mir gar nichts von diesen Dingen erzählt hast.«

»Keine Sorge, es geht mir gut, Papa. Nur dass Mama und Oma sich immer anschreien, ist nicht so schön. Sie streiten viel, und ich will, dass sie damit aufhören.«

»Okay, anders gefragt: Warum wollte die Schulpsychologin mit dir reden? Ich nehme an, dass ihr über private Dinge gesprochen habt, die du mir nicht erzählen musst. Aber so generell, nur damit ich eine Vorstellung habe. Was wollte sie von dir wissen?«

»Sie wollte Sachen über Diego Puga wissen.«

»Von diesem Jungen hast du mir schon mal erzählt. Das ist doch der, der dich schikaniert.«

»Mehr als schikaniert. Er ist ein Terrorist. Er hat den Brief, den du mir geschrieben hast, mit Schokolade beschmiert, und jetzt kann man ihn nicht mehr lesen.« Während ich das sage, habe ich einen Kloß im Hals.

Papa nimmt mich in den Arm und streicht mir über den Kopf, und da kommen erst recht die Tränen.

»Möchtest du, dass ich mal mit den Eltern von diesem Terroristen rede?«

»Der Schulleiter hat ihn schon zu sich bestellt, und er war über eine halbe Stunde bei ihm drin. Die Psychologin hat gesagt, dass er mich nicht weiter so behandeln darf. Sie hat gesagt ›Das dürfen wir ihm auf keinen Fall durchgehen lassen, und wir werden dafür sorgen, dass er sofort damit aufhört.‹«

»Sebas, ich möchte, dass du mir von jetzt an alles erzählst, okay?«, sagt Papa und sieht mir in die Augen. »Auch wenn ich nicht hier wohne, bist du mein Sohn, und ich muss wissen, ob es dir gut geht. Und wenn es dir nicht gut geht, will ich das auch wissen. Ich weiß, dass wir uns mehrere Wochen nicht gesehen haben, aber das wird nicht wieder vorkommen. Ich werde das Haus meiner Eltern auf Vordermann bringen, und dann kannst du immer zu mir kommen. Da habe ich als Kind jedes Jahr den Sommer verbracht.«

Papa ist sehr ernst, und ich habe ein bisschen Kopfweh. Ich würde mich lieber über was Lustiges unterhalten und nicht über Dinge, die mich aufregen. Mit Guerrero und Noa passiert das nie, nur mit Erwachsenen. Mit Erwachsenen und mit Diego Puga.

»Papa!«, rufe ich plötzlich, als ich einen Ruck an der Angel spüre.

»Ganz ruhig. Lass den Fisch sich gut festbeißen, und dann holst du so schnell wie möglich die Schnur ein.«

Ich tue, was er sagt, und drehe mit aller Kraft an der Kurbel, aber als der Haken aus dem Wasser kommt, ist er leer. Es ist kein Fisch dran, und der Köder ist auch weg.

»Das gibt's ja nicht. Die haben ihn einfach gefressen!«, sage ich enttäuscht.

»Macht nichts, mein Junge. Nimm einen neuen Köder, Fische gibt es reichlich, und wir haben keine Eile.«

Wenige Minuten später fängt Papa einen weiteren Fisch, und ich staune, was er da aus dem Meer zieht. Es ist ein Hornhecht! Er hat ein langes Maul, das aussieht wie ein Horn, und bläuliche Schuppen. Papa bittet mich, ihn zu halten, und macht ein tolles Foto von mir.

»Sollen wir das Mama schicken?«, fragt er mich.

Natürlich schicken wir das Mama. Sie wird sich sehr freuen, wenn sie sieht, wie ich mit dem Hecht posiere und schöne Sachen mache wie früher, als ich noch klein war und niemand zu Hause rumgeschrien hat. Ich glaube, dass ich die Fische deswegen so mag. Weil sie ganz still sind, und selbst wenn ihnen etwas wehtut, bleiben sie stumm.

JULIA

Ich hasse Streit, egal, mit wem. Vor allem, weil ich dann immer Dinge sage, die ich hinterher bereue, und schlecht damit umgehen kann, wenn ich das Gefühl habe, anderen wehgetan zu haben. Ich hasse Streit, doch in der letzten Zeit scheint dies die normale Art zu sein, wie meine Mutter und ich uns miteinander verständigen. Wir streiten uns bei jeder Gelegenheit. Mir war nicht bewusst, wie sehr Sebas darunter leidet, bis ich mit der Schulpsychologin gesprochen habe. Sie hat mir eine Reihe von Verhaltensweisen geschildert, die ihr an Sebas aufgefallen sind, und ich glaube, dass wir mehr als ein Problem haben. Sie hat das Wort *speziell* benutzt, um ihn zu beschreiben, und das hat mir überhaupt nicht gefallen. Ich bin seine Mutter und finde eine solche Bezeichnung nicht in Ordnung. Sie hat auch gesagt, dass er eine schwierige Phase durchmacht. Wir sind in eine andere Stadt gezogen, sein Vater lebt mehr als fünfhundert Kilometer entfernt, er hat seine Schule, sein Zuhause, seine Freunde zurücklassen müssen, und als wäre es damit nicht genug, leben wir obendrein auch noch mit einer Frau zusammen, die ab und zu nicht richtig tickt. Wenn die Psychologin schon Sebas für speziell hält, würde ich sie gern mal erleben, nachdem sie achtundvierzig Stunden mit meiner Mutter verbracht hat. Ihr Speziellometer würde durch die Decke gehen. Sie hat mich zu Pablo ausgefragt, unter anderem, ob wir vor der Trennung unsere Meinungsverschiedenheiten oft vor dem Kind ausgetragen hätten. Ich wollte vermeiden, dass es so wirkt, als geriete ich in die Defensive, aber in einer solchen Situation ist es fast unmöglich, sich nicht in die Enge getrieben zu fühlen. Es erscheint mir unangemessen, dass sich eine Außenstehende auf diese Weise in unser Leben einmischt. Etwas anderes wäre es, wenn ich aus freien Stücken zu einer Psychologin gegangen wäre. Aber ich hatte keine Wahl. Ich habe einen Anruf von der Schule erhalten und bin hingegangen, wie es jede Mutter getan hätte. Sie hat sofort angefangen, mich mit Fragen zu bombardieren, die immer privater wurden, bis ich mich gezwungen sah, sie in ihre Schranken zu weisen. Und dann auch noch dieser Vorfall ausgerechnet in dem Moment, als Pablo kam, um Sebas abzuholen. Das war ein ganz schlechtes Timing. Als ich von meinem Zimmer das Gezeter des Nachbarn hörte, dachte ich, dass es mal wieder Krach mit meiner Mutter gibt, das wäre nicht das erste Mal gewesen. Die beiden sind wie Hund und Katze. Und dann habe ich Sebas wie einen begossenen Pudel dastehen sehen und mich gefragt, wie er dazu kommt, sich auf ein fremdes Grundstück zu schleichen und Zigaretten zu klauen? So etwas hat er noch nie gemacht. Ich muss zugeben, dass ich dem Nachbarn im ersten Moment geglaubt habe. Es schien ja auf der Hand zu liegen: Die Kinder befanden sich auf seinem Grund und Boden, und er hielt zum Beweis für die Tat das Päckchen hoch. Aber die Reaktion meiner Mutter war dermaßen überzogen, dass mir sofort der Verdacht kam, die Sache könnte auf ihrem Mist gewachsen sein. Trotzdem ist es mir gelungen, ruhig zu bleiben und sie vor dem Nachbarn nicht bloßzustellen. Denn wie ich sie kenne, hätte sie das als Verrat aufgefasst. Ich habe mich beim Nachbarn also entschuldigt und versprochen, dass so etwas nicht mehr vorkommt. Doch nachdem Sebas mit Pablo weg war, habe ich Mama zur Rede gestellt. Es geht nicht, dass sie meinen Sohn auf diese Art benutzt. Das ist schon das zweite Mal, dass er eine rote Linie überschreitet, und in beiden Fällen war meine Mutter der Anlass. Einmal, als er ohne Erlaubnis auf den Berg gegangen ist, um auf eigene Faust nach ihr zu suchen. Und jetzt wieder.

»Für wen hältst du mich! Ich habe deinen Sohn nicht zum Stehlen zum Nachbarn geschickt, was fällt dir ein, mir so was zu unterstellen?«, hat sie mich entrüstet angefahren. »Ihr Mütter von heute behandelt eure Kinder, als wären sie aus Zucker, und das ist dann eben die Quittung. Kinder rauchen, das war schon immer so. Oder was denkst du? Ihr seid lächerlich.«

»Ich würde nicht sagen, dass es dir zusteht, irgendjemandes Erziehungsmethoden zu kritisieren«, habe ich zurückgegeben.

»Ich musste dich allein aufziehen, ohne Hilfe, und das ist jetzt der Dank? Ich habe mich krummgelegt, damit du studieren konntest, und jetzt kommt so was?«

»Hör schon auf, Mama. Mein Studium hast du mit dem Drogengeld finanziert, das auf dem Speicher lag, und mich hast du mein Leben lang glauben lassen, dass du dafür hart gearbeitet hättest. Und wenn du mit ›allein aufziehen‹ meinst, mir die Wahrheit über meinen Vater zu verschweigen und die ganze Zeit nicht für mich da zu sein, dann reden wir offenbar aneinander vorbei.«

»Wann war ich nicht für dich da?«

»Die Frage ist, wann *warst* du mal für mich da. Ich konnte mit dir doch nie über irgendwas reden oder auf deine Unterstützung zählen. Ich habe eine Mutter gebraucht, und du warst dem nicht gewachsen.«

Wenn man streitet, ist es nicht leicht, die Worte abzuwägen. Im Nachhinein denke ich, dass es ein Fehler war, so mit ihr zu reden, aber in der Hitze des Gefechts konnte ich mich nicht beherrschen. Ich weiß, dass sich zu viel Groll in mir aufgestaut hat, und das ist ungesund. Aber meine Mutter hat sofort zurückgeschlagen.

»Es ist nicht meine Schuld, dass deine Ehe in die Brüche gegangen ist, also lass deinen Frust nicht an mir aus«, hat sie zu mir gesagt. »Du nistest dich hier ein, und alle müssen nur noch nach deiner Pfeife tanzen. Seit du hier bist, machst du nichts anderes, als uns herumzukommandieren. Du machst die Vorschriften, du bestimmst. Du bist eine richtige Tyrannin! Mir und auch deinem Sohn gegenüber. Und es wundert mich gar nicht, dass dein Mann sich eine andere gesucht hat. Ehrlich – es ging mir viel besser, bevor du hergekommen bist.«

Das war nun echt gemein und zudem sehr unfair. Vor allem, weil ich inzwischen fast alles für Mama mache. Ohne mich käme sie doch überhaupt nicht mehr klar. Ich begleite sie zum Arzt, zum Supermarkt, zur Apotheke. Ich kaufe mit ihr neue Kleidung. Ich helfe ihr beim Waschen, mit den Medikamenten, beim Anziehen. Sie braucht mich bis zum Geht-nicht-mehr, ob es ihr nun passt oder nicht. Und zum Dank macht sie uns das Leben schwer.

Natürlich ist das nicht ohne Folgen geblieben. Das Wochenende über herrschte eisiges Schweigen. Ich habe keinerlei Anstalten gemacht, auf sie zuzugehen. Im Gegenteil: Ich habe so viel Abstand gehalten, wie es möglich ist, wenn man zusammen unter einem Dach lebt. Und dann kam auch noch das Gespräch mit Pablo. Ich habe versucht ihm klarzumachen, dass es Sebas hier gut geht und alles in Ordnung ist, aber er glaubt mir nicht. Am Sonn-

tag, als er den Jungen nach ihrem gemeinsamen Wochenende zurückgebracht hat, hat er tausend Erklärungen von
mir verlangt und angedeutet, dass er das Umfeld, in dem
unser Sohn aufwächst, für nicht geeignet hält.

»Der Junge hat *geweint*, Julia. Deine Mutter hat ihn
losgeschickt, damit er beim Nachbarn Zigaretten stiehlt.
Findest du das normal?«

»Natürlich ist das nicht normal. Das geht überhaupt
nicht, und ich habe schon mit ihr geredet.«

»Und kannst du mir versprechen, dass sich so etwas
nicht wiederholt?«

»Sebas wird so was nicht mehr machen.«

»Sebas hat sich eigenmächtig auf die Suche nach deiner
Mutter gemacht, als sie verschwunden war. Die Kinder
sind allein auf dem Berg gewesen, wo irgend so ein Irrer
herumläuft. Es hätte wer weiß was passieren können, Julia. Hast du gedacht, Sebas würde mir das nicht erzählen?
Er ist also schon mehrfach in heikle Situationen geraten,
und ich erfahre nichts darüber.«

»Jetzt tu nicht so, als würde ich dir etwas verheimlichen, denn das war wirklich nicht meine Absicht.«

»Ach nein? Dann erklär mir doch mal, warum du mir
kein Wort von dem Termin bei der Schulpsychologin gesagt hast, und auch nicht, dass die Polizei bei euch war,
wegen dieser Geldgeschichte, die ich noch nicht ganz verstanden habe.«

»Das mit dem Geld war auch für mich eine Überraschung. Das hat mit meinem Vater zu tun. Ich versuche
gerade herauszufinden, was damals mit ihm passiert ist
und ob er noch lebt«, habe ich ihm erklärt.

»Nach fünfunddreißig Jahren? Na, das ist wahrlich eine
Überraschung. Dann sag mir doch eins: Was hast du vor,

wenn du ihn findest? Willst du ihn auch noch bei euch einquartieren, und dann seid ihr eine große glückliche Familie?«

»Jetzt bist du unfair.«

»Vielleicht bist du ja diejenige, die nicht fair ist, Julia. Alles, was du hier tust, hat Auswirkungen auf Sebas, und das scheint dir überhaupt nicht bewusst zu sein.«

Und bevor er dann ging, kam der entscheidende Satz.

»Ich überlege, zwei Wochen im Monat in Galicien zu verbringen. Ich könnte das Haus meiner Eltern herrichten und im Homeoffice arbeiten.«

»Und was willst du mir damit sagen?«

»Dass ich ein gemeinsames Sorgerecht will und wir uns die Betreuung von Sebas teilen sollten. Ich würde diese Dinge gern einvernehmlich regeln.«

Sein Vorschlag hat mir Angst gemacht. Ich will nicht zwei Wochen im Monat auf Sebas verzichten. Wenn es mir schon schwerfällt, ein Wochenende ohne ihn zu sein, wie soll ich dann damit klarkommen, dass er den halben Monat weg ist. Ich gebe hier wirklich mein Bestes. Dem Verschwinden meines Vaters auf den Grund zu gehen war das, was mir geholfen hat, diesem Teufelskreis aus Tränen und Selbstmitleid zu entkommen. Die Alternative wäre gewesen, aus dem Fenster zu springen. Man sollte sich nicht von seinem Kummer überwältigen lassen, aber manchmal sieht man keinen Ausweg mehr und wird wie von einem Sog erfasst, der einen immer tiefer ins Dunkel zieht. Wenn man einmal in dieser Dunkelheit feststeckt und die Schatten übermächtig werden, wird es sehr schwer, Licht zu sehen. Man bekommt einen Tunnelblick und fokussiert sich nur noch auf das Schlechte, bis man denkt, das ganze Leben sei schlecht. Aber das stimmt natürlich nicht, und natürlich ist Sebas der Mittelpunkt meines Lebens, wie könnte es anders sein? Aber ich bin nicht nur Mutter, sondern auch Frau, und das bringt Konflikte mit sich, die zu meistern man erst lernen muss. Ich kann mich nicht jedes Mal, wenn ich eine Entscheidung treffe, selbst infrage stellen. Was habe ich dann noch vom Leben? Pablo macht es sich leicht. Er hat mit einer anderen Frau ein neues Leben begonnen und kommt nach Wochen hier vorbei, um mal eben alles durcheinanderzubringen und meine mütterlichen Fähigkeiten in Zweifel zu ziehen.

Mir platzt gleich der Schädel. Am besten nehme ich eine Tablette. Es ist sieben Uhr, und ich liege seit zwei Stunden wach. Wenn der Tag schon so anfängt, will ich nicht wissen, wie es mir erst heute Abend gehen wird. Ich wecke Sebas, und während er sich anzieht, richte ich ihm das Frühstück und schmiere sein Pausenbrot. Dann verabschiede ich mich mit einem Kuss von ihm.

»Vergiss nicht, dass Mittwoch ist und ich am Nachmittag Musikunterricht habe«, erinnert er mich. »Heute Mittag esse ich in der Schule.«

»Habe ich das jemals vergessen?«, frage ich und tue beleidigt.

»Noch nie, aber falls.«

Ich wuschle ihm durch die Haare. Er beschwert sich, und ich lache.

»Ich hab dich lieb«, sage ich.

»Ich dich auch, Mama.« Er schlingt die Arme um mich, und das möchte ich keinen Tag missen.

»Sei schön leise, okay? Du weißt ja, wie Oma ist, wenn sie zu früh geweckt wird.«

»Ich bin mucksmäuschenstill, versprochen.«

Joana kommt gegen neun. Um diese Zeit liegt meine Mutter normalerweise noch im Bett. Ich schlüpfe in meine Jacke und verlasse das Haus. Es ist ein kühler Morgen, und alles ist von Tau bedeckt. Ich gehe zum Auto, und dann sehe ich die Schrift. Sie zieht sich in schiefen roten Großbuchstaben von vorn bis hinten über den Wagen: DU WIRST BRENNEN, DU HURE. Ich muss nicht lange überlegen. Und die Frage, wer das getan haben könnte, brauche ich mir gar nicht erst zu stellen, weil es offensichtlich ist. Das Auto ist nicht das Problem oder doch, aber das lässt sich lösen. Im Grunde ist es nur eine Schmiererei, die mich vor der Nachbarschaft blamieren soll. Das Problem ist vielmehr, dass jemand dafür mitten in der Nacht über die Mauer gestiegen ist. Pablos Worte hämmern in meinem Kopf, und ich muss schlucken. »Sebas hat geweint, Julia.« »Nach fünfunddreißig Jahren?« »Dann sag mir doch eins: Was hast du vor, wenn du ihn findest? Willst du ihn auch noch bei euch einquartieren, und dann seid ihr eine große glückliche Familie?« »Er ist also schon mehrfach in heikle Situationen geraten.« »Vielleicht bist du ja diejenige, die nicht fair ist.«

Ich steige ins Auto und fahre los. Je schneller ich hier weg bin, desto besser. Sebas darf das nicht sehen. Dann rufe ich in der Redaktion an, um Bescheid zu sagen, dass ich später komme, weil ich vorher noch zur Polizei muss. Draußen ist es dunkel. Das erspart mir die Peinlichkeit, in einem Auto unterwegs zu sein, auf dem DU WIRST BRENNEN, DU HURE steht. Wie leicht es den Männern doch fällt, uns Frauen »Hure« zu nennen. Mit welcher Selbstverständlichkeit sie uns dieses Etikett aufdrücken. Jede von uns ist schon mal als »Hure« bezeichnet worden. Ein männliches Äquivalent gibt es nicht, was

uns verwundbar macht. Aber in diesem Fall ist die Beleidigung das Wenigste. Jemand ist bei uns eingedrungen,
während wir geschlafen haben. Ich lasse das Seitenfenster
herunter und atme die kalte Luft ein, um mich zu sammeln.

Wenig später betrete ich die Polizeidienststelle in der
Gewissheit, dass der Subinspector mir sagen wird, er
habe mich ja gewarnt. Ich glaube, dass ich ihn aus diesem
Grund erst gar nicht zu Wort kommen lasse, als er aus
seinem Büro kommt. Ich wünsche ihm nicht mal einen
guten Morgen, sondern fordere ihn sofort auf, mit mir
nach draußen zu kommen, und sage:

»Keine Predigten, bitte. Ich muss wissen, was ich jetzt
tun soll.«

Der Subinspector betrachtet schweigend und mit ge-
runzelter Stirn das Geschmiere auf meinem Auto.

»Kommen Sie mit in mein Büro«, murmelt er dann.

Unterwegs bittet er einen Kollegen, das Auto zu foto-
grafieren.

»Sie können Anzeige erstatten«, informiert er mich mit
ernster Miene. »Dann würden wir die Nachbarn befragen,
ob jemand den Täter gesehen hat, was ziemlich unwahrscheinlich ist. Und selbst wenn es so wäre, hat das Ganze offensichtlich mitten in der Nacht stattgefunden, und
wir würden wohl keine zuverlässige Täterbeschreibung
bekommen. Das ist das eine. Das andere ist, dass diese
Schmierfinken, selbst wenn wir sie ausfindig machen,
Rincón niemals verraten werden.«

»Was wollen Sie mir damit sagen, abgesehen davon,
dass eine Anzeige Zeitverschwendung wäre?«

»Das hier ist eine Warnung.«

»Ich würde eher sagen, eine Drohung.«

»Natürlich ist es eine Drohung«, berichtigt er sich. »Was ich damit sagen will, ist, dass der Gefängnisdirektor mit Rincón gesprochen hat, um ihm Ihren Vorschlag mit dem Interview zu unterbreiten. Und das ist seine Reaktion. Seine Empfehlung, Ihre Nase nicht in fremde Angelegenheiten zu stecken und sich von ihm fernzuhalten.«

»Aber woher weiß dieser Mann, wo ich wohne?«

Der Subinspector zieht die Augenbrauen hoch. Er sieht mich nur an, und mir wird sofort bewusst, wie absurd meine Frage ist.

»Ich rate Ihnen, es dabei zu belassen. Ich weiß, das ist nicht leicht für Sie, weil Sie Ihren Vater finden wollen, aber das Beste wäre, diesen Rincón zu vergessen.«

Bei dem Gedanken, dass nachts jemand bei uns eingedrungen ist, bekomme ich eine Gänsehaut. Und dann sage ich mir: Willst du dich wegen einer obszönen Schmiererei geschlagen geben? Wenn Pablo allerdings davon erfährt, habe ich noch ein weiteres Problem. Es ist wirklich zum Verzweifeln. Im Moment kämpfe ich an so vielen Fronten, dass ich kaum noch klar denken kann.

»In jedem Fall könnten wir für ein paar Tage eine Streife vor Ihrem Haus postieren«, fährt der Subinspector fort. »Ich glaube nicht, dass da noch mehr kommt, denn ich bin mir sicher, dass die Ihnen nur einen Schrecken einjagen wollten. Aber es wäre eine Beruhigung. Auch für mich«, fügt er leise hinzu.

»Was passiert, wenn ich weitermache?«

»Weitermachen? Und wie wollen Sie das anstellen?«, fragt er und kann seinen Ärger kaum verbergen. »Julia, Ihr Vater liegt wahrscheinlich seit fünfunddreißig Jahren mit Gewichten an den Füßen auf dem Meeresgrund oder ist irgendwo in den Bergen verscharrt. Und wenn nicht, wenn er tatsächlich ausgewandert ist, werden Sie ihn auch nicht finden. Wenn er absichtlich verschwunden ist, hat er sich dafür entschieden. Vielleicht sollten Sie das einfach akzeptieren. Ich verstehe, dass es nicht leicht ist, in der Ungewissheit zu leben. Aber manchmal ist die Wahrheit das größere Übel. Und ich habe das ungute Gefühl, dass das in diesem Fall so ist.«

»Sie lassen mir also keine Wahl.«

»Sie *haben* keine Wahl! Bringen Sie Ihr Auto in eine Werkstatt, lassen Sie es neu lackieren, und überlassen Sie den Rest uns.«

»Und was werden Sie tun? Egal, Sie brauchen nicht zu antworten«, fahre ich erregt fort. »Ich habe verstanden. Es gibt Dinge, die man besser nicht wieder ausgräbt.«

»Es ist zu Ihrem Besten, Julia.«

Ich reiche dem Subinspector zum Abschied die Hand, aber diesmal bedanke ich mich nicht. Mein Gefühl sagt mir, dass dies unsere letzte Begegnung ist. Als ich auf die Straße trete, wird es schon hell. DU WIRST BRENNEN, DU HURE – jedes Mal, wenn ich die Worte lese, dröhnt in meinem Kopf eine tiefe Männerstimme, die mich aus dem Gleichgewicht bringt. Ich nehme mein Handy aus der Tasche und fotografiere das Auto von allen Seiten. Dann fahre ich los Richtung Werkstatt. Als ich die Spur wechsele, höre ich lautes Hupen hinter mir. Ich habe ein Auto übersehen, das mich um ein Haar gerammt hätte. An der nächsten Ampel lege ich den Kopf aufs Lenkrad und breche in Tränen aus.

LUZ

Heute werde ich achtzig Jahre alt. Ich frage mich, wie viel Zeit mir noch bleibt. Wann ich unter der Erde liegen werde, dazu verdammt, nur noch eine Stimme zu sein, die im Kopf meiner Tochter herumspukt, so wie Mamas Stimme in meinem. Ich vermute, so etwas vererbt sich von der Mutter auf die Tochter. Es ist Donnerstag, also werden Aurora und Preciosa zum Mensch-ärgere-Dich-nicht-Spielen und Weintrinken kommen. Ich habe beim Konditor eine Torte bestellt. So eine wie früher, mit Buttercreme, Schokolade und Biskuit. Eine, die so schmeckt, wie eine Torte schmecken muss. Ich musste schnell sein - Julia war schon drauf und dran, eine von ihren ungenießbaren Kreationen zu backen. Einen Dattelkuchen, ich darf gar nicht daran denken ... Ein Kuchen ohne Zucker verdient den Namen Kuchen nicht. Das ist Schwindel, wie mit der Milch, die auch nicht mehr nach Milch schmeckt, seit sie angefangen haben, sie in Tüten zu verpacken. Es ist offensichtlich, dass sie Wasser reinmischen, deshalb schmeckt sie nach nichts. Als Kind habe ich die Milch direkt nach dem Melken getrunken. Und irgendwann hieß es dann, dass das unhygienisch ist und man davon krank wird, und damit war der Spaß vorbei.

»Na, Mama? Willst du mir nicht gratulieren?«, frage ich leicht säuerlich.

Aber meine Mutter antwortet nicht. Sie ist mucksmäuschenstill. Tag für Tag quasselt sie mir die Ohren voll, und ausgerechnet heute, an meinem Achtzigsten, gibt sie keinen Ton von sich. Heute Morgen werde ich im Bett bleiben, solange ich will. Gleich wird diese Joana kommen und mir auf die Nerven gehen. Sie meint es nicht böse, aber sie will mich immer herumkommandieren. Alle Frauen in diesem Haus wollen mich herumkommandieren. Wobei Julia die Schlimmste ist, sie redet sogar davon, mich in ein Altenheim zu stecken. Ich habe so getan, als hätte ich es nicht mitgekriegt, aber ich habe es sehr wohl gehört. Offenbar hat sie schon Kontakt zu so einem Seniorenheim aufgenommen. Letztens kam ein Einschreiben auf meinen Namen. Doch als mich die Briefträgerin gefragt hat, ob ich Luz Divina Rodríguez bin, habe ich gesagt, dass hier niemand wohnt, der so heißt, und sie sich trollen soll. Halten die mich für blöd, oder was? Keine zehn Pferde kriegen mich in so eine Greisenverwahranstalt. Meine Tochter will mich loswerden, damit sie mein Haus und mein Geld einsacken kann. Deshalb habe ich die Scheine verbrannt. Wenn ich sie nicht haben kann, soll sie keiner haben. Das wäre ja gelacht!

»Luz, sind Sie wach?«, fragt Joana auf der anderen Seite der Tür.

»Ich komme gleich runter, meine Liebe«, sage ich, aber ich werde den Teufel tun.

Wenn die denkt, dass ich jetzt aufstehe, hat sie sich geschnitten. Nicht mal die Guardia Civil holt mich heute aus dem Bett!

»Ich mache schon mal Frühstück«, sagt sie. »Geben Sie mir Bescheid, wenn Sie beim Anziehen meine Hilfe brauchen.«

»Danke, Herzchen.«

Scher dich zum Teufel! Lass mich in Ruhe! Ich bin achtzig Jahre alt und habe keine Lust aufzustehen. Immer dieser Aufstand, dass ich nur ja bis halb zehn angezogen bin. Wozu eigentlich? Ich muss doch nicht zur Arbeit!

Gestern haben mir Julia und Sebas gesagt, sie hätten eine Überraschung für mich. Ich habe keine Ahnung, was das sein könnte. Weder im Schrank meiner Tochter noch in ihrer Handtasche habe ich etwas gefunden. Ich platze vor Neugierde. Sebas ist ganz aufgeregt, es muss also etwas ganz Besonderes sein. Na ja, man wird ja auch nicht jeden Tag achtzig. Durch die Ritzen der Jalousie scheint die Sonne herein. Es ist so gemütlich hier unter dem Federbett. Ich fasse unters Kissen, um mich zu vergewissern, dass mein Hammer auch an seinem Platz ist. Es beruhigt mich, ihn hin und wieder in der Hand zu spüren. Wie viele Abenteuer wir schon miteinander durchgestanden haben! Nicht alle sind gut ausgegangen, aber an die schlimmen Sachen, die wie Raben an meinem Gehirn picken, will ich jetzt nicht denken. Mir wird ganz kalt, wenn ich daran denke. Bitte, ich will nicht daran denken! Lass mich in Frieden, Argentinier! Raus aus meinem Kopf!

»Aber du warst doch so glücklich, weil du heute Geburtstag hast«, bemerkt meine Mutter.

Sie ist eine Meisterin darin, Momente der Schwäche auszunutzen. Sobald ich unsicher werde, ist sie da.

»Wenn du mir gratulieren möchtest, bist du herzlich willkommen. Aber wenn du mich bloß drangsalieren willst, kannst du gleich wieder abhauen!«

»Wie empfindlich du bist! Du musst dich gar nicht so aufplustern.«

Plötzlich gibt es draußen einen gewaltigen Krach. Ein Geräusch, das ich im ersten Moment nicht zuordnen kann. Es muss eine Maschine sein, und jetzt höre ich auch Stimmen. Ich quäle mich aus dem Bett, als würde ich zweihundert Kilo wiegen. Jeden Tag fällt es mir schwerer, aufzustehen. Das kann man erst nachvollziehen, wenn man selbst so weit ist. Ich schlüpfe in den Morgenmantel, ziehe die Jalousie hoch und erstarre. Ein Mann und eine Frau sind dabei, meinen Garten zu roden. Sie machen mit einer Maschine alles nieder!

»Jetzt geht es rund!«, sagt meine Mutter.

Ich beuge mich aus dem Fenster und schreie:

»Was macht ihr da? Wer hat euch erlaubt, meinen Garten anzurühren?«

Aber sie antworten nicht, also schreie ich erneut:

»He, Pfoten weg von meinen Blumen!«

Sie reagieren nicht. Die Maschine macht einen Höllenlärm. Sie reißen all die Pflanzen raus, die dieser Mistkerl von Nachbar kaputtgemacht hat. Mein Herz klopft so heftig gegen meinen Brustkorb, als müsste es jeden Augenblick rausspringen. Ich kann solche Aufregungen nicht mehr vertragen. Nicht dass mir noch das Gleiche passiert wie auf dem Berg.

»Weg da, ihr Schwachköpfe!«, schreie ich so laut, dass mir die Kehle wehtut, aber es nutzt nichts.

Die Einzige, die mich hört, ist Joana, die mit Panik im Blick in mein Zimmer stürmt.

»Um Gottes willen, Luz, was ist los? Geht es Ihnen gut?«

»Was machen diese Idioten in meinem Garten? Sag ihnen, sie sollen sofort aufhören, ohne meine Erlaubnis dürfen sie nichts anrühren!«

»Ganz ruhig, es ist alles gut, das ist doch nur die Geburtstagsüberraschung von Ihrer Tochter und Ihrem Enkel. Sie haben eine sehr gute Gärtnerei damit beauftragt, Ihren Garten in Ordnung zu bringen. Die haben wunderschöne Pflanzen mitgebracht, auch für eine neue Hecke. Sogar eine Kamelie!«

»Ich scheiß auf die Kamelie. Sag ihnen, sie sollen sofort aufhören, weil sie sonst was erleben können!«

»Aber Luz ...«

»Die sollen aufhören! Sofort«

»Luz, Sie müssen sich beruhigen. Ich helfe Ihnen beim Anziehen, und dann gehen wir runter und frühstücken. Wenn Sie mit den Leuten reden und sich erklären lassen wollen, was sie im Garten vorhaben, tun wir das. Aber höflich und manierlich.«

»Sie reden schon wie meine Mutter!«

»Also damit habe ich nichts zu tun, da halte ich mich raus!«, sagt meine Mutter.

»Mir von dieser Gouvernante vorschreiben zu lassen, wie ich mich in meinem eigenen Haus zu benehmen habe, das hat mir gerade noch gefehlt.«

Das hätte ich vielleicht nicht laut sagen sollen, aber ich habe jetzt keine Zeit mehr für irgendwelches Getue. Ich ziehe meine Pantoffeln an, nehme den Hammer und stürme aus dem Zimmer.

Joana versucht mich zurückzuhalten.

»Wollen Sie sich nicht erst einmal anziehen?«

»Könntest du mich, verdammt noch mal, endlich in Ruhe lassen? Du kapierst es immer noch nicht! Wenn du dieses Pack, das in meinem Garten wütet, nicht stoppst, muss ich das eben tun. Aus dem Weg!«

Ich laufe die Treppe hinunter, so schnell ich kann. Dabei spüre ich, wie mir der Schweiß über den Rücken rinnt. Meine Beine taugen einfach nichts mehr, es ist ein Kreuz. In meinem Alter sollten einem solche Aufregungen erspart bleiben. Was für eine Katastrophe! Die sollen meinen Garten nicht anrühren! Nicht meinen Garten! Niederträchtiges Pack!

Joana fasst mich am Arm, und da ich nicht weiß, ob sie mir wie üblich die Treppe hinunterhelfen oder mich aufhalten will, schlage ich nach ihr. Das war nicht wirklich meine Absicht, ich wollte sie nur loswerden, aber ich habe mich nicht mehr im Griff. Mit hoch erhobenem Hammer eile ich nach draußen.

»Du wirst noch hinfallen«, warnt mich meine Mutter.

»Sofort aufhören!«, schreie ich. »Raus aus meinem Garten, verdammt noch mal!«

Die Frau gibt ihrem Kollegen ein Zeichen, und endlich schalten sie die Rodungsmaschine aus. Mein Garten sieht schwer zerrupft aus. Sie haben schon meine Begonien, die Rosen, die Hortensien, die Zitronenmelisse und den Rosmarin rausgerissen. Von dem dürren Gestrüpp ist kaum noch etwas da. Sie haben auf ihrem Lieferwagen prächtige Blumen und Sträucher, die sie wahrscheinlich einpflanzen wollen, aber jetzt habe ich keine Zeit, sie zu begutachten.

»Guten Tag, Señora«, begrüßt mich die Frau, in dem Versuch, freundlich zu sein. Ich sage ihr nicht, wohin sie sich ihre Freundlichkeit meinetwegen schieben kann. »Ihr Garten wird wunderschön, Sie werden sehen. Ihre Pflanzen sind alle hinüber, die sind von Schädlingen befallen.«

»Was reden Sie da? Das hat mein idiotischer Nachbar verbrochen. Was haben Sie mit dem Spaten vor?«, frage ich.

»Wir werden alles umgraben, den Boden düngen und gut vorbereiten, um dann die schönen Blumen und Sträucher zu setzen, die wir mitgebracht haben. Aber vorher müssen wir die verdorrten Pflanzen und das Unkraut entfernen. Sie werden einen herrlichen Garten bekommen, Señora.«

»Verschwinden Sie von hier. Sofort!«, sage ich drohend.

»Señora, wir haben sehr viel zu tun und wenig Zeit, also bitte tun Sie uns den Gefallen, und lassen Sie uns in Ruhe arbeiten ...«, meint der Mann mit der Maschine, der bisher nichts gesagt hat.

Daraufhin schaltet er das Höllending wieder an und ebnet weiter alles ein, er reißt die Pflanzen an der Wurzel raus, dass die Erde nur so durch die Luft fliegt.

»Stopp! Aufhören! Sofort aufhören!«, befehle ich, aber er beachtet mich gar nicht.

Ich kann diesen Lärm nicht ertragen. Er fräst sich in meinen Kopf und zerbröselt mir das Gehirn.

»Los, zeig es ihnen!«, zischt meine Mutter.

Auch das noch! Ich halte mir die Ohren zu, aber das nutzt nichts, denn ihre Stimme kommt aus meinem Kopf und ich kann mich nicht vor ihr schützen.

»Zeig es Ihnen!«, sagt sie wieder.

Wenn ich einen Topf zur Hand hätte, würde ich ihn mir über den Kopf stülpen und draufschlagen wie neulich in der Küche. Bamm, bamm, bamm! Das hat geholfen, da blieb ihr nichts anderes übrig, als mal still zu sein.

»Worauf wartest du?« Meine Mutter kann es einfach nicht lassen.

Ich ertrage es nicht mehr. In Pantoffeln stapfe ich durch den Garten und umklammere den Hammer so fest, dass mir die Hand wehtut. Die ersten drei Schläge treffen die Maschine mit voller Wucht. Bamm, bamm, bamm!

»Señora! He, was tun Sie da?! Haben Sie den Verstand verloren, oder was?«, schreit der Mann mich an.

Er macht die Maschine aus und arretiert sie. Das ist meine Chance, ich dresche noch fester drauflos. Bamm, bamm, bamm! Der Mann reißt mir den Hammer aus der

Hand, und ich schreie ihn an. Mein Hammer ist mir heilig. Er hat kein Recht, ihn mir wegzunehmen. In diesem Moment fährt ein Taxi vor, und Julia springt heraus, sie scheint völlig außer sich zu sein. Ich wette, diese blöde Joana hat sie angerufen.

»Mama!«, ruft sie mit erstickter Stimme, so als wäre sie kurz davor, in Tränen auszubrechen. »Was machst du denn da?«

»Diese Frau ist total durchgeknallt«, sagt der Mann.

»Siehst du, was du wieder angestellt hast«, zischt meine Mutter. »Dafür landest du in der Greisenverwahranstalt.«

»Du elendes Miststück!«, rufe ich aufschluchzend.

Julia nimmt mich in die Arme, und ich höre nicht auf, meinen Hammer zurückzuverlangen und meine Mutter Miststück zu nennen, weil ich nicht ertrage, was sie gerade gesagt hat. Ich will nicht ins Altersheim.

»Du kommst in die Greisenverwahranstalt«, sagt meine Mutter noch mal, und ihre Stimme klingt triumphierend.

Ich fange an zu weinen und höre, wie Joana sagt, sie würde jetzt einen Krankenwagen rufen, und da weiß ich, dass meine Mutter recht hat und sie mich ins Altersheim stecken werden, weil mich niemand mehr aushält, ohne selbst verrückt zu werden. Sie bringen mich ins Heim, und dann kann ich Sebas nicht mehr sehen. Bitte trennt mich nicht von dem Jungen, er ist doch mein Ein und Alles, er hält mich am Leben, ich will nicht wieder allein sein, ohne diesen Jungen, der mein Sonnenschein ist. Und schon spüre ich wieder diese innere Kälte, es ist so kalt wie im Grab, und ich denke an die furchtbaren Dinge, die tief vergraben sind und niemals ans Tageslicht kommen dürfen.

JULIA

Sebas wirkte ziemlich erleichtert, als sein Vater ihn abgeholt hat, um wieder ein Wochenende mit ihm zu verbringen. Er sagt es nicht, aber ich vermute, er braucht
dringend Erholung von der angespannten Stimmung
in diesem Haus, und ich bekomme Schuldgefühle. Der
Geburtstag meiner Mutter war ein Desaster. Das Einzige, was mich tröstet, ist, dass Sebas in der Schule war,
als sich das alles abgespielt hat. Er war so stolz auf seine
Idee mit dem neuen Garten. Wir waren beide fest davon
überzeugt, dass es eine tolle Überraschung sein würde.
Als Joana mich anrief, habe ich voller Panik die Redaktion verlassen und ein Taxi genommen. Mein Auto war
ja noch in der Werkstatt. Meine Mutter war völlig außer
sich. Sie schrie und schluchzte, und ich musste die Leute
aus der Gärtnerei wegschicken und ihr versprechen, dass
sie nie wieder zurückkommen. Und dass niemand mehr
ihren Garten anrühren wird. Das war die einzige Möglichkeit, sie zu beruhigen. Allmählich mache ich mir wirklich
Sorgen, denn solche Ausraster kommen jetzt immer öfter vor. Wie an dem Tag, als sie sich einen Topf auf den
Kopf gesetzt und mit dem Hammer draufgeschlagen hat.
Ich habe Angst, dass sie sich noch selbst verletzt. Joana
hat mir geraten, eine Pflegestufe zu beantragen, aber das
Verfahren ist sehr langwierig. Und einen Platz im Altersheim bekommt man auch nicht einfach so. Das kann
Jahre dauern. Außerdem weiß ich, dass Mama in einem
solchen Heim nicht glücklich wäre. Sie war immer eine

sehr selbstständige Person und kann sich nur schwer an eine neue Umgebung anpassen. Mit fremden Menschen fühlt sie sich nicht wohl, da ist sie lieber allein, nur dass sie nicht mehr allein sein kann. Manchmal überfällt mich der Gedanke, dass es grausam wäre, sie aus ihrem gewohnten Umfeld herauszureißen, aber es ist inzwischen eine Überlebensfrage. Ich weiß nicht, wie ich mit ihren Krisen und Ausrastern umgehen soll. Manchmal hat sie Momente von erstaunlicher Klarheit, und dann frage ich mich, ob ich nicht übertreibe. Aber dann veranstaltet sie so etwas wie an ihrem Geburtstag, und ich verliere jede Hoffnung. Ich weiß, der Tag wird kommen, an dem sie für immer in dieser seltsamen, unerreichbaren Welt, die nur in ihrem Kopf existiert, verschwindet und nie mehr zurückkehrt. Und ich werde nicht mehr oft Gelegenheit haben, mit ihr über meinen Vater zu reden, zumindest nicht auf zivilisierte Art und ohne dass Sebas dabei ist. Deshalb habe ich bis zu diesem Wochenende gewartet, an dem er bei Pablo ist, um ihr das mit der Schmiererei an meinem Auto zu erzählen. Ich will nicht, dass das Gespräch in seinem Beisein aus dem Ruder läuft, weil die Schulpsychologin klipp und klar gesagt hat, dass er unter den Streitereien in seinem familiären Umfeld leidet. Das waren die Worte, die sie gebraucht hat. Sie meinte, der Junge brauche zu Hause Ruhe, Liebe und ein Gefühl der Geborgenheit. Was, bei Licht betrachtet, wohl für alle Menschen gilt. Und mein Sohn hat das Recht, glücklich zu sein.

Ich habe mich den ganzen Tag bemüht, Gelassenheit auszustrahlen. So zu tun, als wäre es ein Tag wie jeder andere. Im Grunde habe ich das mein Leben lang so gemacht. Anderen vorgespielt, dass alles in Ordnung wäre.

Mit erstaunlicher Leichtigkeit kehre ich den ganzen Dreck unter den Teppich. Den streiche ich dann schön glatt, damit es so aussieht, als wäre alles gut. Aber nein. Wie jeden Tag habe ich mich mit meiner Mutter vor den Fernseher gesetzt, um diese Sendung anzuschauen, bei der sie immer anfängt, die Moderatorinnen zu beschimpfen. Dann habe ich Sebas bei den Hausaufgaben geholfen und ihm die Tasche fürs Wochenende gepackt. Nachdem Pablo ihn abgeholt hatte, habe ich einen Artikel zu Ende geschrieben, das Abendessen zubereitet und weiter so getan, als wäre nichts.

Inzwischen ist es dunkel geworden, und ich habe mich immer noch nicht entschließen können, Mama diese Sache zu erzählen, weil sich ihre Reaktion unmöglich abschätzen lässt. Aber es hat keinen Sinn, alles immer weiter aufzuschieben. Ich muss diesen Knoten lösen, der mir den Magen zuschnürt. Denn irgendwann kommt alles sowieso hoch.

»Mama, ich muss dir etwas zeigen«, sage ich schließlich mit klopfendem Herzen und hole mein Handy hervor.

Wir sitzen nebeneinander auf dem Sofa, und ich fühle mich, als wäre ich im Begriff, eine Bombe zu zünden. Ich suche die Fotos von meinem beschmierten Auto heraus und zeige sie ihr. Sie betrachtet sie erschrocken.

»Ist das dein Auto? Jemand hat dich Hure genannt? Wer macht so etwas?«

»Das war Lucifer«, antworte ich, ohne zu zögern.

Sie sieht mich mit offenem Mund an.

»Das ist unmöglich. Lucifer ist doch im Gefängnis ...«, stammelt sie kaum hörbar.

»Da ist er auch noch. Er hat es natürlich nicht selbst getan, sondern jemanden damit beauftragt.«

»Aber er kennt dich doch gar nicht. Warum sollte er so etwas tun?«

»Weil ich mit der Polizei gesprochen habe. Ich habe sie gebeten, nach Papa zu suchen, und angeboten, Lucifer im Gefängnis zu interviewen.«

»Du hast sie wohl nicht mehr alle!«, sagt sie. »Bist du verrückt geworden, oder was?«

»Eigentlich nicht«, antworte ich ruhig. »Ich habe es nur einfach satt, dass du dich weigerst, mit mir über Papa zu sprechen. Dass du mich immer wieder belügst und mir verschweigst, was du weißt. Deshalb habe ich mich entschlossen, selbst etwas zu unternehmen.«

»Na, das hast du ja prima hingekriegt. Hübsch, dein Auto! Geschieht dir ganz recht, du Schlaumeierin.«

Ich habe dieses Gespräch so oft im Kopf durchgespielt und mich so gut darauf vorbereitet, dass ich mich von ihren Kommentaren und Seitenhieben nicht aus dem Konzept bringen lasse.

»Diese Leute sind mitten in der Nacht hier eingedrungen, während wir geschlafen haben«, fahre ich fort, um ihr das Ausmaß des Ganzen bewusst zu machen. »Sie haben das Auto besprüht und sind wieder abgezogen, ohne dass wir etwas gemerkt haben.«

»Aber was sagst du denn da? Was heißt, die sind hier eingedrungen? In mein Haus? Waren sie auf meinem Grundstück?«

»Ja. Ich habe das Auto letzte Woche morgens so vorgefunden, als ich zur Redaktion fahren wollte.«

»Und das erzählst du mir einfach so nebenbei? Du bist vielleicht gut! Weißt du eigentlich, wer Lucifer ist? Was für fürchterliche Taten dieser Mensch begangen hat?« Meine Mutter gerät in Rage. »Mit einem schlafenden

Kind im Haus! Um Himmels willen, ich darf gar nicht daran denken, was diese Leute uns antun könnten«, sagt sie und bekreuzigt sich dreimal.

»Ich will nur wissen, was aus meinem Vater geworden ist, und ich bin mir sicher, dass Lucifer etwas darüber weiß. Genau wie du.«

»Immer wieder dasselbe. Du bist unerträglich! Ich habe die Nase voll von deiner ständigen Fragerei nach Dingen, die dich nichts angehen!«

»Da irrst du dich. Es geht mich sehr wohl etwas an, Mama. Er ist mein Vater.«

»War!«, schreit sie mich an. »Dein Vater hat sich aus dem Staub gemacht. Was ist daran nicht zu verstehen?«

»Sag du's mir. Wenn du mir jedes Mal etwas anderes erzählst, weiß ich nicht, wann du die Wahrheit sagst und wann du lügst.«

»Mal sehen, ob du das hier verstehst: Dein Vater war ein Arschloch. Ist es dir so lieber? Kapierst du die Geschichte jetzt eher?«

»Du hast ihn jahrzehntelang in Schutz genommen, deswegen verstehe ich nicht, was das jetzt soll.«

»Ich ihn in Schutz genommen? Was redest du da für einen Blödsinn? Wenn ich jemanden in Schutz genommen habe, dann dich und niemanden sonst. Ich habe dein Leben meinem immer vorangestellt.«

Ich habe keine Ahnung, wovon sie spricht, und weiß nicht, ob es sich um eine ihrer Verwirrtheiten handelt oder ob das, was sie sagt, irgendeine Logik hat.

»Ich weiß nur eins: Nachdem mein Vater weg war, habe ich auch noch meine Mutter verloren«, sage ich. »In Wahrheit war es, als wärt ihr beide verschwunden. Du bist völlig verstört durch dieses Haus gegeistert.

Ich konnte mich nie an dich wenden, weil du schlicht nicht ansprechbar warst. Für mich war das schrecklich. Und ich weiß nicht mal, ob du dir dessen überhaupt bewusst bist.«

»Du bist undankbar, Julia. Undankbar und verwöhnt. Hast du eine Ahnung, was ich alles für dich getan habe?«

Plötzlich verstummt sie. Sie atmet heftig und fängt an zu weinen, aber ich fühle mich absolut nicht verantwortlich. Aus irgendeinem Grund habe ich kein Mitleid mit ihr. Ich habe so gelitten, dass mich inzwischen alles, was mit diesem Thema zu tun hat, kaltlässt.

»Ich wollte nur, dass es dir gut geht!«, wiederholt meine Mutter schluchzend. »Dass du ein normales Leben hast wie all diese Mädchen in ihren neuen Kleidchen, die am Sonntag ihre Puppenwagen spazieren fuhren. Mit Zöpfen und Lackschuhen. Ich wollte unsere Namen von der schwarzen Liste löschen, auf der all diese Verbrecher und ihre Familien stehen.«

»Also, aufgeben werde ich nicht, damit du Bescheid weißt«, setze ich noch einen drauf. »Ich lasse mich von dieser Schmiererei nicht einschüchtern. Ich werde, wie geplant, zu Rincón ins Gefängnis gehen.«

Meine Mutter ist fassungslos.

»Du kannst mit diesem Mann nicht reden!«, sagt sie verzweifelt.

»Ich habe schon einen Termin für Montagmorgen«, lüge ich.

Daraufhin stützt sie die Ellbogen auf die Knie und bedeckt das Gesicht mit den Händen. Die Stille zwischen uns ist zum Zerreißen angespannt.

»Mama«, sage ich nach einer Weile. Sie antwortet nicht, und ich versuche es noch einmal. »Mama, hör doch mal.«

Sie nimmt die Hände vom Gesicht, sieht mich mit trä-
nennassen Augen an und spricht wie aus weiter Ferne.

»Gleich. Gib mir einen Moment.«

»Geht es dir gut?«

»Ja ... ja«, antwortet sie.

Sie steht vom Sofa auf und humpelt ins Wohnzimmer.
Seit ihrem Sturz ist das Laufen für sie beschwerlich geworden. Ich nehme an, dass sie ins Badezimmer will. Ich bin
fast dankbar für die Atempause. Gegen sie anzutreten bedeutet auch, gegen mich selbst zu kämpfen, und das ist
manchmal sehr anstrengend. Ich muss einen kühlen Kopf
bewahren, denn wenn ich mich von meinen Gefühlen
mitreißen lasse, halte ich keine halbe Runde durch. Mit
den Jahren habe ich gelernt, nicht allzu ernst zu nehmen,
was sie sagt. Ich bagatellisiere alles: ihre Ausraster, ihre
Gemeinheiten, ihre Lügen. Es ist die einzige Möglichkeit,
nicht durchzudrehen. Ich habe Jahre gebraucht, bis ich es
wagte, meine Mutter kritisch zu sehen. Deswegen habe ich,
glaube ich, als junges Mädchen so gelitten. Ich hielt sie für
krank und wollte sie nicht zusätzlich quälen. Also habe ich
das, was sie mir über meinen Vater erzählt hat, akzeptiert,
obwohl es voller Widersprüche war. Bis ihre Lügereien so
offensichtlich wurden, dass ich nicht länger bereit war, sie
zu schlucken. Und darum sind wir, wo wir jetzt sind.

Sie ist schon seit zehn Minuten im Bad. Das ist ziemlich lange. Ich warte noch ein paar Minuten, bis ich anfange, mir Sorgen zu machen.

»Mama? Alles in Ordnung?«, rufe ich aus dem Wohnzimmer.

Sie antwortet nicht. Ich stehe vom Sofa auf, um nach
ihr zu sehen. Die Tür zum Badezimmer ist offen, und es
ist niemand drin.

»Mama?«, sage ich lauter.

Dann höre ich über mir das Poltern von etwas, das auf den Boden fällt, oder Schläge, ich bin mir nicht sicher. Ich rufe erneut nach ihr, aber sie antwortet nicht. Auf einmal spüre ich ein Ziehen in der Magengrube. Warum bin ich nicht mitgegangen, als sie gesagt hat, sie müsse raus? Ich renne die Treppe hinauf. Mir kommt die Szene in den Sinn, wie wir sie in der Küche mit dem Topf auf dem Kopf vorgefunden haben. Nicht dass sie heute etwas Ähnliches veranstaltet!

»Mama, wo bist du?«

Wieder das Geräusch. Es kommt vom Speicher, so viel ist sicher. Was hat sie denn jetzt bewogen, allein die steile Treppe hinaufzugehen, wo ihr doch jede Bewegung schwerfällt? Als ich sie finde, kramt sie in einem Haufen alter Werkzeuge. Zum Glück ist alles in Ordnung, und ich atme erleichtert auf.

»Du hast mich ganz schön erschreckt«, sage ich. »Was machst du denn allein hier oben?«

Sie tut so, als ob sie mich nicht hört. Ich weiß nicht, wonach sie sucht, aber sie wirkt ungeduldig. Sie schaut in eine Kiste und nimmt einen Rechen, ein altes Schrotgewehr und einen Plattenspieler heraus. Es ist unglaublich für eine Frau in ihrem Alter, mit welcher Energie sie in der Kiste herumwühlt. Sie ist stur wie ein Maultier und würdigt mich keines Blickes, während sie ein Ding nach dem anderen auf den Boden wirft.

»Wenn du mir sagst, was du suchst, könnte ich dir helfen, Mama«, versuche ich es noch einmal.

Nichts. Sie holt einen Karton mit Schallplatten heraus, ein Sprühgerät, einen Sack. An dem Tag, an dem wir diesen Speicher leeren müssen, werden wir Blut und

Wasser schwitzen. Sie ist wie besessen. Ein rotes Radio fliegt durch die Luft. Damit hat sich mein Vater sonntags immer die Fußballspiele angehört. Es kracht gegen die Wand, und sein Innenleben verteilt sich über den Boden.

»Mama, jetzt komm schon«, sage ich und greife nach ihrem Arm. »Bitte sag mir, wonach du suchst, dann helfe ich dir.«

Sie sieht mich so eindringlich an, dass ich für einen Moment das Gefühl habe, sie kann meine Gedanken lesen. Ich sehe die feinen Schweißperlen auf ihrer Stirn, höre, wie sie vor Anstrengung keucht. Nicht dass sie mir hier oben noch zusammenklappt.

»Ich hab's gleich«, sagt sie.

Sie rückt noch ein paar Kisten aus dem Weg und zieht eine längliche schwarze Tasche hervor, die ganz staubig ist. Wie lange die wohl schon hier unter all dem nutzlosen Zeug begraben liegt? Sie öffnet sie und nimmt zwei Schaufeln heraus. Dann reicht sie mir eine davon und sagt:

»Wir müssen graben.«

Die Nacht ist eine tückische Kreatur. Sie birgt Geheimnisse und hat tausend Augen, die uns beobachten, um uns zu verurteilen. Du wanderst schnurstracks ins Fegefeuer und kannst nicht einmal beten, weil du nie an etwas geglaubt hast. Du hast die Mädchen gehasst, die im Kirchenchor gesungen haben. Sie kamen dir vor wie kleine Vögel auf einer Hochspannungsleitung, die ein Konzert geben, und du hast dir nur gewünscht, sie mögen einen Stromschlag bekommen und verkohlt herunterfallen. Du hast die Flötenspielerei verabscheut, weil du dich geekelt hast, etwas in den Mund zu nehmen, wo die Spucke von anderen dran war. Du hast die Mitschülerinnen nicht ausstehen können, die Spenden für die Armen gesammelt haben und an jener lächerlichen Tombola teilgenommen haben, bei der Sachen aus zweiter oder dritter Hand verlost wurden. In ihren blütenweißen Kleidern haben sie den Leuten ihre klappernden Büchsen unter die Nase gehalten und immerzu wiederholt: »Ein paar Münzen für die Bedürftigen.« Wenn doch nur ein Müllwagen gekommen und neben ihnen umgekippt wäre, um ihre makellose Kleidung zu beschmutzen! Wie dieser Betonmischer, der dem einzigen Mädchen in der Schule, mit dem du befreundet warst, die Beine abgetrennt hat. Sie bekam Prothesen und verschwand. Und du warst so einsam, dass du zu nichts anderem mehr imstande warst, als alle zu hassen. In Wahrheit wollte keiner etwas mit dir zu tun haben, weil du die Tochter des Drogenhändlers warst. Deshalb konntest du nicht mit den anderen zusammen seilhüpfen, hast nichts von den Süßigkeiten abbekommen, die sie von zu Hause mitbrachten, und durftest nicht an den Gesprächen auf dem Pausenhof teilnehmen. Es gab nur einen Ort, an dem die anderen gezwungen waren, dich in die Gruppe aufzunehmen: die Kirche. Doch die Soutanen der Priester waren speckig, und der Katechismus bestand aus ein paar fotokopierten Blättern voller Sätze, die du nicht lernen wolltest, denn dich auf dieses Spiel einzulassen hätte bedeutet zu akzeptieren, dass die Sünde existiert. Als du zum ersten Mal zur Beichte gehen musstest, warst du in heller Panik. Was, wenn sie nach Papa fragen? Was, wenn der Priester allzu private Dinge wissen will? Damals hast du fast nichts verstanden, und jetzt wird dir allmählich alles klar. Auch wenn es zu spät ist.

Du sollst den Herrn, deinen Gott, lieben.

Ich stoße die Schaufel in die Erde, als wollte ich Fleisch zerhacken. Aber es kommt kein Blut. Nur Schweiß auf meiner Stirn und der Wunsch, alles aufzuwühlen. Meine Mutter sitzt in ihrem Korbstuhl, den Hammer fest umklammert, und sieht mir zu. Ich lasse sie nicht graben, habe sie um keine Erklärung gebeten, ihr keine Vorwürfe gemacht. Ich tue einfach nur, was sie mir sagt. Trotz allem weiß ich, dass ich sie liebe. Mehr als den lieben Gott jedenfalls und weniger als meinen Sohn. Tatsächlich habe ich die Bedeutung des Wortes »lieben« erst verstanden, als Sebas geboren wurde. Wie kann man auch vorher etwas lieben, das man nicht kennt.

Du sollst den Namen Gottes nicht missbrauchen.

Manchmal sage ich *Oh Gott*. Wenn ich müde bin, wenn ich die Geduld verliere, wenn ich durchatmen muss. Wenn ich die Welt nicht verstehe, wie jetzt.

»Oh Gott«, sage ich laut und wische mir mit dem Ärmel meines Pullovers über die Stirn.

»Ruh dich einen Moment aus, Töchterchen«, sagt meine Mutter.

Sie wirkt völlig verändert. Als ob sie plötzlich eine andere Stimme hätte. Sie ist wie ein Automat. Eine Maschine, eine Fremde, eine alte Frau, eine Geistesgestörte. Ich stoße die Schaufel mit so viel Schwung in die Erde, dass ich bis tief in ihr Inneres vordringe. Ich weiß, dass mein Leben sich von heute an radikal verändern wird, mir ist schlecht vor Angst, und ich könnte mich gradewegs in dieses Loch, das ich hier grabe, übergeben. Ein, zwei, drei Mal. Zuerst das Abendessen, dann die Lügen, die ich nach und nach geschluckt habe, und dann jeden Fehler, den ich im Laufe meines Lebens begangen habe, bis das Loch voll ist mit fauliger Brühe. Und wenn all das Gift draußen ist, werde ich rein sein wie eine Jungfrau. Und endlich lernen zu beten.

Du sollst den Feiertag heiligen.

Das einzige kirchliche Fest, das ich feiere, ist Weihnachten. Wenn ich ein wenig in der Vergangenheit wühle, stoße ich irgendwann in den Achtzigerjahren auf jenes Weihnachtsfest, an dem ich unter dem mit bunten Kugeln geschmückten Baum Nancy Selene fand, die Außerirdische, silbrig wie ein Stern und mit Augen aus Kryptonit. Ich stellte mir vor, dass diese Puppe Nancy Roman wäre, die Mutter des Hubble-Weltraumteleskops. Und dass ich sie wäre, um mit meinem eigenen Teleskop das Universum zu betrachten, denn jede andere Welt war besser als die brutale Welt, in der Väter Drogen vertickten und verschwanden, um nie mehr zurückzukommen. Verlassenwerden ist grausam. Man kann sich darin verlieren, wenn einem niemand erklärt, wie man da wieder rauskommt.

Du sollst Vater und Mutter ehren.

Warum? Mein Vater ist ein Gespenst und meine Mutter von einem anderen Stern. Schau sie dir an, wie sie dasitzt, vor Kälte und Angst wie erstarrt. Mit glasigen Augen und blauen Lippen. Sie klammert sich an ihren Hammer, als wäre er ihr Gott, und ich verstehe diese Fixierung auf ein so absurdes Objekt nicht.

»Es fehlt nicht mehr viel«, murmelt sie, um mir von ihrem fernen Planeten aus Mut zu machen.

So zusammengekauert, das Wolltuch um die Schultern, mit vor Kälte geröteten Wangen, wirkt sie mit einem Mal verletzlich. Wie ein frisch geschorenes Lamm, erbarmungswürdig mit seiner ganzen ungeschützten rosa Haut. Ich grabe immer weiter. Das Loch ist schon fast knietief. Aber das reicht noch nicht. Ich grabe tiefer, tiefer und tiefer. Mir tun die Arme weh, mein Bauch. Ich krümme mich vor Schmerz und verschnaufe ein paar Sekunden. Und in diesem Moment öffnet sie sich zum ersten Mal in ihrem Leben und erzählt mir die Wahrheit.

»Du erinnerst dich sicher nicht daran, Julia, und das ist vielleicht besser so. Viele Jahre habe ich Angst gehabt, dass die Erinnerungen das Gleiche in deinem Kopf machen könnten wie in meinem. Und das hätte ich nicht ertragen.«

Ihre Erzählung beginnt 1978 oder 1979.

»Dein Vater war gewalttätig. Als er mich das erste Mal geschlagen hat, warst du noch nicht geboren. Er gab mir eine Ohrfeige, weil ich vergessen hatte, die Sardinen zu salzen. Danach konnte ich nie wieder Sardinen essen.«

Ich grabe noch tiefer. Ich grabe voller Wut, weil ich nicht weiß, wie ich gegen dieses Monster ankämpfen soll, das weder Gesicht noch Körper hat. Es ist nur eine Erinnerung, die wie Sand durch eine Uhr rieselt. Eine Luftspiegelung, in deren Flimmern sich alles verzerrt.

»In der Zeit, als ich mit dir schwanger war, hat er mich verschont«, fährt sie fort. »Das waren die einzigen Monate, in denen er mich nicht angerührt hat. Doch gleich nach deiner Geburt war es damit wieder vorbei. Ich wusste nicht, an wen ich mich wenden sollte. Meine Mutter war krank, ihr konnte ich nichts erzählen. Ich war allein mit einem Baby, das ich ernähren musste, und einem Mann, der mich misshandelte. Was hätte ich tun sollen? Sag du es mir, Tochter. Sag mir, was ich hätte tun sollen, damit das aufhörte.«

Du sollst nicht töten.

Niemals, unter gar keinen Umständen. Jäger haben mich immer abgestoßen, weil sie zum Vergnügen töten, das konnte ich nie verstehen. In der Schule gab es einen Jungen, der Katzen getötet hat. Er hat sie gefangen, in einen Sack gesteckt und gequält. Manchmal hat er den Sack gegen die Wand geworfen. Die Katze hat geschrien, aber er hat nicht aufgehört. Er war glücklich, wenn er die Knochen und die Gelenke dieser hilflosen Kreatur hat brechen hören. Später wurde er verurteilt, weil er seine Frau misshandelt hat.

Ich höre einen Moment auf zu graben und sehe zu meiner Mutter hinüber.

»Warum hast du mir nie davon erzählt, Mama?«

»Was hätte ich dir denn erzählen sollen? Dass du einen gewalttätigen Vater hattest? Ich wollte dich schützen. Und das bedeutete, alles zu schlucken und weiterzumachen. Ich wollte dir dieses Leid ersparen. Aber du hast nicht aufgehört, nach ihm zu fragen. Und jedes Mal, wenn du ihn erwähnt hast, hat mir das einen Stich gegeben. Du ahnst nicht, wie weh das tat.«

»Du hättest mir das alles schon vor Jahren erzählen müssen«, werfe ich ihr vor.

»Du hast recht«, gibt sie zu. »Aber ich wusste nicht wie.«

Du sollst nicht ehebrechen.

Tatsächlich tun wir von Kind an sündhafte Dinge. Sündhaft im Sinne des Katholizismus natürlich. Sünde – das sind die Taten, die Gedanken, Sünde ist alles, was mit Begierde zu tun hat. Ich frage mich, ob meine Mutter meinen Vater irgendwann einmal begehrt hat oder ob alles einfach passierte, weil man das so machte: heranwachsen, heiraten, ein Kind haben ...

»Mama, hast du Papa je geliebt?«, frage ich sie.

»Ich war damals nicht mehr die Jüngste, Kind. Ich musste einen Mann finden, oder ich wäre eine alte Jungfer geworden. Zu meiner Zeit war man mit fünfundzwanzig schon spät dran. Keiner wollte noch so eine alte Frau. Die Männer wollten junge Mädchen, keine Frauen. Und ledige Frauen wurden schief angesehen. Von Geschiedenen gar nicht zu reden. Das war schlimmer, als die Pest zu haben.«

Also hat sie ihn nie wirklich geliebt. Noch eine, zwei, drei Schaufeln. Viel fehlt nicht mehr. Das Loch reicht mir jetzt bis zur Hüfte. Ich bin fast am Ziel. Mein Magen krampft sich zusammen. Das ist die Aufregung.

Du sollst nicht stehlen.

So wie es mein Vater mit dem Geld gemacht hat, das in der Truhe auf dem Dachboden war. Dieses Geld war doppelt schmutzig, weil es mit Heroin verdient und obendrein gestohlen war. Und es war die ganze Zeit in unserem Haus. Dieses Geld war verseucht. Blutgeld.

»An meinem vierzigsten Geburtstag hat er mir die Rippen gebrochen«, erzählt meine Mutter weiter. »Ich weiß noch, dass ich ein wunderschönes Kleid mit blauen Blumen anhatte. Es war Samstag, und es wurde gefeiert. Ich erinnere mich nicht mehr genau, was der Grund für seine Gewalttätigkeit war. Ich glaube, sein Freund hatte mir etwas ins Ohr geflüstert und ich hatte gelächelt. Als wir zu Hause ankamen, hat er gesagt, das Lächeln würde mir schon noch vergehen, weil er mich jetzt totschlagen würde. Und das wäre ihm beinah auch gelungen.«

»Und niemand hat davon gewusst?«

»Wenn er mich ins Gesicht schlug, bin ich zu Hause geblieben, bis die blauen Flecken verschwanden. Deine Großmutter hat es geahnt.«

Du sollst nicht falsches Zeugnis ablegen wider deinen Nächsten.

»Du hast mich mein Leben lang belogen, Mama.« Es fühlt sich ungerecht an, das zu sagen, nach allem, was sie mir erzählt hat, aber ich kann die Worte nicht zurückhalten. Sie haben ein Eigenleben. Mir kommt die Galle hoch, wenn ich an all das denke. Vielleicht ist es ja das letzte Mal.

»Also schön, dann wirst du jetzt die Wahrheit erfahren. An jenem Abend hat er dich an den Haaren gezogen, weil du ihm keinen Gutenachtkuss geben wolltest«, fährt sie fort. »Kein Wunder, er war total betrunken. Er hat dich vom Bad ins Wohnzimmer geschleift. Erinnerst du dich nicht?«

»Nein. Nur ganz vage.« Vereinzelte Bilder steigen auf wie aus einem bedrückenden Traum.

»Das war das erste Mal, dass er sich an dir vergriffen hat. Du hast geschrien und ihn angefleht aufzuhören. Aber er hat nicht aufgehört. Er hat nie aufgehört. Er hat dir das Nachthemd heruntergerissen und war wie vom Teufel besessen. Du hast verzweifelt nach mir gerufen. Ich musste ihn irgendwie aufhalten. Und obwohl ich mir vor Angst in die Hose gemacht habe, habe ich meinen Mut zusammengenommen und ihm gesagt, wenn er es wagt, dich anzurühren, gehe ich zur Polizei und zeige ihn an. Und ich schwöre dir, ich habe es ernst gemeint.«

»Und dann?«

»Hat er dich in Ruhe gelassen. Er wusste, dass ich es ernst meinte. Und ich wusste genug über seine Geschäfte, um ihn ernsthaft in Schwierigkeiten zu bringen. Du bist wie der Blitz in dein Zimmer gerannt, und er hat sich in die Küche gesetzt und getrunken, bis er irgendwann aufs Sofa gesackt ist, um seinen Rausch auszuschlafen. Ich habe dich getröstet, du hast so schrecklich geweint und warst völlig verstört. Und dann habe ich dir gesagt, dass du deine Zimmertür von innen absperren sollst. Der Hammer lag im Wohnzimmer auf dem Tisch. Dein Vater hatte ihn dort liegen gelassen, nachdem er ihn benutzt hatte, um ein paar Nägel in die Wand zu schlagen. Ich habe nicht lange überlegt. Er hatte mein Kind zum Weinen gebracht, er hatte sich an meinem Kind vergriffen, und ich wusste, dass diesem einen Mal noch viele weitere Male folgen würden. Das hatte ich am eigenen Leib erfahren. Also habe ich den Hammer genommen und ihm damit den Schädel eingeschlagen. Ich habe zugeschlagen, bis ich sicher sein konnte, dass er nie mehr aufstehen würde, um irgendjemanden zu quälen. Ich habe sein Gehirn zu Brei geschlagen. Das ganze Wohnzimmer war voller Blut.«

Ich übergebe mich in das Loch. Meine Mutter macht Anstalten aufzustehen, aber ich fordere sie mit einer Geste auf, sitzen zu bleiben.

»Ja, kotz dich richtig aus, Tochter«, sagt sie. »Denn diese ganze Sache ist zum Kotzen.«

Als alles raus ist, geht es mir besser.

Ich sehe zu Mama hinüber, die immer noch in ihrem Sessel sitzt und nachdenklich vor sich hinstarrt.

»Weißt du, Julia, das war das erste Mal, dass ich die Stimme meiner toten Mutter in meinem Kopf hörte. Als mein Blick auf den Hammer fiel, habe ich sie gehört, und es war, als würde sie direkt neben mir stehen und sagen: ›Los, worauf wartest du? Schlag dieser Missgeburt den Schädel ein. Das Scheusal wird euch sonst noch alle beide umbringen. Du musst ihm zuvorkommen.‹ Und das schien mir das Klügste und Praktischste zu sein. Es war unsere Rettung. Unsere einzige Chance.«

Du sollst keinen unreinen Gedanken oder Begierden nachgeben.

»Es gibt Männer, die ihre eigenen Töchter vergewaltigen. Ich hatte furchtbare Angst, dass er das Gleiche mit dir machen würde wie mit mir. All diese Gewalt. Das konnte ich nicht zulassen, verstehst du?«

Ich grabe weiter. Ich grabe, bis keine Erde mehr da ist, die ich noch wegschaufeln könnte.

»Weißt du, wie schwer ein Toter ist? Und dabei war er nicht mal besonders groß. Aber da war nichts zu machen. Ich wollte ihn aus dem Wohnzimmer schaffen, aber ich bekam ihn kaum von der Stelle. Es war zum Verzweifeln. Ich weiß nicht, wie lange ich es versucht habe. Bis ich auf den Gedanken gekommen bin, ihn in den Teppich einzurollen wie in einen Pfannkuchen. Den habe ich dann mit einem Seil verschnürt und in den Garten geschleift. Er war schwer wie Blei, aber so habe ich ihn immerhin aus dem Haus bekommen. Ich habe ein Loch gegraben und ihn reingerollt. Dann habe ich alles wieder zugeschaufelt. Drei Stunden hat das gedauert. Anschließend musste ich noch das Wohnzimmer sauber machen. Überall war Blut, auf dem Boden, auf dem Sofa, an den Wänden. Ich habe alles mit Bleichlauge geschrubbt, bis jede Spur beseitigt war.«

Jetzt verstehe ich, warum unser Sofa diese ausgebleichten Stellen hat, die eines Tages wie durch Zauberhand erschienen und für immer blieben.

Mama hat sich in den letzten Minuten verändert. Sie ist nun kein verlorenes Lamm mehr. Jetzt ist sie eine Löwin, die ihr Junges verteidigt. Es vor allem Übel bewahrt.

Du sollst nicht begehren deines Nächsten Hab und Gut.

Und jemand anderes sein wollen? Ist das erlaubt? Ich wäre gern die Tochter eines anderen Vaters mit anderen Erinnerungen. Ich schalte die Taschenlampe des Handys ein und richte den Lichtstrahl auf den Boden der Grube. Da ist der Teppich. Und die Füße des Skeletts, die unten herausragen. Das ist alles, was vom Argentinier übrig geblieben ist. Knochen und ein paar Blutflecken auf einem alten Teppich. Meine Mutter beugt sich vor und schaut hinunter.

»Denn Staub bist du, und zum Staube wirst du zurückkehren.«

»Du warst doch nie religiös«, erinnere ich sie.

»An irgendwas muss man sich festhalten«, entgegnet sie, den Hammer im Arm. Mit einem Mal wirkt sie ganz hilflos.

Wir sind am Ende der Geschichte angekommen, und ich weiß nicht, was ich tun soll. Mein Leben lang habe ich Mama um Erklärungen gebeten, hab sie gelöchert mit meinen Fragen nach dem Verbleib meines Vaters. Und jetzt? Wenn ich den Subinspector anrufe, wird er sie verhaften. Kann ich ihr das antun? Bringe ich es fertig, sie zu verraten, nach allem, was ich inzwischen weiß? Und wenn ich schweige, werde ich dann mein Leben lang an der Last meines Gewissens tragen? Mein Vater ist ein Skelett in einem Loch im Garten.

»Gib her, los«, flüstere ich und greife nach dem Hammer. »Sollen wir ihn mit Papa begraben? Was meinst du?«

Meine Mutter lässt den Hammer los, und wir werfen ihn in die Grube. Ich möchte gern glauben, dass das für sie eine Befreiung ist, aber was weiß ich schon? Dann nehme ich sie in die Arme. Mitten in der Nacht, am Rand dieses tiefen Lochs, in dem die Leiche meines Vaters liegt, in dieser kalten Dunkelheit, umarme ich sie, wie ich sie noch nie zuvor umarmt habe. Und ich denke an das kleine Mädchen von damals, das sie gerettet hat.

»Lass mich in Ruhe, du Miststück«, sagt sie. Aber ich weiß, sie meint nicht mich, sondern meine Großmutter. »Ich werde nicht zulassen, dass du mir diesen Moment auch noch vermasselst. Hau ab!«

»Ganz ruhig, Mama«, sage ich. »Ich bin bei dir.«

Sie weint, bis sie alle ihre Tränen vergossen hat, und ich rühre mich nicht von der Stelle und halte sie ganz fest. Jetzt bin ich die Löwin. Und das Wort ist Fleisch geworden. Amen.

SEBAS

Papa hat mir ein Fahrrad geschenkt, und jetzt komme ich viel schneller überall hin. Ich liebe es, die Hänge runterzusausen. Dann stelle ich mir manchmal vor, dass ich ein Kondor bin oder Iron Man in seiner neuesten Rüstung. Und hinter mir fahren immer Guerrero und Noa. In diesen Momenten weiß ich zwei Dinge: dass wir unzertrennlich sind und auch ein bisschen unsterblich.

Diego Puga haben sie für fünf Tage von der Schule verwiesen. Er hat Guille geschlagen, den Jungen, den er immer »Schwuchtel« nennt. Manchmal fragen wir Guille, ob er nicht in der Pause mit uns Vogelnester suchen will. Er sagt fast immer Nein, aber wenn er Ja sagt, haben wir ziemlich viel Spaß zusammen. Er weiß viel über Insekten. Ich glaube, er will mal Biologe werden, und einen Naturwissenschaftler kann jede Bande gut gebrauchen. Aber er möchte oft allein sein. Die Schulpsychologin hat mir erklärt, dass sich das mit der Zeit schon noch ändern wird. Dass er immer öfter Ja sagen und sich uns irgendwann anschließen wird. Dann sind wir nicht mehr drei, sondern vier. Und jeder weiß, dass vier Gehirne stärker sind als drei. Leider kann ich ihm nicht erzählen, dass Oma Thor ist, weil das nicht mehr stimmt. Guille hat das ganze Abenteuer verpasst, und es macht keinen Sinn, ihm jetzt, wo alles vorbei ist, noch davon zu erzählen.

Ich habe das Wochenende mit Papa verbracht, und als ich am Sonntag nach Hause gekommen bin, hatte Oma keinen Hammer mehr. Ich hab sie gefragt, wo er ist, und

Mama hat für sie geantwortet. Sie sagte: »Oma Luz hat den Hammer beim Kampf gegen ein Gespenst aus der Vergangenheit verloren.«

»Und wer hat den Kampf gewonnen?«, habe ich gefragt.

»Wir beide. Wir haben gewonnen«, hat Mama geantwortet.

Manchmal ist sie ein bisschen rätselhaft. Ich würde gern alles verstehen, aber das ist unmöglich. Es bleiben immer Lücken. Wie die Rillen zwischen den Rippen einer Tafel Schokolade.

Während Mama in der Küche Abendessen gemacht hat, hat Oma mich in den Arm genommen und mir leise etwas zugeflüstert, etwas, worüber ich mich total gefreut habe:

»Deine Mutter und ich haben Frieden geschlossen. Mit meinen Bosheiten ist es jetzt vorbei.«

»Was für Bosheiten?«

»Na, was denkst du wohl? Dem Nachbarn Zigaretten klauen und ihm auf die Gladiolen pinkeln.«

»Aber habt ihr für immer Frieden geschlossen?«

»Großes Ehrenwort vom kleinen Biest«, hat Oma gesagt, und das hat mich sehr glücklich gemacht. Und wirklich, sie haben sich schon mehrere Tage nicht mehr angeschrien. Oma macht ab und zu immer noch seltsame Dinge, daran hat sich nichts geändert. Sie hat mir verboten, in den Garten zu gehen. Sie hat hinten ein neues Beet angelegt und Tomaten gepflanzt, und dann hat sie gesagt, dass man die, wenn sie reif sind, nicht essen sollte. Weil es verseuchte Tomaten sind.

»Und warum pflanzt du sie dann?«, habe ich gefragt.

»Darum. Weil ich verdammt noch mal eine Scheißlust darauf hatte.«

Dann haben wir beide superlaut gelacht. Erst sie und dann ich. Ich finde es genial, wenn sie solche Sachen sagt, die verboten sind. Wenn Mama das hört, flippt sie aus. Was sich auch nicht verändert hat, ist, dass Oma raucht. Aber jetzt macht sie das nicht mehr heimlich. Jetzt kauft Mama ihr die Zigaretten im Laden. Das ist nicht gut, aber andererseits doch. Besser, als wenn sie sie klaut. Ah, und sie pflanzt die Stummel auch nicht mehr ein. Sie hat jetzt einen Aschenbecher, der eine Muschelschale ist.

Gestern hat Mama geweint, aber nur ganz kurz. Als ich ihr erzählt habe, was ich alles am Wochenende mit Papa gemacht habe, hat sie eine Träne vergossen.

»Wir haben Hamburger gegessen, waren angeln und haben einen Film im Kino gesehen. Und wir haben dich vermisst.«

In diesem Moment kullerte eine Träne über ihre Wange, aber es war nur eine, nicht mehr. Und wenn sie jedes Mal nur eine Träne weint, dauert es Jahrzehnte, bis man damit eine Literflasche füllen kann.

Mama hat das Auto in der Werkstatt lackieren lassen, und jetzt ist es wie neu. Sie hat mir erzählt, dass Vandalen es wegen eines Artikels, den sie geschrieben hat, beschmiert haben, was aber nicht noch mal vorkommen wird, weil sie nicht mehr an diesem Thema arbeitet. In siebzehn Tagen beginnt der Sommer, und es gibt Ferien. Das heißt, dass ich viel Zeit mit Guerrero und Noa verbringen kann. Wenn mich jemand fragen würde, wen von den beiden ich lieber mag, würde ich antworten, beide gleich, aber auf unterschiedliche Weise. So wie es mit Mama und Oma ist. Und mit Papa, der weit weg ist, aber immer öfter zu uns kommt. Und wenn mich jemand fragen würde, wo ich in den Ferien am liebsten hinfahren würde, würde ich sagen, nach Asgard. Weil ich weiß, dass Omas Hammer dort sein muss. Und auch wenn sie so tut, als würde sie ihn nicht vermissen, ist der Hammer doch ihre Waffe. Sie braucht ihn, um sich sicher zu füh-len. So wie ich Mama und Papa brauche.

In siebzehn Tagen beginnt der Sommer, und dann kann ich von Montag bis Sonntag mit meinem Fahrrad herumsausen und ein Kondor oder Iron Man sein. Mit Guerrero und Noa, die immer hinter mir sind. Es ist toll, ein Kind zu sein. Und ich will, dass das so bleibt.

DANK

Ich denke oft an die Einsamkeit beim Schreiben. Wahrscheinlich ist mir deshalb die Gegenwart der Menschen, die mich dabei begleiten, so wichtig. Das ist, wie sich mitten in der Nacht allein in einem Wald zu verirren, in dem es kalt und dunkel ist, und plötzlich von einem Schwarm Glühwürmchen umringt zu sein und eine warme Decke neben einem Baumstamm am Boden zu finden. Wenn man anfängt zu schreiben und die Seiten einem irgendwann völlig konfus erscheinen, tauchen diese Menschen auf, machen ein kleines, warmes Licht an und bringen dir eine Tasse Kaffee. Alle Schriftstellerinnen und Schriftsteller haben solche Glühwürmchen. Ohne sie wären wir verloren.

Bei diesem Buch war – wie bei allen anderen – meine Familie das Glühwürmchen oder ein *vagalume*, was das galicische Wort für dieses Insekt ist. Sie haben mir bei vielen Szenen in der Geschichte geholfen und mich an Geschehnisse und Menschen erinnert, die heute nicht mehr leben. Wie an Gerardo, den *Manoplas*. Er war mein Patenonkel und starb, als ich zwölf Jahre alt war. Die deutlichste Erinnerung, die ich an ihn habe, ist, als er mir zu Ostern ein Buch mit wunderbaren Geschichten aus aller Welt von James Riordan geschenkt hat. Ich habe es so oft gelesen, dass sich am Ende die Seiten gelöst haben. Schon als Kind habe ich mich in die Literatur verliebt. Und dieses Buch hat entscheidend dazu beigetragen.

Ein weiteres Glühwürmchen war mein Freund, der Autor Diego Arboleda, der genau in dem Moment, als ich es gebraucht habe, meine Hand gehalten hat. Dafür möchte ich mich hier von Herzen bedanken.

Und zuletzt das Glühwürmchen, das am hellsten geleuchtet hat. Miguel oder H., dem es gelungen ist, das Eis zu brechen. Er hat sich neben mich gesetzt und so lange geklopft, bis ein Loch entstanden ist. Danach hat er mir geholfen, einen perfekten Kreis auf die Eisfläche zu zeichnen. Er hat mir eine Angel gebracht, einen Köder daran befestigt und ist dagebliebenen, um zuzusehen, wie ich die Sterne einfange. Dann hat er sie mit einem Lächeln einen nach dem anderen in den Korb gelegt. Ich bin mir sicher, dass sie sich aus diesem Grund vervielfacht haben.

Glühwürmchen sind wie kleine Lichter. Ich hoffe, es ist mir gelungen, sie so zum Leuchten zu bringen, wie sie es verdienen.

Die Übersetzung dieses Buches wurde mit freundlicher Unterstützung
von Acción Cultural Española, AC/E realisiert.

ISBN 978-3-85179-536-3

© 2021 by Ledicia Costas
© Editorial Planeta, S.A., 2021/Ediciones Destino, Barcelona
Originalverlag: Ediciones Destino, Barcelona
Titel der spanischen Originalausgabe: *Golpes de luz*

© 2024 für die deutschsprachige Ausgabe
Thiele Verlag in der Thiele & Brandstätter Verlag GmbH, Wien
Umschlaggestaltung: Christina Krutz, Biebesheim am Rhein
Satz: Christine Paxmann • text • konzept • grafik, München
Druck und Bindung: GGP Media GmbH, Pößneck

www.thiele-verlag.com